猫武士

④ 风起云涌
Rising Storm

［英］艾琳·亨特◎著
赵振中◎译

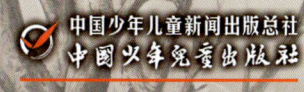

中国少年儿童新闻出版总社
中国少年儿童出版社
北京

献给丹尼斯——这是我听到的最接近歌曲的声音了。
特别感谢凯特·卡里！

著作权合同登记：图字 01-2017-3439

英文原书名：Rising Storm
Copyright © 2004 by Working Partners Limited
Series created by Working Partners Limited
Arranged with Andrew Nurnberg Associates
International Limited.

图书在版编目（CIP）数据

猫武士首部曲.风起云涌/（英）艾琳·亨特著；赵振中译.—2版.—北京：中国少年儿童出版社，2017.9（2023.3重印）
ISBN 978-7-5148-4068-1

Ⅰ.①猫… Ⅱ.①艾…②赵… Ⅲ.①儿童小说－长篇小说－英国－现代 Ⅳ.①I561.84

中国版本图书馆 CIP 数据核字（2017）第 160697 号

FENGQI YUNYONG
（猫武士首部曲）

出版发行：	中国少年儿童新闻出版总社 中国少年儿童出版社
出 版 人：孙　柱	
执行出版人：马兴民	

责任编辑：何强伟　董　慧		责任校对：赵聪兰	
内文插图：李思东　杨　柳		美术编辑：缪　惟	
		责任印务：厉　静	
社　　址：北京市朝阳区建国门外大街丙 12 号		邮政编码：100022	
总 编 室：010-57526070		发 行 部：010-57526568	
官方网址：www.ccppg.cn		编 辑 部：010-57526271	
印　　刷：北京华宇信诺印刷有限公司			
开　　本：880mm×1230mm　　1/32		印　张：9.75	
版　　次：2017 年 9 月第 2 版		印　次：2023 年 3 月北京第 28 次印刷	
字　　数：165 千字			
ISBN 978-7-5148-4068-1		定　价：32.00 元	

图书出版质量投诉电话 010-57526069，电子邮箱：cbzlts@ccppg.com.cn

目　录

猫视界……………………………………… 2
角色列表…………………………………… 6
引　子……………………………………… 1
第一章……………………………………… 8
第二章……………………………………… 19
第三章……………………………………… 37
第四章……………………………………… 45
第五章……………………………………… 53
第六章……………………………………… 63
第七章……………………………………… 69
第八章……………………………………… 82
第九章……………………………………… 93
第十章……………………………………… 105
第十一章…………………………………… 121
第十二章…………………………………… 130
第十三章…………………………………… 138
第十四章…………………………………… 149
第十五章…………………………………… 167
第十六章…………………………………… 176
第十七章…………………………………… 181
第十八章…………………………………… 187
第十九章…………………………………… 198
第二十章…………………………………… 209
第二十一章………………………………… 217
第二十二章………………………………… 229
第二十三章………………………………… 236
第二十四章………………………………… 242
第二十五章………………………………… 248
第二十六章………………………………… 258
第二十七章………………………………… 263
第二十八章………………………………… 271
第二十九章………………………………… 283
第三十章…………………………………… 294

高石山

巴利的农场

风族营地

四棵树

瀑布

猫薄荷

河族营地

太阳石

垃圾场

影族营地

雷鬼路

雷族营地　巨悬铃树

沙坑　　　蛇岩

松林

伐木场　　　两脚兽地盘

⚡	雷族
〰	河族
👁	影族
🌀	风族
★	星族

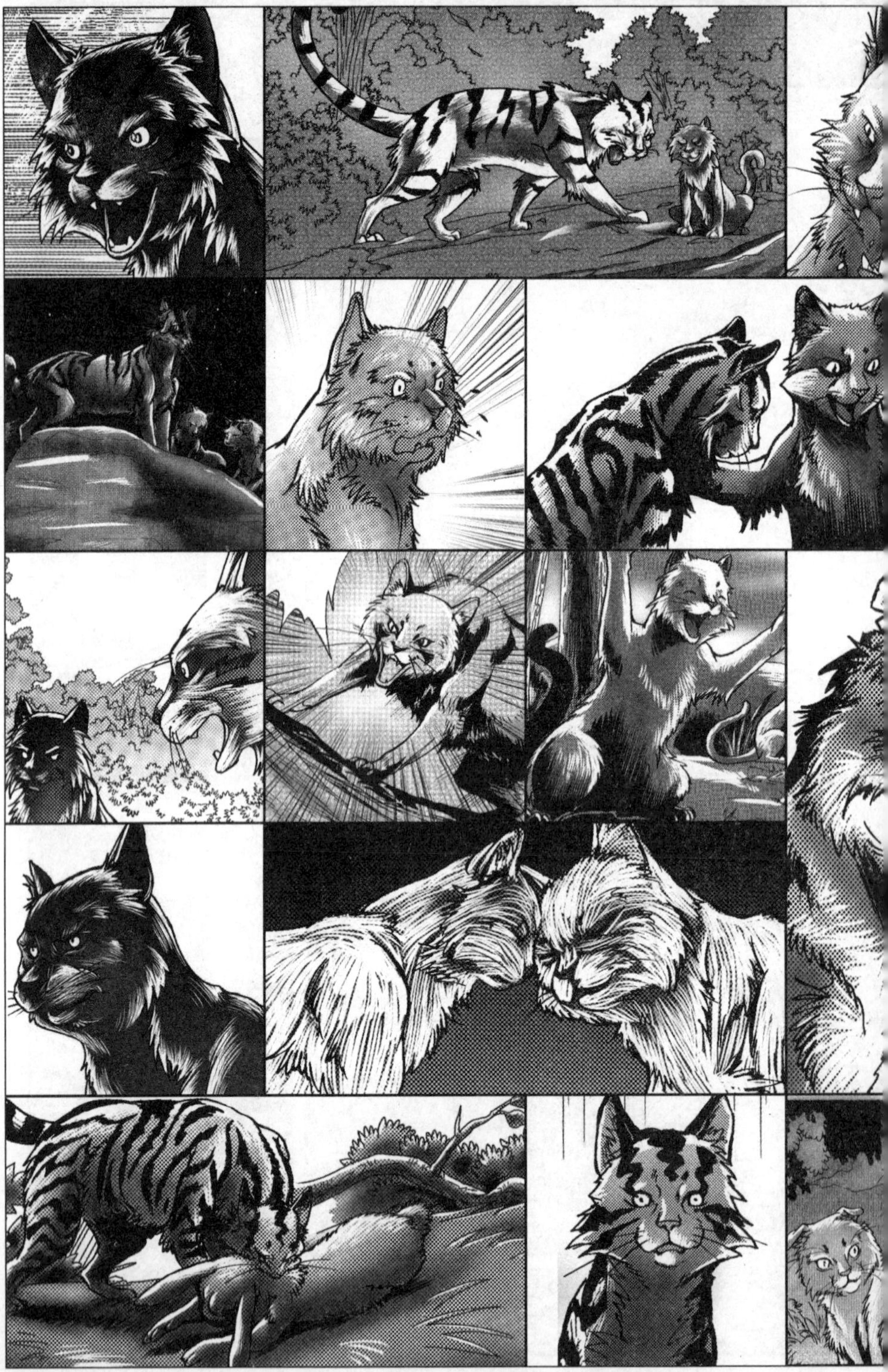

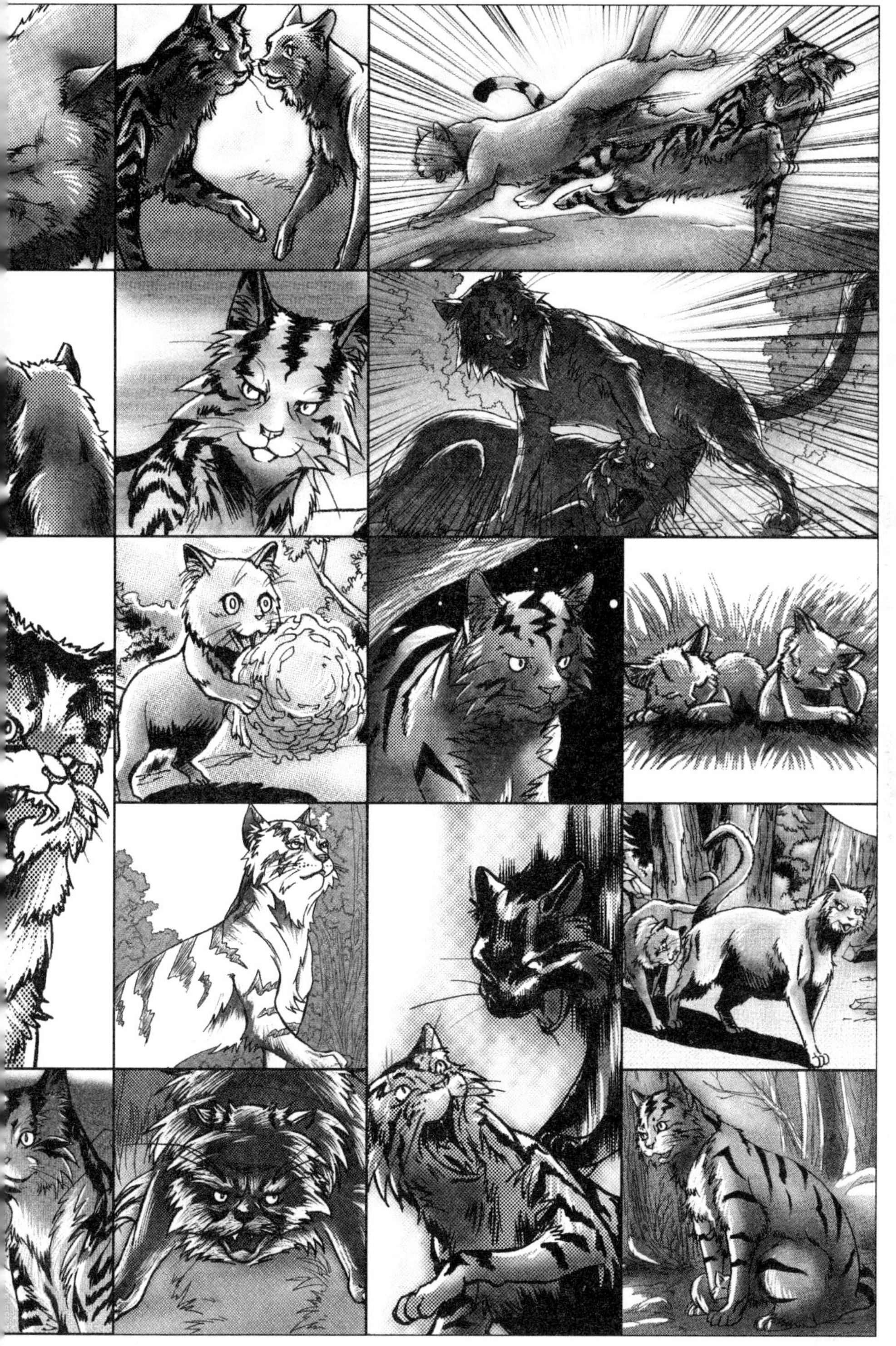

角色列表

雷族

族长
蓝星——蓝灰色母猫，口鼻部呈银色

副族长
火心——外表英俊的姜黄色公猫
（所指导的学徒是云爪）

巫医
黄牙——深灰色老年母猫，面部宽扁，曾经隶属于影族
（所指导的学徒是炭毛。炭毛是一只深灰色母猫）

武士（公猫和非育婴期母猫均可成为武士）
白风——大个头的白色公猫
（所指导的学徒是亮爪）
黑条——黑灰相间的虎斑公猫，皮毛光滑
（所指导的学徒是香薇爪）
长尾——淡色虎斑公猫，身上长着黢黑的条纹
（所指导的学徒是迅爪）
奔风——动作迅捷的虎斑公猫
鼠毛——个头矮小的暮棕色母猫
（所指导的学徒是刺爪）
蕨毛——金棕色虎斑公猫

尘毛——深棕色虎斑公猫

（所指导的学徒是蜡爪）

沙风——淡姜黄色母猫

学徒（年龄大于六个月，正在为成为武士受训的猫）

迅爪——黑白相间的公猫

云爪——长毛白色公猫

亮爪——白色母猫，皮毛上长有姜黄色斑块

刺爪——金棕色虎斑公猫

香薇爪——浅灰色母猫，身上有深色斑点，眼睛是浅绿色

蜡爪——浅灰色公猫，身上有深色斑点，眼睛是深蓝色

猫后（怀孕或正在哺乳的母猫）

霜毛——漂亮的白色母猫，眼睛为蓝色

纹脸——漂亮的虎斑母猫

金花——淡姜黄色母猫

纹尾——淡色虎斑猫，是猫后中年纪最大的

柳带——毛色极淡的灰色母猫，长着一对蓝莹莹的眼睛

长老（从武士或猫后岗位上退休的猫）

半尾——大个头的深棕色虎斑公猫，残缺了一截尾巴

小耳——灰色公猫，双耳奇小，是雷族公猫中年纪最大者

团毛——小个子公猫，毛色黑白相间

一只眼——淡灰色母猫，眼花耳背，是雷族所有的猫中年纪最大者

斑尾——皮毛花纹美丽的玳瑁色母猫，曾经是族群里的族花

影 族

族长
夜星——上了年纪的黑色公猫

副族长
煤毛——瘦骨嶙峋的灰色公猫

巫医
奔鼻——小个头公猫，毛色灰白相间

武士
短尾——棕色虎斑公猫
（所指导的学徒是棕爪）
湿脚——灰色虎斑公猫
（所指导的学徒是橡爪）
小云——个头很小的虎斑公猫
白喉——黑色公猫，胸脯和四爪为白色

猫后
曙云——小个头虎斑猫
暗花——黑色母猫
高罂——浅棕色虎斑猫，四肢修长

风 族

族长
高星——黑白相间的公猫,长着一根修长的尾巴

副族长
坏脚——黑色公猫,一只脚残疾了

巫医
青面——短尾棕色公猫

武士
泥掌——斑驳的深棕色公猫
　　(所指导的学徒是网爪)
裂耳——虎斑公猫
　　(所指导的学徒是茶爪)
一根须——年轻的棕色虎斑公猫
　　(所指导的学徒是白爪)
奔溪——浅灰色虎斑母猫

猫后
灰脚——灰色母猫
晨花——玳瑁色母猫

河　族

族长
钩星——个头高大的浅色虎斑公猫，下颚扭曲

副族长
豹毛——身上长有醒目的金黄色斑点的母猫

巫医
泥毛——浅棕色长毛公猫

武士
黑掌——烟黑色虎斑公猫
　　（所指导的学徒是巨爪）
石毛——灰色公猫，耳朵在战斗中被撕裂了
　　（所指导的学徒是荫爪）
响肚——深棕色公猫
灰条——灰色长毛公猫，曾为雷族武士

猫后
雾脚——深灰色母猫
藓毛——玳瑁色母猫

长老

灰池——瘦削的灰色母猫,皮毛斑驳,口鼻处伤痕累累

族群以外的猫

巴利——黑白相间的公猫,住在距离森林不远的一处农场里

黑脚——大个头白色公猫,四爪黢黑,曾为影族副族长

石头——灰色公猫,曾为影族猫

乌爪——黑色公猫,尾巴尖儿是白色的

公主——浅棕色虎斑宠物猫,胸脯和爪子均为白色

斯玛——体态肥胖、性格宽厚的宠物猫,毛色黑白相间,住在靠近森林的
 一所房子里

虎掌——个头高大的深棕色虎斑公猫,两只前爪特别修长,曾为雷族副族长

风起云涌

引 子

月色苍茫,呻吟声阵阵入耳。在森林的灌木丛里有两只猫,一只在痛苦地挣扎,另一只则低着头站在一旁。站立着的那只猫是一位经验丰富的巫医,不过,此刻他也只能眼睁睁地看着自己的族长被病魔击倒而束手无策。这场瘟疫已经夺去了无数条生命,凡是得了瘟疫的猫,无不四肢抽搐、高热不退,这位巫医实在想不出有哪种药草能够治疗这个怪病。那位族长的身体又剧烈抽搐了一下,瞧得那位巫医胆战心惊,毛都竖立起来。他凑上前嗅了嗅,族长的嘴里发出阵阵恶臭,呼吸十分吃力。

忽然,丛林中响起一声猫头鹰的尖叫。巫医心里一沉。在丛林中,猫头鹰总是伴随着死亡,它们偷走猎物,甚至趁母猫不在时掳走她们的孩子。巫医抬头望着天,暗暗祈祷祖先保佑,别让猫头鹰的那声尖叫成为疾病的预兆。他透过巢穴顶部的树枝缝隙,在漆黑的夜空中找寻银毛星带。但天上浓云密布,遮挡住了所有的星星。巫医心里愈加恐慌。难道祖先们竟然在这

个危急关头弃他们而去吗?

冷风吹过,吹得树叶沙沙作响,也吹动浮云,露出了一颗星星。微弱的星光照进巢穴,黑暗中,族长深深舒了口气。巫医的心里又浮现出一丝希望:星族终归没有抛弃他们。

想到这里,他心里稍微松快些,仰起脸默默感谢祖先们保住了族长的性命。就在这时,他的脑海深处听到了精灵们的细语声,他们在谈论即将到来的辉煌的战争,在谈论新的领地,在谈论从旧族群的灰烬中崛起的一个伟大的族群。巫医喜不自禁,激动万分:这颗星星传来的信息远不止于族长的生还。

忽然,一对巨大的猫头鹰翅膀掠过,遮住了星光,巢穴内立刻陷入黑暗。那只猫头鹰尖叫着落在巢顶,用利爪扒拉巢顶的树枝。想必它是嗅到了病猫的气味,想乘虚而入吧。不过幸好巢顶的树枝十分密实,猫头鹰无法扒开。巫医吓得紧紧趴在地上。

过了一会儿,外面传来一阵翅膀的扑棱声,猫头鹰渐渐消失在丛林里。巫医坐起来,心怦怦直跳。他又望了望夜空,那颗星星却已不见踪影。巫医登时惊出了一身冷汗。

一只公猫走过来紧张地问:"你听到了吗?"巫医知道大伙儿都在等他诠释刚才的预兆,急忙挤出巢穴来到空地上。武士、猫后和长老们——身子还能动的全来了——已经聚集在空地的另一边。巫医没有急于走过去,而是竖起耳朵听大伙儿的议论。

风起云涌

一位目光炯炯、全身花斑的武士低嘶着说:"猫头鹰来这里干什么?"

一位长老胆怯地说:"它们从不往营地这边来。"

旁边的一位武士问:"有谁的幼崽被它掳走了吗?"

一只银色的猫后回答:"这次没有。"她的三个孩子死于这次瘟疫,因此近来说话时总是流露出悲伤的感觉,"但它也许还会再来。它一定是从气味中得知我们生病了。"

一位虎斑武士走进空地,说:"你应该这么想,死亡的气味会令它退避三舍。"这位武士的脚上沾满了泥浆,身上的毛乱蓬蓬的。他刚刚掩埋了一个死去的同胞。虽然还有很多死去的同胞曝尸在外,但他今晚实在累得挖不动了。他问:"族长怎么样了?"声音里充满了恐惧。

那位花斑武士说:"我们也不知道。"

银色猫后哀声问:"巫医在哪儿?"

群猫随即朝空地这边望过来,巫医看见他们的眼里充满了惊惧的眼神。他从群猫渐趋惶恐的声音中知道他们此时需要安慰,需要确知星族没有丢下他们不管。巫医深吸了口气,竭力装出一副若无其事的样子缓缓走了过去。

一位长老害怕地低声说道:"不用问巫医我就知道,猫头鹰的尖叫是死亡的预兆。"

花斑武士怒斥道:"你怎么知道的?"

GUUUUU

KA LA—

KA LA—

GUU U U

那位猫后瞪着长老，说道："是啊，星族又不会同你说话！"她转头看了看走过来的巫医，焦急地问："猫头鹰是个预兆吗？"

巫医有些不安，没有直接回答猫后的问题，而是说："星族今晚和我说过话了。你们看到云层里的那颗星星了吗？"

猫后点了点头，群猫的好奇心一下子被勾了起来。长老问："那颗星星意味着什么？"

那位虎斑武士叫道："族长会死吗？"

巫医迟疑了一下。

猫后哭喊起来："他不会死的。他不是有九条命吗？星族刚刚在六个月前给了他九条命啊！"

巫医回答说："星族已经尽力了。不过祖先们并没有遗弃我们。"他尽力不去想猫头鹰的翅膀遮住星光的事，继续说，"星族送给我们一个好消息。"

营地的一角传来尖厉的呻吟声，一位玳瑁色的猫后立刻跳起来跑了过去。其他的猫等着巫医说下文。

一个年轻的武士问："星族提到雨了吗？好久没有下过雨了，如果来场雨，也许能去去营地里的浊气。"

巫医摇了摇头说："没有提到雨，不过，我们族群的面貌将会焕然一新。通过星光，祖先们向我展示了未来，那是一幅恢宏壮丽的图景！"

风起云涌

银色猫后问道:"这么说我们不会死喽?"

巫医斩钉截铁地说:"不仅不会死,我们还将统治整个丛林!"

众猫都松了口气。他们已经被这场瘟疫折磨了一个月,这下可算盼到头了。巫医这时转过头去,不让别的猫看见他颤抖的胡须。他生怕大伙儿再向他询问那只猫头鹰的事,他不敢告诉大家星光被翅膀遮住究竟意味着什么可怕的事——为了焕然一新的面貌,这个族群将要付出最为高昂的代价。

第一章

明媚的阳光透过枝叶间的缝隙照在火心身上，看上去就像是隐藏在苍翠欲滴的灌木丛里的一颗发光的琥珀。

火心将身子俯得更低，脚步轻提轻落。他嗅到了鸽子的气味，馋得他直流口水。他一步步地爬过去，看到一只肥大的鸽子正在灌木丛里找食吃。

火心弯曲四肢，心里直痒痒。天没亮，他便带着巡逻队外出巡逻，回来后又带着捕猎队出去捕猎，此刻早已是饥肠辘辘。现在正值捕猎的大好季节，族群要趁着这个时候好好补充营养，不过美中不足的是，自从新叶季洪水过后老天便一直没再下过雨。返回营地将猎物堆放满后，火心准备为自己捕些猎物。他收紧肌肉，准备起跳。

忽然，一阵微风吹过，其中夹杂着另一股气味。火心张开嘴，略微侧了侧头。那只鸽子也嗅到了这股气味，它猛然抬起头展翅欲飞。不过迟了一步，就在火心错愕之际，旁边的一簇刺藤下突然闪出一团白影，扑上去将鸽子按在地上，接着咬住

风起云涌

它的脖子，咔吧一声结果了它的性命。

火心流着口水站起来，从灌木丛里出来向那只白猫走去，说："好样的，云爪，我竟然没有发现你。"

云爪摇晃着尾巴，沾沾自喜地说："这只笨鸟也没发现。"

火心听了有些不自在。云爪既是他的外甥，也是他的学徒。他不但有责任教给他武士的技能，也有责任训导他尊重武士守则。不可否认，云爪是一名优秀的猎手，但火心希望他能够谦逊一些。他有时甚至怀疑云爪是否懂得武士守则，担心他不能养成忠贞不贰的品格。

云爪出生在两脚兽的地盘，他的母亲是火心的姐姐公主，是只宠物猫，是火心将他从小就带进族群。那些族生猫从来就瞧不起宠物猫，火心对此深有体会。仅仅由于火心生下来的头六个月是在两脚兽的家里长大的，族里的有些猫便老拿这件事来刺激他。火心为了证明自己的忠诚而竭尽全力，不过这个脾气倔犟的学徒却与他的风格截然不同。对此火心感到非常烦躁，因为他觉得云爪要想赢得族群的好感，就应该改改骄傲自大的毛病。

火心说："你之所以能捉到这只鸽子，只是因为速度够快罢了。你站在了上风向，虽然我没有看见你，但我嗅到了你的气味，那只鸽子也嗅到了。"

云爪的毛一下子竖立起来，犟嘴道："我知道自己在上风

猫武士

向！但我心里有数，这只笨鸟就算嗅到了我的气味，也逃不出我的爪子。"

看着学徒那副桀骜不驯的样子，火心怒气上涌，厉声喝道："这是只鸽子，不是笨鸟！一名真正的武士应当懂得尊重喂养他的族群的猎物。"

云爪反唇相讥："哼，好吧！昨天刺爪拖着松鼠回营地时，我可没见他表现出什么尊重。他说那只松鼠脑子痴呆，就连幼崽都能捉住它。"

火心吼道："刺爪还只是一名学徒。和你一样，他还有很多东西需要学习。"

云爪捅了捅那只鸽子，满脸不高兴地说："我不是捉住它了吗？"

"要想成为武士，除了能捉到鸽子以外，还需要学更多的东西！"

云爪不服气地说："我的身手比亮爪敏捷，块头比刺爪大。这还不够吗？"

"可他们绝不会从上风向的地方捕捉猎物！"火心虽然知道他不该和学徒拌嘴，但云爪在不停地火上浇油，这让他忍无可忍。

云爪提高嗓门儿吵吵说："真是了不起！你这位优秀的武士虽然站在下风向，可这只鸽子却让我给逮着了！"

风起云涌

火心突然低嘶说:"别吵。"他抬起头嗅了嗅空气。森林里出奇地安静,只有云爪的吵嚷声在回荡。

云爪望了望四周,说:"什么事?我什么也嗅不到。"

火心承认说:"我也嗅不到。"

"那你担心什么?"

火心直截了当地说:"担心虎掌。"自从数月前虎掌被蓝星逐出族群后,他便时常出现在火心的梦魇中。他们两个是死对头,虎掌企图杀死蓝星,但火心及时赶到,不仅阻止了他行凶,还当着全族的面揭穿了他的阴谋诡计。虽然自那以后虎掌便杳无音信,但火心总觉得心里不踏实,因此他才会对森林里的寂静格外留意。他清楚地记得虎掌离开前说的那番话:火心,注意睁大眼睛,注意竖直耳朵,注意往身后看。因为终有一天我会找到你,把你变成鸦食的!

云爪不屑地说:"就算虎掌还赖在这里又能怎样?蓝星已经将他流放了。"

火心说:"我知道,现在鬼才知道他在哪里。但虎掌曾明确说过他不会善罢甘休的!"

"我才不怕那个逆贼呢。"

火心低声说:"哼,你的胆子倒不小!虎掌对这里的环境烂熟于胸,如果逮着机会,他会把你撕成碎片。"

云爪鼻子里发出嗤的一声,不耐烦地拨拉着那只死鸽子

猫武士

说:"你当上副族长后变得越来越乏味了。如果你就只会用那些哄骗小孩子的故事来吓唬我,我可不奉陪了。我还要去给长老们找吃的呢。"说完,他丢下那只死鸽子,冲进灌木丛里。

"云爪,你给我回来!"火心生气地吼了一句,接着摇了摇头,自言自语地说,"就让虎掌把这个小笨蛋抓走好了!"

他摇晃着尾巴衔起鸽子,一时间迟疑不决,不知道是否该帮云爪带回去。一名武士应当珍惜他捕到的猎物。最后,他做出了决定,于是将鸽子拖进草丛里,用草盖在鸽子上面。他一边忙活,一边希望云爪能记得回来把它带给那些饥饿的长老。他心想:他不把这只鸽子拿回去,我就不让他吃饭。他的学徒必须要懂得,即使在绿叶季,也不能浪费猎物。

太阳升得更高了,炎炎烈日烤焦了大地,似乎连树叶里残存的水分也要蒸发掉。森林里出奇地安静,所有的动物都躲藏起来,以待夜间凉爽的时候再外出活动。这种寂静令火心心神不宁。也许他还是应该去把云爪找回来吧。

火心的耳边似乎又响起好友灰条的声音:你该设法让他提防虎掌!想起灰条,火心心中十分苦涩。如果灰条在这里,一定会这么对火心说的。灰条和火心从当学徒时就形影不离,他们一同训练,一同嬉戏打闹。后来,灰条爱上了河族的母猫银溪,他们的关系才渐渐疏远,直到最后那场惨剧将他们彻底分开。如果银溪不死,也许灰条就会留在雷族。想起灰条带着两

风起云涌

只幼崽跨过边界，加入孩子母亲的族群——河族，火心就感到心灰意冷。他时常怀念他们之间的友谊，几乎每天都要同想象中的灰条对上几句话。他太了解灰条了，不用想都知道灰条会怎样同他一问一答。

火心扭了扭耳朵，让思绪重回现实之中。他该回营地了。如今他是副族长，应该回去组织大家捕猎和巡逻了。只希望云爪能够好自为之吧。

火心穿过丛林，一口气跑到峡谷边。他停下脚步，心里涌起一种自豪和温馨的感觉。每当他回家时，都会产生这种感觉。虽然他的童年是在两脚兽的地盘里度过的，但从他踏入丛林的第一步起，他就深深知道丛林才是他真正的归属。

雷族的营地就隐蔽在峡谷里，由于灌木的重重覆盖，峡谷外根本看不到里面的情形。火心跳进峡谷内，向金雀花通道走去。

他看见猫后柳带躺在营地门口处晒太阳。最近她刚从武士巢穴里搬出去，住进育婴室等待她的第一次分娩。

站在柳带旁边的是纹脸，她的两只幼崽正在地上翻滚打闹，扬起阵阵尘土。这两只幼崽和云爪都是吃纹脸的奶水长大的。云爪刚出生便被火心带进族群，是纹脸收养了他。云爪不久前刚刚成为学徒，纹脸的这两个孩子很快也要离开育婴室，开始他们的学徒生涯了。

猫武士
MAOWUSHI

高岩处响起议论声,火心抬眼望去,看见一些武士聚集在高岩下。他远远认出其中有黑条那身虎斑皮毛、奔风那柔软灵活的身段和白风那颗雪白的脑袋。

火心还没走近,就听见黑条刁难的声音:"那么谁来带领中午这一班巡逻队呢?"

白风懒得同黑条斗气,只是淡淡地说:"等火心回来后他会决定的。"

尘毛抱怨说:"他早就该回来了。"

"我回来了。"火心大声说着分开众武士走到白风旁边坐下。

黑条冷冷地看着火心,说:"哼,既然来了,能告诉我们谁率领中午这一班巡逻队吗?"

虽然火心坐的位置处在高岩阴影下,但黑条的话仍激得他冒了一身汗。黑条曾经是虎掌的死党,虽然他最终选择留下而没有继续追随虎掌,但火心始终怀疑他对族群的忠诚。火心说:"就由长尾带队吧。"

黑条的目光从火心身上缓缓移向白风,眼里尽是轻蔑的神色。火心紧张地咽了口唾沫,不知道自己又说什么蠢话了。

白风神情尴尬地解释说:"哦,长尾带着学徒出去了,他和迅爪要到天黑时才能回来,记得吗?"白风身边的尘毛鼻子里发出哧的一声,神态极为不屑。

火心暗想:我怎么忘了这件事!他说:"既然这样,就由

风起云涌

奔风率领蕨毛和尘毛去好了。"

尘毛说:"蕨毛可跟不上我们的步伐。自从和泼皮猫打完仗后,他的腿伤一直没有痊愈。"

"好了,好了。"火心强压住怒火,随口点名说,"那蕨毛就去捕猎吧,他可以随同鼠毛和……和……"

沙风主动说:"我和他们一起去捕猎吧。"

火心感激地冲她眨了眨眼睛,继续说:"和沙风一起。"

黑条说:"那么巡逻队呢?如果再不赶快决定,中午就要过去了!"

火心生气地说:"你就编入奔风的巡逻队吧。"

鼠毛温和地问:"那么夜间巡逻队呢?"火心看着她,脑子里突然一片空白。

白风接口说:"我来带领夜间巡逻队吧。迅爪和长尾回来后,就让他们随我一同去吧,行吗?"

"那太好了。"火心环视众猫,见大家都还满意,不由得松了口气。

众武士纷纷散去,留下火心和白风。火心朝这位老年武士低下头说:"谢谢你,我本该事先做好计划的。"

白风说:"那样会好得多。以前都是虎掌来安排我们该做什么,什么时候做,我们都形成习惯了。"

火心移开目光,心里沉甸甸的。

白风继续说："虎掌的叛逆行径给族群造成的震动太大了，大家现在都有些心浮气躁。"

火心知道白风在鼓励自己。他低估了这件事给族群造成的影响。虽然火心早就知道虎掌为了权力而行凶谋杀和编造谎言，但对于族群里其他的猫来说，这件事来得太突然了，他们很难相信这位英勇无畏的武士会调转枪口指向自己的族群。白风的话提醒了他：虽然他没有虎掌的威望，但他绝不会像虎掌那样背叛族群。

白风的话打断了他的思路："我得去瞧瞧纹脸，她说有话要对我说。"说着低下头。白风毕恭毕敬的样子令火心有些意外，他尴尬地点头答礼。

白风走后，火心的肚子饿得咕咕直响，他想起云爪捉住的那只鸽子。此时白风的学徒亮爪正坐在学徒巢穴外的树墩旁清理身上的毛，火心想知道她是否给长老们带回了猎物，于是向她走过去。亮爪抬起头说："嘿，火心。"

火心说："嘿，亮爪。捕猎回来了？"

亮爪兴高采烈地说："是啊，这是白风头一回放手让我独自去捕猎呢。"

"捉得多吗？"

亮爪有些不好意思地说："捉了两只麻雀和一只松鼠。"

火心夸赞道："干得漂亮。我敢打赌，白风一定非常高

风起云涌

兴喽。"

亮爪点了点头。

"你把猎物给长老们送去了吗？"

"是的。"亮爪显出一副担心的样子，焦急地问，"我做得对吗？"

火心连忙说："你做得非常对。"如果他的学徒这么乖就好了。按理说云爪早该回来了，仅靠两只麻雀和一只松鼠，长老们可吃不饱。他决定亲自去长老巢穴一趟，看看他们是否深受暑热之苦。长老们住在一棵倒在地上的橡树干里，火心走过去，听见巢穴里传出说话声。

"柳带就快要分娩了。"这是斑尾的声音。

一只眼高兴地说："新出生的幼崽总能冲冲晦气。"

小耳嘟囔说："我们可没什么晦气。"

团毛揶揄说："你倒不担心仪式的事，是吗？"火心能想象出他流露出的对小耳那副不耐烦的模样来。

小耳说："担心什么？"

团毛大声解释说："就是任命副族长的仪式，几天前虎掌离开后的那个。"

一只眼生气地说："虽然我有些耳背，可心里却不糊涂。"虽然她脾气暴躁，但却是一位睿智的长老，大家出于尊重都在静静地听她的下文，"我认为星族不会仅仅因为蓝星不在午夜

前举行仪式而惩罚我们,当时是有特殊情况嘛。"

团毛烦躁地说:"但这绝不是好事!副族长叛变,新的副族长又在午夜后才得到任命,星族会怎么看待我们这个族群呢?仿佛我们都不守本分,就连正确举行仪式都做不到一样。"

火心的脊背上泛起阵阵寒意。那天蓝星知晓虎掌的诡计并将他逐出族群后,心情极度低落,因此没能按时举行副族长的任命仪式。火心直到第二天才受到任命,所以许多猫认为这是个极坏的兆头。

小耳低沉着嗓子说:"据我所知,火心的任职仪式还是第一个打破了族群习俗的。虽然我不愿说,可我还是忍不住觉得,雷族在他的领导下只怕会面临有史以来最黑暗的日子。"

团毛表示同意。火心的心怦怦乱跳,期盼着一只眼能为他说几句话,平息掉大伙儿的恐惧。不料这次连她也保持了沉默。虽然烈日当头,碧空万里无云,火心仍感到骨头都是冷的。

此时再进去已然不合时宜,因此他转过身,怀着焦虑的心情沿着空地边走开。他低头看着地上,怔怔出神。走近育婴室时,他感觉到育婴室门前有东西动了一下。他抬起头,忽然看见虎掌那双琥珀色的眼睛正炯炯发亮地瞅着自己,他一下子惊呆了。这熟悉的目光吓得他有点儿魂不附体,细看后才发觉站在面前的并不是那位凶残的武士,而是小黑莓——虎掌的儿子。

第二章

火心眼前闪过一个身影,他抬起头看见金花叼了一只玳瑁色和白色相间的幼崽从育婴室里走了出来。金花将那只幼崽轻轻放在小黑莓的旁边,一瞥眼看见火心的神情,立刻将尾巴卷过来护住两只幼崽,仰起下巴瞅着火心,似乎想质问他。

火心意识到自己有些失态,心里感到非常愧疚。他在瞎想些什么?他可是副族长啊!他知道此时必须说些话,让金花确信她的孩子会得到一视同仁的对待。他结结巴巴地说:"你的……你的两个孩子看起来很健康。"不过他的毛还是竖了起来,因为那只深色的虎斑幼崽正注视着他,眼睛眨都不眨一下,模样跟虎掌像极了。

火心的爪子本能地伸出来紧紧抠住地面,他竭力抑制住内心的惶恐和愤怒,暗暗告诉自己:背叛族群的是虎掌,而不是这只小幼崽。

金花担心地看着那只较小的幼崽,告诉火心说:"小褐还是头一回到育婴室外面来。"

火心低声说:"他们长得真快。"

金花弯下脖子在每只幼崽的脑瓜上舔了一下,走到火心面前说:"你心里想些什么,你的眼神中表露无遗。我理解你的感受,但他们是我的孩子,我会用生命来保护他们。"她抬头直视着火心,火心看到她的目光后面深深潜藏着炽热的感情。

金花继续说:"火心,我很担心孩子们。大家都忘不掉虎掌的所作所为——这也情有可原,但小黑莓和小褐是无辜的,我绝不会让他们受到虎掌的牵连。我不会告诉他们谁是他们的父亲,如果他们问起,我便说是一位勇敢、力量强大的武士。"

火心突然对这只饱受煎熬的母猫产生了强烈的同情,他拍胸脯保证说:"他们在这里会很安全的。"不过小黑莓的那双琥珀色眼睛还是令他感到不自在。

白风从育婴室里走了出来,对火心说:"纹脸认为她的两个孩子已经可以接受训练了。"

火心问:"蓝星知道吗?"

白风摇了摇头说:"纹脸想自己和蓝星谈这件事,但这些天蓝星从不到育婴室来。"

火心皱起眉头。作为族长,蓝星应当关注族群生活的方方面面,尤其应对育婴室多加关心。所有的猫都知道,平安健康的幼崽们对雷族是多么重要。

白风继续说:"这倒也不奇怪。自从和泼皮猫打过仗后,

风起云涌

她的伤口一直没有痊愈。"

火心说:"我应该去告诉她吗?"

白风说:"是的。她听到些好消息,也许就会振作起来。"

火心听出白风在担心族长,说:"我保证这件事会让她振作起来的,雷族已经很久没有这么多学徒了。"

白风眼睛忽然一亮,说:"这句话倒提醒了我。云爪在哪里?我原以为他在为长老们捕猎呢。"

火心尴尬地移开目光,说:"哦,是的,他是在捕猎。我不知道他为什么耽搁了这么久。"

白风提起一只爪子舔了一下,似乎猜到了火心心里不安的念头,低声说:"森林里不像以前那么安全了。别忘了,风族和影族还在为断尾的事记恨我们哪,他们现在还不知道断尾已经死了,因此有可能再来袭击我们。"

断尾曾是影族的族长,他为扩张领地,差点儿毁了森林里的其他族群。雷族帮助影族将断尾赶下了台,但后来见他双目失明、无依无靠,因此将他看押在营地内,不想这个仁慈的决定却激怒了断尾昔日的仇敌们。

火心知道白风是在提醒他多加提防——他还没说虎掌有可能在附近出没呢——不过云爪是经过火心的同意才独自离开的,恼羞成怒之下火心出言反击道:"今天早上你让亮爪独自去捕猎了?"

"是的。我叮嘱她不要走到峡谷外,并且在中午前回来。"白风的语气很温和,不过他停止清理爪子,关切地看着火心说,"我希望云爪不要离开营地太远。"

火心移开目光,小声说:"我要去告诉蓝星,幼崽们已经做好训练的准备了。"

白风说:"好主意。我带亮爪去进行训练,她在捕猎方面还行,但格斗技能上还有欠缺。"

火心一边暗骂云爪,一边向高岩走去。来到蓝星的巢穴外,他抛开云爪的事情,定了定神,隔着挂在巢穴口的苔藓朝内通禀。巢穴里轻轻传出一声"进来吧",他慢慢走了进去。

族长巢穴位于高岩底部,是由古时的一条溪流冲刷而成的,巢穴内十分阴凉。太阳光透过巢穴口的苔藓照射进来,照得四壁亮堂堂的。蓝星坐在窝里,就像一只正在孵蛋的鸭子。她的毛又脏又乱。火心想:也许她的伤口还很痛,不能清理身上的毛吧。不过他的心里在回避另一个可能——那就是,他的族长连自己都照顾不好了。

想起白风忧虑的目光,火心便有些揪心。他注意到蓝星瘦了许多,昨晚那只鸟她只吃了一半就扔掉了。饭后她也没有像往常那样和资深武士们一起舔梳聊天,而是独自走回巢穴。

蓝星抬起头,火心看见她的眼里隐隐透着一丝关切,顿时松了口气。

风起云涌

"火心。"蓝星打了个招呼,坐直身体。她神态威严,火心记得自己第一次走进森林遇见她时,她的脸上便是这副神态。是蓝星邀请他加入雷族,蓝星在他心目中的崇高地位使他们之间很快建立了一种特殊的关系。

火心尊敬地低下头,说:"蓝星,白风今天去了育婴室。纹脸告诉他,她的两个孩子已经可以接受训练了。"

蓝星缓缓睁大眼睛,喃喃说:"已经可以了?"

火心等待蓝星下达举行学徒仪式的命令,不过蓝星却只是看着他。

他追问说:"嗯。你想让谁当他们的老师呢?"

蓝星轻声重复了一句:"老师?"

火心渐渐感到不安。

她的目光忽然转冷,愤愤地说:"我们还能信任谁来训练这些无辜的幼崽呢?"

火心吃了一惊,一时间说不出话来。蓝星愈发生气,问道:"你能训练他们吗?或者让灰条训练?"

火心摇了摇头,竭力保持镇定。难道蓝星忘记灰条已经不再是雷族的一员了吗?"我……我已经有云爪做学徒了。而灰条……"他的声音越说越小。他换了口气,又说:"蓝星,只有虎掌没资格做幼崽们的老师,而他已经被流放了,记得吗?任何一名雷族武士都能当好纹脸孩子的老师。"蓝星似乎没有

进来吧。

也许她的伤口还很痛，不能清理身上的毛吧。

蓝星，白风今天去了育婴室。纹脸告诉他，她的两个孩子已经可以接受训练了。

火心。

已经可以了？

听见，只是望着地面出神。火心说："纹脸希望尽快为他们举行学徒仪式。她的孩子们早就准备好了。云爪是他们的奶兄，如今已做了半个月的学徒了。"

火心凑上前，期待蓝星的回答。最后，蓝星点了点头，抬起眼睛看着火心，紧缩的肩膀松弛下来。火心稍稍松了口气。虽然蓝星的目光里仍带着冷淡，不过眼神已平静了许多。她斩钉截铁地说："我们在晚饭前举行学徒仪式。"

火心谨慎地问："那么你想让谁当他们的老师呢？"蓝星一怔，目光又重新焦虑迷乱起来。

"你来决定吧。"

她的声音很小，火心几乎听不到。他不敢再向蓝星施加压力，低下头说："是，蓝星。"说着退出了巢穴。

他坐在高岩下，整理凌乱的思路。如果蓝星不再信任族里的任何武士，那么虎掌的背叛给她造成的影响一定超出了他的想象。火心埋头舔了一下胸口，定了定神。和泼皮猫的那场战斗已经过去好几天了，不该在蓝星的心中久久不去才是。火心一方面为蓝星感到忧虑，另一方面又担心族群里其他的猫。如果真如白风所说，大家的情绪很不稳定，那么蓝星这个样子只会更令他们紧张不安。

火心放松全身，朝育婴室走去。柳带正躺在育婴室外晒太阳，火心走过去打招呼说："嘿，柳带。"

风起云涌

柳带抬起头说:"嘿,火心。当副族长的滋味如何呀?"她的目光里带着好奇,语气也很友善,不存恶意。

火心说:"还好吧。"他郁闷地想:如果学徒不和我怄气,长老们不为可能遭到星族的惩治而战战兢兢,或者族长不像现在这样连让谁当纹脸的幼崽老师都决定不了的话,那么当这个副族长还算不错吧。

"很高兴听你这么说。"柳带说完扭头去清理后背。

火心问:"纹脸在吗?"

柳带边舔边说:"她在里面。"

"谢谢你。"火心走进育婴室,里面出奇地亮堂。树枝弯曲后形成一道裂缝,太阳光通过裂缝照射进来。火心暗暗叮嘱自己,一定要在落叶季到来前补上这个窟窿。

他说:"嘿,纹脸,好消息!蓝星说你的孩子们的学徒仪式就在今晚举行。"

纹脸躺在窝里,两只浅灰色的幼崽正赖在她身上撒欢儿。纹脸嘀咕说:"可算等到了!"那只身上长有黑色斑纹的较大的幼崽从她的腹部跳起来,向他的妹妹扑去,"这两个孩子长得太大,育婴室都容不下了。"

两只幼崽在妈妈的背上打滚,纹脸温柔地将他们从身上推开,问:"你知道他们的老师是谁吗?"

火心料到她要问这个问题,回答说:"蓝星还没有决定。

你认为谁合适呢?"

纹脸惊讶地说:"蓝星最知道这种事了,该由她来决定。"

火心知道,依照传统,老师都是由族长指定的。他声音低沉着说:"是的,你说得不错。"

这时,一阵微风拂过,其中夹杂着虎掌的那只虎斑幼崽的气味。他贸然问道:"金花去哪里了?"

纹脸睁大眼睛,回答道:"她带着孩子去见长老了。"随即眯缝起眼睛:"你从虎掌儿子的身上看到了他的影子,是吗?"

火心不自在地点了点头。

纹脸肯定地说:"他只是模样长得像虎掌罢了。他的性格很温和,而且有他妈妈在,他也不会太出格的!"

"嗯,那就好。咱们在仪式上再见吧。"说完,他转身就要走出育婴室。

柳带叫住他问:"蓝星已经决定学徒仪式举行的时间了?"

他回答:"是的。"

"谁当他们的老……"

不等柳带把话说完,火心便急忙夹着尾巴逃走了。举行学徒仪式的消息如野火般在营地内迅速传开,所有的猫都想知道同一件事情。火心必须尽快做出决定,不过他现在的鼻孔里都是小黑莓的气味,心里总有一种不祥的念头如阴影般挥之不去。

风起云涌

他下意识地朝巫医巢穴走去。黄牙的学徒炭毛应该在那儿。如今灰条去了河族，炭毛便是他最要好的朋友了。他知道温柔的炭毛一定能够排解他心中的焦虑和彷徨。

他加快步伐穿过香薇通道，走进阳光普照的空地。空地里有一块大石头从中间裂开，裂缝处就是巫医巢穴。

火心刚张开嘴，便见炭毛一瘸一拐地从巫医巢穴走了出来。每次看到炭毛那条扭曲变形的后腿，想到她因此而不能成为武士，火心心里便隐隐作痛。那天炭毛跑上雷鬼路发生了意外，火心总感到自己对此负有责任，因为当时炭毛是他的学徒。在黄牙的悉心照料下炭毛逐渐康复，后来黄牙开始教给她一些医术，一个半月之后又收她为徒。炭毛最终在族里找到了自己的位置。

炭毛衔着一大捆药草一瘸一拐地走进空地。她愁眉苦脸，竟然没发现火心就站在面前。她将那捆药草放在太阳地里开始进行分拣，样子十分急躁。

火心说："炭毛？"

炭毛抬起头，惊讶地说："火心！你来干什么？生病了吗？"

火心摇了摇头说："没有。你近来还好吧？"

炭毛厌恶地瞅着摊在地上的药草，火心走过去和她对触了一下鼻子，问："出什么事了？别告诉我你又把老鼠胆汁洒在

黄牙的窝里了。"

"才没有呢！"炭毛生气地说着，接着垂下了头，"我就不该学医，我是个灾星。那天我发现那只腐烂的鸟时就该知道这一点的！"

火心记得那件事正好发生在他的副族长仪式后不久。炭毛想挑一只喜鹊给蓝星送过去，不料上面竟然长满了蛆虫。

火心问："黄牙认为那个凶兆是预示你的吗？"

炭毛坦白地说："唔，那倒没有。"

"那你凭什么认为自己当不好巫医呢？"其实火心心里隐隐觉得那个凶兆预示的应该是另外一只猫——族长蓝星。

炭毛沮丧地晃了晃尾巴："黄牙要我帮她调制一种药糊，就是用来清洁伤口的那种，很简单的。她一开始就教过我了，但我现在竟然忘记了该用哪些药草。她一定会骂我是个笨蛋的！"她越说越烦躁。

火心语气坚定地说："她知道你不是笨蛋。"

"但最近以来，这已经不是我做的第一件蠢事了。昨天，我不得不问她毛地黄和罂粟籽怎么区分。"炭毛的头垂得更低，"黄牙说我成事不足，败事有余。"

火心安慰她说："哦，你知道黄牙就是这副德行，她就喜欢这么说。"黄牙曾经是影族的巫医，被影族族长驱逐后投奔雷族，但她做武士时形成的火暴脾气可一点儿也没有改。然而，

风起云涌

炭毛却比别的猫更能忍受她这种突然发作的脾气,这是她们合得来的一个重要原因。

炭毛叹了口气,说:"我不知道自己凭什么能够成为一名巫医。我原想当黄牙的好学生,哪知道最终害人害己。有好多东西我想学但却学不会。"

火心趴下身子平视着炭毛的双眼,厉声说:"你还在想银溪的事情,是吗?"他清楚地记得那天银溪在太阳石难产,炭毛想尽一切办法想挽救她的生命,但银溪失血过多终于不治身亡。银溪死了,但生下的两只幼崽却活了下来。

虽然炭毛没有回答,但火心知道自己猜对了。他说:"你救了她的孩子!"

"但我没能救她!"

火心凑上前舔了一下她的脑袋说:"你已经尽力了。听着,去问问黄牙这药糊里该放什么药草,她不会骂你的。"

炭毛将信将疑地说:"希望吧。"接着抖了抖身子又说道:"我不能再这样一味地自责了,是吗?"

火心回答:"是啊。"说着冲她晃了晃尾巴。

"对不起。"炭毛可怜兮兮地瞅了他一眼,目光中隐隐带有昔日调皮的神色,"我是不是不该奢望你会带来猎物呀?"

火心摇了摇头,说:"对不起,我来是想和你说说话。黄牙不让你吃饭了吗?"

"不会的,不过她比你想象的严厉得多。我今天都没有机会去取猎物。"炭毛说完随即好奇地问,"你想和我聊些什么呢?"

火心的心情又阴郁起来,说:"虎掌的幼崽呗,特别是小黑莓。"

"因为他长得像他的父亲吗?"

火心微微一惊,难道他的想法这么容易被猜到吗?"我知道自己不该对他妄加揣测,他还只是个孩子。但每当我看见他的时候,我就觉得站在面前的是虎掌,吓得我走不动路。"他缓缓摇了摇头,承认这一点令他很是不好意思,但能够对朋友一诉衷肠又让他感到舒心,"我不知道我是否还能信任他。"

炭毛温和地说:"如果每次看到他都会想起虎掌来,你有这种感受倒也不稀奇。但你必须透过他的外表去看内心。别忘了,他不光是虎掌的孩子,他也是金花的骨肉。他永远不会知道自己的父亲是谁,他将由族群来养大。"接着补充了一句:"你应该最明白,不要凭着出身来下结论。"

炭毛说得没错。火心对族群的忠诚从没有因为他的宠物猫出身而受到丝毫影响。他问:"星族和你说过小黑莓的事吗?"他知道小黑莓出生时她和黄牙定然会观察银毛星带的变化。

炭毛移开目光,低声说:"星族不会什么事都和我说的。"火心心里一沉。

他很了解炭毛,她这个样子一定是有事隐瞒。他说:"但

风起云涌

有些事他们是会和你说的,对吗?"

炭毛抬眼看着他,神情坚决地说:"他的命运和其他的幼崽一样,都与雷族的未来密切相关。"

火心知道她不愿说的事情强迫也没有用,于是决定转换话题,聊一些其他困扰他的事情。他说:"我还有别的事想和你谈谈,纹脸那两只幼崽的老师要由我来指定。"

"这种事情不都是蓝星做主吗?"

"就是她让我来选的。"

炭毛惊讶地说:"那你还有什么可愁的?你该高兴才对。"

火心默默重复了一句:高兴?想起蓝星眼里含有的敌意和迷惘,火心耸了耸肩膀说:"也许吧。但我现在还不知道该选谁呢。"

炭毛说:"你总会有些思路吧。"

"一点儿眉目都没有。"

炭毛皱着眉头想了一会儿,说:"嗯,在你被指定做我老师的那天,你当时是什么感觉?"

火心没想到她会问这个问题,边想边回答:"我感到骄傲、害怕,还有就是迫切想证明我自己。"

炭毛说:"你认为现在谁最想证明自己呢?"

火心眯缝起眼睛,一只深棕色虎斑猫的身影在心头闪过,他脱口而出:"尘毛。"炭毛若有所思地点了点头。火心继续

说:"他一定很想收一名学徒。他曾经和虎掌关系密切,虎掌被流放后,他一直在找机会证明自己对族群的忠诚。"他一边说,一边想到了另外一个理由。蓝星两次让他收学徒,第一次是炭毛,第二次是云爪,尘毛为此一直怀恨在心。火心愧疚地想:如果让尘毛收一名学徒,他的妒火也许就平息了,就更容易相处了。

炭毛高兴地说:"很好,选定了一个。"

火心低头看着炭毛那双清澈明亮的大眼睛,心里暗暗感激,是她让这件事迎刃而解的。

炭毛问:"另一个怎么办?"

"另一个什么?"香薇通道响起黄牙苍老的声音,她步伐僵硬地走进空地。火心扭头朝她打了个招呼。她身上的毛还像往常一样乱成一团,似乎因为忙于族群事务以致没空对自己稍加梳理。不过她的那双橘红色的眼睛依然炯炯有神,不会漏过任何的蛛丝马迹。

炭毛解释说:"蓝星要火心为纹脸的两只幼崽选老师。"

黄牙惊诧地说:"哦,是吗?你选谁了?"

火心说:"我们已经选了尘毛……"

黄牙打断他的话说:"我们已经?哪个'我们'?"

火心坦白说:"炭毛帮我出的主意。"

"一只刚刚成为学徒的猫就为族群做这么重要的决定,我

风起云涌

认为蓝星听了一定很高兴。"黄牙说着转头对着炭毛,"你把那药糊调制好了吗?"

炭毛张开嘴巴,随即摇了摇头,一声不吭地回到空地中央那堆药草旁边。

黄牙看着她的学徒一瘸一拐地走开,鼻子里发出哧的一声,向火心抱怨说:"这几天她一直不正面回应我,有时我连话都插不上。她越早恢复正常,对我们大家越好!"这位老巫医眉头紧皱,然后说道:"好吧,我们刚才说到哪里了?"

火心声音低沉地说:"为纹脸的幼崽们再找一位老师。"

黄牙说:"谁还没有收过学徒?"

火心回答:"嗯,沙风。"他忍不住觉得,让尘毛收学徒而不让沙风收,对沙风未免太不公平了。毕竟,沙风和尘毛是一起接受训练,同时成为武士的。

黄牙点明说:"你认为同时让两只没有经验的猫做老师合适吗?"

火心摇了摇头。

黄牙进一步追问:"那么,雷族里还有哪位武士更有经验却没有收过学徒呢?"

火心想:是黑条。不过他心里很不情愿。虽然虎掌被流放时,黑条选择留了下来,但所有的猫都知道他一直是虎掌最要好的朋友。不过,由于火心当初加入雷族时,黑条曾对他百般

刁难，此时如果他刻意不让黑条收学徒，难免会显得自己是在挟私报复。毕竟，黑条应该收一名学徒了。

　　黄牙看见他脸上忽现坚决的神情，说道："好了，这不就结了。你现在能让我和我的学徒安静一会儿了吧？我们还有活儿要干。"

　　火心站了起来，虽然他已经选定了两位老师，但心里却丝毫不感到轻松。他相信这两只猫对族群绝对忠诚，但他拿不准他们是否也对他忠诚。

第三章

火心从香薇通道里出来，看见鼠毛的学徒刺爪嘴里叼着两只老鼠正朝猎物堆那边走，于是叫住他问："你看见云爪了吗？"刺爪摇了摇头。火心心里立即升起一股无名之火。云爪爬也该爬回来了！

他命令刺爪："好吧，把这两只老鼠给长老们送过去。"刺爪应了一声，快步走开了。

火心气得浑身发颤，不过他生这么大的气更多的是出于恐惧。他心里吼道：虎掌捉住他怎么办？他急急忙忙赶往蓝星的巢穴，想向她汇报完老师的人选后便去寻找云爪。

火心来到高岩下，来不及梳理蓬乱的毛便朝内通禀。听见蓝星回应，他立刻走了进去。蓝星还和他离去时一样，怔怔地躺在窝里。

火心低头说："蓝星，我认为尘毛和黑条将会是好老师。"

蓝星扭头瞥了他一眼，然后坐直身体，淡淡地说："那好啊。"

火心心头涌起一股失望之情。蓝星看起来根本不关心他选

谁当老师。火心问："我把他们叫来，由你亲自告诉他们这个好消息吗？"接着补充了一句："他们现在出去了，等他们回来后，我……"

"他们出去了？"蓝星的胡须抽动了一下，"两个都出去了？"

火心不安地解释着："他们去巡逻了。"

"白风在哪里？"

"出去训练亮爪了。"

"那鼠毛呢？"

"和蕨毛、沙风捕猎去了。"

蓝星问："所有的武士都离开营地了？"

火心看见她的肩膀缩紧，顿时心里一沉。蓝星在害怕什么呢？他想起了云爪，想起了今天早晨在寂静的丛林中自己的恐惧。火心竭力保持镇定，向蓝星保证说："大伙儿很快就回来了，而且我还在这里嘛。"

蓝星厉声呵斥："别来哄我！我可不是被吓坏的幼崽！"火心吓得后退了一步，只听蓝星继续说："在大伙儿回来之前你不许离开营地半步。上个月我们被袭击了两次，我不想让这个营地变成一个空城。从今往后，至少要留下三名武士守卫营地。"

火心惊出了一身冷汗。他不敢看蓝星的眼睛，生怕看后认不出她了。他小声说："是，蓝星。"

"黑条和尘毛回来后，叫他们到这里来。我想在仪式举行

风起云涌

前和他们谈谈。"

"遵命。"

"下去吧！"蓝星朝他晃了晃尾巴，仿佛认为他在浪费时间，将族群置于危险境地似的。

火心退出了巢穴。他坐在高岩下扭过头去舔尾巴。他该怎么办呢？他真想奔进丛林找到云爪，把他安安全全地带回营地，但蓝星已经命令他在大伙儿回来之前不许离开营地了。

正在这时，他听到营地外的灌木丛里发出沙沙的声响，随即嗅到黑条、奔风和尘毛的气味。他们走进金雀花通道，脚步声慢了下来。不一会儿，奔风第一个从金雀花通道里走了出来。

火心精神一振，现在他可以出去找云爪了。他急忙跑过去问："情况怎么样？"

奔风报告说："没有发现其他族群的迹象。"

黑条插嘴说："不过我们在两脚兽地盘的附近，嗅到了你学徒的气味。"

火心竭力装作漫不经心地说："你看见他了？"

黑条摇了摇头。

尘毛嘻嘻坏笑道："我想他是在两脚兽的花园里找鸟吧，大概那比较合他的口味。"

火心没有理会他的讥讽，问奔风："气味新鲜吗？"

"很新鲜。不过我们跟丢了他的踪迹，所以就回来了。"

猫武士

火心点了点头。至少他知道该去什么地方找云爪了。他说："黑条和尘毛，蓝星让你们去她的巢穴里一趟。"看着黑条和尘毛朝蓝星的巢穴走去，火心犹豫了一下，不知道是否该和他们同去，以免蓝星做出什么奇怪的举动来。这时，他看见奔风带着刺爪正朝营门口走，急忙喊道："你们要去哪里？"蓝星要三名武士留守营地，如果奔风离开，他就不能去找云爪了。

奔风回头说："我答应了鼠毛，下午要教刺爪捉松鼠。"

"但我……"火心的声音戛然而止，奔风好奇地瞅过来。他不能让别的猫看出来他多么担心云爪，于是他摇了摇头，说："没什么。"奔风和刺爪消失在金雀花通道里。火心看见刺爪乖乖地跟在奔风后面，心里感到有些惭愧。为什么他就不能使自己的学徒这么听话呢？

那天下午对火心来说如同一年般漫长。他坐在武士巢穴外，竖起耳朵，一有风吹草动便以为是云爪回来了。原本蓝星的担心使得他心乱如麻，但巡逻队向他报告说除了嗅到云爪的气味外，没有发现任何入侵者的踪迹，这令他大为宽心。

太阳落下树梢的时候，捕猎队回来了。白风和亮爪跟在后面，无疑是被猎物气味吸引回来的。不久，长尾和迅爪也回来了，但云爪仍然迟迟未归。

今天的猎物特别丰盛，不过没有猫去吃。学徒仪式的消息

风起云涌

已经不胫而走,传遍了营地。火心听见亮爪、刺爪和迅爪在学徒巢穴外兴奋地小声议论着,见到蓝星从族长巢穴里走出来,他们急忙安静下来,齐齐地抬起头,眼里都充满了期待。

蓝星轻轻一跃,跳上高岩。显然,她身上的伤口已经痊愈了。但火心不知道是该宽心还是该忧心,为什么她心灵的创伤不能像身体的伤口那样迅速愈合呢?蓝星仰起脸发出号叫,召集大家开会。也许是近来不常说话的缘故吧,她的声音听起来干巴沙哑。

夕阳的余晖照在火心身上,令他看上去像一团熊熊燃烧的火焰。他站在高岩下副族长的位置上,看着群猫围坐在自己周围,想起自己当初拜师时的情景,不由得豪情万丈。黑条坐在猫群前方,抬头向高岩上望去,眼睛一眨不眨。尘毛拘谨地坐在他旁边,眼里闪着兴奋的光彩。

蓝星高声宣布说:"今天我们齐集在这里,赐予两只幼崽学徒名号。"她低头望了望纹脸,两只幼崽一边一只,坐在纹脸身旁。火心几乎认不出他们就是早先那两只嬉戏打闹的小家伙了。在户外,他们的个头看起来小得多,身上的毛显然都被精心梳理过,其中一只身子侧向妈妈,激动得须子颤抖,那只较大的幼崽的爪子不住地搓揉地面。

空地上一片肃静。

蓝星说:"到前面来。"

猫武士

两个小家伙肩并肩、充满期待地走到空地中央。

蓝星声音沙哑地说:"尘毛,你来做蜡爪的老师。"

火心看见尘毛朝那只较大的幼崽走去,站在他的旁边。

蓝星继续说:"尘毛,这是你收的第一个学徒。把你的勇气和果敢传授给他。我知道你会是个好老师,但遇到问题时别怕向资深武士们请教。"

尘毛神情自豪,弯下脖子和蜡爪对触了一下鼻子。蜡爪兴高采烈地跟着新老师回到猫群中。

那只较小的幼崽待在空地中央,两眼发亮,身子微微颤抖。火心看见她朝这边望来,于是冲她温和地眨了眨眼睛。那只幼崽凝视着他,似乎将全部生命都倾注其中。

"黑条。"蓝星叫到这个名字的时候顿了一顿,眼里闪过一抹恐惧的神色。火心心里一寒,屏住了呼吸。蓝星眨眨眼睛,抛开心中的疑虑,继续说:"就由你来做香薇爪的老师吧。"

那只幼崽睁大了双眼,回头瞅着走过来的黑条。

蓝星说:"黑条,你是一位机智勇敢的武士,把你的全部知识传授给这位年轻的学徒吧。"

"遵命。"黑条说着,弯腰去触香薇爪的鼻子。香薇爪的身子往后略略一缩,随即伸上前和他对触了一下鼻子。她一边跟着黑条往空地边走,一边回过头焦虑地望着火心。火心冲她点了点头,以示鼓励。

风起云涌

大家纷纷过来向两位新学徒表示祝贺。他们围在一起，高喊着新学徒的名字。火心正要过去祝贺，一瞥眼看见一团白影溜进营地。云爪回来了。

火心急忙跑过去，问："你去哪儿了？"

云爪放下嘴里的田鼠说："捕猎去了。"

"这就是你捕到的猎物吗？还真是不少啊！"

云爪耸了耸肩膀说："总比没有强吧。"

火心问："你早晨捕到的那只鸽子呢？"

"你没有把它带回来吗？"云爪反问。

火心气往上冲，呵斥道："那是你的猎物！"

云爪坐下来，卷过尾巴盖住前爪说："那我明天早上去把它取回来吧。"

火心说："好吧。"云爪漠不关心的样子，令火心越看越来气。"既然你不饿，把它……"火心鼻子朝那只田鼠仰了仰，"送到猎物堆那边去。"

云爪又耸了耸肩膀，衔起田鼠走开了。

火心气呼呼地转过身，看见白风站在身后。

白风温和地说："总有一天他会明白的。"

火心嘟囔说："希望如此吧。"

白风巧妙地转换了话题，问："你决定好由谁率领明天黎明的巡逻队了吗？"

猫武士

火心迟疑了一下。他只顾担心云爪,早把这件事抛到脑后了。还有明天其余的巡逻队和捕猎队该派谁去,他也没有想过。

"好好想想吧,还有时间。"白风说着,转身要走开。

火心不由得心里一动,说:"就让我带领长尾和鼠毛去吧。"

白风高兴地说:"好主意。要我去通知他们一声吗?"说着,白风朝猎物堆方向望去,只见大家正聚集过去。

火心说:"好的,谢谢你了。"

火心看着白风走远了,这才发现自己的肚子饿得咕咕直叫。他正要朝猎物堆走去,忽然看见猎物堆周围的猫群中混杂着一个雪白的小毛球。云爪分明将他的命令当作了耳旁风,擅自去取猎物了,火心勃然大怒,气得腿都抬不动了。不过,他不想和云爪当众发生争执。

云爪衔起一只肥老鼠正要后退,哪想撞在白风身上。火心看见白风神情严厉地瞪着云爪低声说了几句话,接着便见云爪立刻将老鼠放回猎物堆里,夹着尾巴灰溜溜地回到了巢穴。

火心感到十分尴尬,急忙转过头去。他的胃口一下子没了。他看见蓝星躺在武士巢穴旁的一簇香薇丛下,便想过去同她聊聊他那个不听话的学徒。见蓝星又回到原先那种忧愁不堪的样子,心不在焉地拨拉着一只小歌鸫,火心心里不禁生出一股悲凉之意。只见蓝星慢腾腾地站起身,缓缓向她的巢穴走去,那只歌鸫丢在那里一口也没动。

第四章

那一晚，轻柔的脚步踏进火心的梦境。一只玳瑁色的母猫从森林深处走了出来，站在他的身边，琥珀色的眼睛光彩明亮。火心凝视着斑叶，心里隐隐作痛。虽然斑叶已经死去很久了，但在他心里造成的伤痛却丝毫没有减弱。他渴望斑叶能过来和他打个招呼，但这次她没有像往常那般凑过来用鼻子轻蹭他的脸颊，而是转身离去。火心吃了一惊，急忙跟在后面。斑叶的脚步越走越快，最后奔跑了起来。他大声呼喊着斑叶的名字。斑叶似乎并没有加快步伐，但却总与他保持着一段距离，对他的呼喊声也充耳不闻。

忽然，一棵树后闪出一个蓝灰色的身影，是雷族族长蓝星。她的双眼睁得大大的，充满了恐惧。火心生怕斑叶消失在视线外，急忙转弯绕开蓝星。不料云爪从路边的香薇丛里跳出来将他扑倒在地。火心躺在地上，望见白风正站在一根树枝上瞅他，目光如火，仿佛要烧穿他的皮毛。

火心摇摇晃晃着站起来，继续追赶斑叶。她仍在前方几狐狸身长的地方走着，也不回头看看是谁在呼唤她。这时，所有

猫武士

雷族的猫都挡在火心的面前,火心只得在猫群中穿插闪躲。大家开始冲他大喊大嚷——他听不清他们在说什么,不过他们的声音聚合在一起,简直震耳欲聋。他们在质问,在批评,在苦苦哀求。他们的声音越来越大,最终淹没了火心的呼喊声,此时就算斑叶想听也听不见了。

在众猫的吵闹声中,一个声音响起。"火心!"是白风的声音,"鼠毛和长尾已等候多时了。快醒醒,火心!"

火心迷迷糊糊地站起来,说:"什……什么?"

清晨的阳光照进武士巢穴里。白风站在灰条空出来的窝里,说:"巡逻队在等你。还有,蓝星想在你出发前见你。"

火心晃了晃脑袋。梦里的情景把他吓坏了。以前在梦里,斑叶总是与他很亲密。她昨晚的行为如同毒蛇般在他的心上咬了一口。难道斑叶舍弃他了吗?

火心伸了个大大的懒腰,伸到四肢颤抖,说:"告诉鼠毛和长尾,我一会儿就到。"他飞快地穿行在熟睡的群猫之间。纹脸和霜毛睡在墙边,这两只母猫的孩子都已成为学徒,因此她们又恢复了武士生活。

火心走出巢穴进入空地。此时太阳尚未爬上树梢,但户外已颇为暖和,四周树木苍翠欲滴。森林中飘来阵阵熟悉的气味,渐渐抚平了火心梦境中的伤痛,使他全身都松弛下来。

长尾和鼠毛正在营门口等他,火心冲他们点了点头,径直

风起云涌

朝蓝星巢穴走去。蓝星一大早会有什么事呢？是不是有特殊任务交给他呢？火心忍不住觉得这是蓝星恢复正常的一个迹象，于是心里高兴起来，连通禀时声音里都透着喜气。

"进来吧！"蓝星的声音里充满了兴奋之情，这使火心更增强了希望。蓝星在巢穴内走来走去，见到火心进来也没停下，挤得他只好紧贴洞壁站立。

蓝星自顾自地说："火心，我需要和星族在梦里通话，我必须去月亮石一趟。"月亮石位于太阳落山的方向，是一块深埋在地底会发光的大石头。

火心惊诧地说："你要去高石山？"

蓝星不耐烦地说："你还知道另一个月亮石吗？"她仍没有停下脚步。

火心结结巴巴地说："那要走很长一段路，你吃得消吗？"

蓝星坚持说："我必须和星族通话。"她陡然停住脚步，眯起眼睛盯着火心说："而且我要你同我一起去，我们不在时就由白风处理族里的事务。"

火心顿时感到不安："还有谁和我们一起？"

蓝星阴沉着脸说："没有了。"

火心打了个寒战。蓝星阴郁深沉的语气令他感到很迷惘，听起来她仿佛把生命都寄托在这次旅途上了。他壮着胆子问："这一路上只有我们两个岂不是很危险？"

蓝星转过脸冷冷地瞅着火心，低嘶着说："你想带别的猫去吗？为什么？"

火心心里慌乱，竭力保持声音的平静："如果我们遭到袭击怎么办？"

蓝星低沉着嗓子说："你会保护我的，是吗？"

火心郑重其事地说："我会以生命来保护你的。"不管他怎么看待蓝星的行为，但他对她的忠诚绝不会动摇。

他的话令蓝星宽下心来，她坐在火心对面说："那就好。"

火心侧过头，迟疑地说："不过如果风族和影族来犯怎么办？你昨天亲口提到过的？"

蓝星缓缓点了点头。火心继续说："要想去月亮石，还必须途经风族领地。"

蓝星跳起身，怒气冲冲地说："我必须和星族通话。你为什么总是劝阻我呢？如果你不愿去，那我独自前往好了。"

至此，火心已别无选择，只得说："我和你一同前往。"

蓝星又点了点头，声音稍稍缓和下来，说："那就好，我们需要吃些旅行药草来保持体力。我找黄牙要些去。"说完经过火心身边走出巢穴。

火心喊道："我们现在就走吗？"

蓝星边走边说："没错。"

火心赶上去，分辩说："但我还要带领队伍出去巡逻呢。"

风起云涌

蓝星命令道:"让他们自己去。"

"好吧。"火心停下脚步,看着蓝星消失在香薇通道里。他惴惴不安地走到营门口,看见长尾在不耐烦地摇晃尾巴,鼠毛则眯缝着眼睛趴在地上。

长尾问:"出什么事了?蓝星为什么去找黄牙?她没事吧?"

火心解释说:"她去要些旅行药草。蓝星想和星族通话,因此我们要去一趟月亮石。"

鼠毛慢悠悠地坐起来说:"路程可不近啊。这合适吗?蓝星受到泼皮猫的袭击后,身子一直很虚弱。"火心知道她刻意不提虎掌攻击蓝星的事。

火心回答说:"她说星族已经召唤她了。"

长尾问:"还有谁去?"

"只有我和蓝星。"

鼠毛自告奋勇说:"如果你愿意,我也随同你们一起去吧。"

火心遗憾地摇了摇头。

长尾嗤之以鼻,低嘶着说:"你以为单凭自己就能保护好她了吗?虽然你当上了副族长,可你并不是虎掌!"

"幸好他不是!"火心听到身后白风的声音,顿时松了口气。白风显然听到了他们刚才的谈话,继续说:"他们这样去不容易被发现。就算风族不允许他们过境,也不会误会他们在搞偷袭。"

鼠毛点了点头,长尾则转过头去。火心感激地冲白风眨了

49

眨眼睛。

"黄牙！"巫医巢穴那边响起蓝星的声音。

白风平静地说："你去吧，我来带队。"

火心告诉他说："蓝星要你在我们离开时负责处理族里的事务。"

"既然这样，我留下来组织今天的捕猎队，就由鼠毛带队巡逻吧。"

火心竭力掩饰内心的慌乱，说："可以。"然后他转身命令鼠毛："你们带上刺爪。"

鼠毛低下头，火心转身朝巫医巢穴奔去。

穿过蔷薇通道，只见黄牙气定神闲地坐在空地上，蓝星则不停地来回走动，不知在想什么心事。黄牙对他说："我猜你也是来吃旅行药草的吧。"

火心回答说："是的，麻烦你了。"

炭毛一瘸一拐地从巫医巢穴里出来，没有同火心打招呼，径直走到黄牙身边附在她耳朵上悄声说："哪一种是甘菊？"

黄牙生气地说："你刚才还知道的！"

炭毛的耳朵扭了扭，说："我原本以为自己知道，可后来就拿不准了。我只是想确认一下。"

黄牙鼻子里发出哧的一声，慢腾腾地站起来走到巨石旁晾晒药草的地方。

风起云涌

火心瞅了眼蓝星，见她已停下脚步，仰头望着天上，神色忧虑地嗅着空气。火心走到黄牙身边，悄声说："甘菊不是旅行药草中的一种啊。"

黄牙眯缝起眼睛，说："蓝星不但需要补充体力的药草，还需要些安神的。"她神色严厉地看着炭毛，补充说，"我不希望这件事在族群里闹得沸沸扬扬！"说着黄牙推出一堆药草，"这就是甘菊。"

炭毛温顺地说："是，我记住了。"

黄牙责备说："你一开始就不该忘记。一名巫医绝不能疑神疑鬼。集中精力做好今天的事，不要让过去成为自己的包袱。你对族群负有责任，要坚定信心，不要再犹豫不决了！"

火心感到很难过。他想看炭毛的眼睛，但她却只顾忙着准备旅行药草。她从每一堆药草里都拨出一点儿，将它们混合在一起。黄牙在一旁看着，神情忧虑地皱紧眉头。

蓝星又开始来回走动，生气地说："她们还没有准备好吗？"

火心走过去告诉她："快了。别担心，我们能在日落前赶到高石山。"蓝星听后眨了眨眼睛。这时炭毛衔着一捆药草一瘸一拐地走了过来。

她把药草放在蓝星的脚边说："这是你的。"头朝巨石那边仰了仰，告诉火心说："你的在那儿。"

还没等火心吃完这种味道苦涩的药草，蓝星已站起来朝香

猫武士

薇通道走去。她冲火心点了点头，示意他跟来。营地里已开始忙乱起来。柳带从育婴室里出来，耀眼的阳光照得她一时间睁不开眼睛，团毛则在长老巢穴门口伸懒腰。大家好奇地瞅瞅蓝星和火心，接着便去忙自己的事情了。

"嘿！"

火心听到身后传来熟悉的声音，顿时心里一沉。只见云爪蓬头垢面从巢穴里跑出来，一副刚睡醒的样子："你们要去哪儿啊？我能去吗？"

火心停住脚步说："你把那只鸽子取回来了吗？"

云爪说："鸽子的事嘛可以再等等。我敢打赌它肯定被猫头鹰叼走了。让我跟你们一起去吧，求求你了！"

火心指正他的错误："猫头鹰只吃活的猎物。"一瞥眼，火心看见奔风睡眼惺忪地从巢穴里出来，于是冲他喊道："奔风，今早你能带云爪去捕猎吗？"他看见奔风没精打采地点了点头，一脸的不乐意。火心想起昨天奔风带着刺爪出去捉松鼠时的兴高采烈，显然，他不喜欢云爪。不过这也难怪，云爪本来也没做过什么值得大家称道的事情。

云爪大发牢骚："那不公平。我昨天一直在捕猎，难道我不能和你们一起去吗？"

火心叱责说："不行就是不行。今天你和奔风捕猎去！"说完，不等云爪争辩，转身朝蓝星追去。

第五章

火心一口气奔到峡谷外才追上蓝星,见她先停下脚步嗅嗅空气,然后才迈步进入树林。火心注意到她离开营地后,心情看起来好了许多,不由得稍感宽心。蓝星钻进灌木丛里,径直往河族的边界走去。

火心很是诧异,这条路并不是通往"四棵树"最近的一条。他心存疑问,却没有出声询问。想到也许能隔着河瞅见灰条,他就感到精神振奋。

两只猫走到太阳石,循着气味标记逆流而上。暖风阵阵,高处的沼泽地飘来微弱的草腥味。灌木丛外流水潺潺,河面如洒满了碎银般闪闪发亮,一团团的光斑映射在树林间的枝叶上。阳光透过厚厚的树冠照射进来,将那一片片绿色的树叶照耀得鲜艳夺目。虽然是在树林里,火心仍然闷热难当,只想变成一只会游泳的河族猫,跳进河里凉快凉快。

蓝星继续沿着雷、河两族的边界走。火心不停地朝河族领地那边张望,找寻河族猫的踪迹。他心里十分矛盾,既担心被

猫武士

河族的巡逻队发现，又希望能见到老朋友灰条。蓝星带着他踩着边界走，似乎并不怎么在意，有时甚至踏进河族的领地里。火心不知道，如果河族在这里发现他们将会做何反应。这两个族群最近闹了些不愉快，若不是最后灰条带着孩子们加入河族，他们差点儿就要打起来了。

忽然，蓝星停下脚步卧在地上，仰起脸嗅嗅空气。火心知道她的武士直觉特别灵敏，于是也赶紧躲在一簇荨麻后趴下来。

蓝星小声警告说："是河族武士。"

火心此时也嗅到了他们的气味。气味越来越浓，不一会儿，前方的灌木丛里响起沙沙声。他的心怦怦乱跳，慢慢抬起头朝树林里望去，寻找那个熟悉的灰色身影。蓝星也睁大眼睛往树林里瞅，呼吸极慢极浅。火心想：她也希望看见灰条吗？接着，他猛然省悟到，蓝星也许是故意想撞见某些河族猫的。这就能清楚解释她为什么要走这条路了。

不过火心可不相信她想见的是灰条，就在昨天，蓝星迷迷糊糊中还把灰条离开族群的事给忘了呢。火心觉得她是另有所图。忽然，他的脑子里闪过一个念头：她想见她的孩子。很久很久以前，蓝星生了三只幼崽，其中一只夭折了，她把剩下的两只托付给孩子的父亲——一只河族猫。那两只幼崽还没断奶就被送到河族。蓝星出于自己的雄心壮志和对族群的忠心，不得不放弃养育她的孩子。如今，那两只幼崽已经长大，成为河

风起云涌

族的武士,他们还不知道亲生母亲原来就在雷族。不过蓝星却无时无刻不在惦念着他们,但此事只有火心知道。蓝星此时张望寻找的一定是雾脚和石毛。

远处闪出一个黄褐色的身影,火心急忙低下头,随即隐隐约约地嗅到一股熟悉的气味。那只猫既不是灰条,也不是蓝星的孩子,而是河族的副族长豹毛。

火心看看蓝星,见她仍在抬头张望。随着沙沙声越来越响,豹毛越走越近,火心的呼吸开始加速。如果豹毛发现雷族族长竟然跑到河族边界地带,会发生什么事呢?

忽然,豹毛站住了脚步。火心的心一下子提到嗓子眼儿,知道她已经发觉异常了。火心心急如焚,巴不得早点儿离去。蓝星这时低下头附在他耳边说:"走吧,我们最好离开这儿。"

火心吁了口气,他不敢掉以轻心,仍将耳朵贴在脑门儿上,身子趴在地上,跟着蓝星从边界处悄悄爬回到树林里。

离开边界后,蓝星说:"豹毛走起路来惊天动地的,只怕连影族都听到了。"火心十分惊诧,心想,族长莫不是忘了刚才有多么凶险吗?族群在保卫边界时个个心狠手辣,尤其在现在这种特殊时候,发生冲突时更是毫不留情。

蓝星神态自若地说:"她是把好手,不过精神不够集中,太容易分散。刚才她的心思都放在了位于上风向的那只兔子身上,竟然忽略了观察敌情。"

猫武士
MAOWUSHI

　　看见族长恢复了自信，火心感到由衷的高兴。此刻回想起来，风中确实夹杂有兔子的气味，但他刚才只顾担心被豹毛发现，根本没有注意到这些细节。

　　蓝星走在光影斑驳的树林里，兴奋地说："此时的情景倒让我想起了当初咱们师徒俩外出训练的那段日子。"

　　火心小跑跟上她的脚步，回答说："我也是。"

　　蓝星低声说："你学东西肯用脑子。当初我引领你加入雷族，这件事可做对了。"她回头看了看火心，眼里饱含骄傲自豪之意。火心感激地冲她眨眨眼睛。

　　蓝星接着说："所有的族群都受过你的恩惠。你帮影族赶走了断尾，把流离失所的风族带回家园，在河族饱受洪灾之苦时向他们伸出援手，你还从虎掌的魔掌下挽救了雷族。"火心听了她一连串的表扬不禁有些飘飘然，却听她继续说："没有哪个武士能像你这么办事公正、忠心耿耿、英勇无畏。"

　　火心感到有些不自在，分辩说："但是雷族里所有的猫和我一样严守武士守则。他们每一个都能够为了保护你和族群不惜献出生命。"

　　蓝星停下脚步，看着他说："但只有你敢于反对虎掌。"

　　"因为只有我知道是他杀了红尾！"火心还是学徒时便发现红尾的死与虎掌有关，但一直苦于没有证据。直到虎掌带领一帮泼皮猫对付雷族，他做的那些见不得光的恶事才大

风起云涌

白于天下。"

蓝星眼里闪过一丝怨恨的神色，说："灰条也知道，但只有你来救我！"

火心瞅向别处，一时间无话可说。他感到浑身上下都不舒服。看情形，蓝星除了他，也许还有白风之外，谁都不再相信了。火心这才意识到，虎掌给族群造成的破坏超乎所有猫的想象。可恶的虎掌混淆了族长的判断力，把她的自信心彻底击垮了。

蓝星呵斥说："走啊，别傻站着！"

火心看着她气鼓鼓地走开，心里越来越忧虑。虽然天空依然明朗，但在他的眼里却是乌云密布，前途茫茫未卜。

两只猫到"四棵树"时已经快中午了。火心随着蓝星下坡入谷。每逢月圆之夜这个小山谷就会热闹起来，四大猫族都要来这里开会，平日则空荡荡的，只有那四棵巨大的橡树巍然矗立，孤零零守卫着这个山谷。两只猫经过巨岩，要从山谷的另一边出谷。

山谷的另一边坡陡、石头多，往上攀越时格外艰难。蓝星在石头间跳来跳去，嘴里唠唠叨叨不停地抱怨。火心看在眼里，故意放慢速度以免超过她。

爬上了坡，蓝星停下歇息，呼呼地喘着气。

火心问："你没事吧？"

蓝星气喘吁吁地说："年纪大喽！"

猫武士

火心忧心忡忡。按理说她身上的伤早就痊愈了,不应该突然变得这么虚弱呀?但此时她却比以往任何时候都显得劳累,火心想:也许是大热天爬坡的缘故吧,她的毛比我的厚。

等蓝星缓过了劲,火心紧张地望着脚下这片灌木丛生的高地。这里是风族的领地,是一片广袤的平原。以前火心来到这里时心情都很轻松,但现在雷、风两族交恶,他便不能像以往那般自在了。两族交恶缘于雷族为影族的前任族长断尾提供庇护,而做出这一决定的正是眼前的这位雷族族长蓝星。如果风族巡逻队发现雷族族长只带了一名护卫来到他们的领地,他们会怎么做?这种情况下要想保护好蓝星,火心心里可一点儿底都没有。

他小声说:"我们必须小心些,免得暴露行踪。"

蓝星大声喊道:"你说什么?"这里的风大,说话时声音稍小些对方便听不见。

火心不得已提高嗓门儿说:"我们必须小心些,免得让他们看见!"

蓝星问:"为什么?我们这是去月亮石啊,这是星族赐予我们的权利,不会遇到阻拦的!"

火心知道此时争辩也是白费口舌,于是自告奋勇说:"我在前面开路。"

他来过这里多次,对这里的环境最为熟悉,不过前几次都

风起云涌

没像这一次这般令他提心吊胆。他领着蓝星钻进灌木丛里，心里暗自求告星族赐予他们蓝星所说的那种不受阻拦的权利，同时祈求祖先保佑他们别遇见风族的巡逻队，他还希望蓝星别把耳朵和尾巴竖得那么高。

到中午的时候，他们已经进入风族领地中央的金雀花丛里，将"四棵树"远远地抛在了后面。不过他们还要走很远的路才能走出风族领地，进入两脚兽的农田里。天气炎热，连吹来的微风都如同病猫嘴里呼出的热气一般。热风阵阵，将他们的气味又送了回去。火心心里刚冒起侥幸的念头，希望他们的气味能被生长茂盛的灌木遮掩住，忽然，蓝星的尾巴朝他晃了一下，然后一闪身消失在金雀花丛里。

这时，他们身后响起一声怒吼。火心转身后退两步，抬眼望去，顿时吓得魂飞天外，只见三只风族猫正怒气冲冲地站在他的面前。

其中一只斑驳的深棕色猫低嘶着说："入侵者，你们来这里干什么？"火心认得他是风族武士泥掌。他身边的那只灰猫叫裂耳，此时也是弓腰亮爪，蓄势待发。他们和火心原本相熟，此时却如同仇敌相见。三只猫里最小的那一只也是龇牙咧嘴，火心却不认识他——大概是学徒吧。

火心强抑住内心的狂跳，竭力保持镇静，说："我们只是路过……"

嗷——

入侵者，你们来这里干什么？

我们只是路过.

还想狡辩！

我们要去高石山。
星族赐予我们安全通过的权利，你们不得阻拦！
从你们庇护断尾的那一刻起，你们已经没有这个权利了。
断尾已经死了。
是你们杀死的？
当然不是我们杀的，雷族绝不会做凶手。

泥掌恶狠狠地盯着火心，厉声喝道："还想狡辩！"

火心绝望地想：蓝星在哪里？他既想蓝星回来帮忙，又希望她没有听见泥掌的吼声，继续赶路。

正在他心里矛盾之际，忽然身边响起一声怒吼。他急忙转头看去，只见蓝星昂首挺胸地站在一旁。她怒叱道："我们要去高石山。星族赐予我们安全通过的权利，你们不得阻拦！"

泥掌毫不示弱地说："从你们庇护断尾的那一刻起，你们已经没有这个权利了。"

火心理解风族的愤恨。他亲眼见过风族被断尾统治下的影族逼得无家可归、流离失所的惨状，他还记得自己曾帮忙衔带的那只可怜的小猫——那是风族在那场不幸中唯一一只存活下来的幼崽，残暴的断尾几乎毁掉了这个族群。

火心看着泥掌愤怒的目光说："断尾已经死了。"

泥掌眼睛一亮，问："是你们杀死的？"

火心迟疑了一下，身旁的蓝星厉声吼道："当然不是我们杀的，雷族绝不会做凶手。"

泥掌反唇相讥："是啊，你们只会庇护凶手！"说着，他弓起了背。

火心十分气馁，一转念，他想要换一种方式说服对方。

蓝星低嘶着说："让开！"她弯曲身子，颈背上的毛高高竖起，准备出击了。

第六章

蓝星倔犟地说:"星族给了我们安全通过的权利。"

泥掌骂道:"滚回家吧!"

火心的爪子紧紧攥住,他们现在是以二对三,而且蓝星的状态还不好。这场架打下来非得两败俱伤不可,蓝星因此也可能失去一条命——星族赐给每个族长九条命,蓝星只剩下一条了。

火心对蓝星悄声说:"我们回去吧。"蓝星猛一扭头,难以置信地看着他。火心催促说:"强龙压不过地头蛇,我们不能打这一仗。"

蓝星说:"但我必须和星族通话。"

火心说:"可以换个时间。"蓝星犹豫不决,火心又说,"我们赢不了这一仗。"

半晌过后,蓝星四肢的肌肉渐渐放松下来,肩膀上的毛也落了回去。火心松了口气。蓝星回过头对泥掌说:"好吧,我们回去。但我们还会来的,你不可能永远隔断我们和星族的联系!"

泥掌伸直后背，说："还算你有自知之明。"

火心厉声吼道："你没听见蓝星的话吗？"泥掌凶巴巴地眯缝起眼睛，但火心继续说："虽然这次我们离开了，但你别想永远阻挡我们前往高石山。"

泥掌移开目光，说："我们陪你们回'四棵树'。"

听这口气，风族分明不相信他们能守信地离开风族领地。火心提心吊胆，生怕蓝星做出过激反应。但她什么也没有说，转身就走。

风族的猫走在最后，同他们保持了一段距离。火心听着背后的沙沙声，扭头看了三位彪悍的武士一眼，心里十分沮丧。他绝不会再让风族挡住他们的去路了。

火心和蓝星回到"四棵树"，开始往山谷内爬。三位风族武士则站在山谷上，虎视眈眈地目送他们离去。蓝星就像泄了气的皮球，每跳起一步后都重重落在地上，火心真担心她一个踉跄跌下去。两只猫最终平安无事地爬回谷底。火心回头朝山上望去，远远望见那三只风族猫转身回去。

走到巨岩时，蓝星长长叹了口气。火心停下脚步问："你还好吗？"

蓝星不耐烦地摇了摇头，嘟囔说："星族不想和我说话，他们为什么这么恨我们？"

火心说："挡住我们去路的是风族，不是星族。"但他心

风起云涌

里也觉得星族本该送给他们一些好运的。他又想起小耳说的那句话：据我所知，火心的任职仪式还是第一个打破了族群习俗的。

火心紧张得脑袋像要炸开似的，难道武士祖先们真的生雷族的气了？

当他们回到营地时，大家都感到很惊讶。火心估计他们也察觉到他内心的恐慌了，还从没有哪个族长在去月亮石的途中半路折返呢。

蓝星垂着头径直朝族长巢穴走去。火心看着她离去，心里沉甸甸的。刹那间，他只觉得阳光照在自己厚厚的皮毛上，实在是热得难受。于是他向空地边的阴凉地走去，一抬眼看见尘毛领着学徒蜡爪从金雀花通道里钻了出来。

尘毛说："你回来得真早。"他绕着火心打转，蜡爪则睁大眼睛瞅着这两位武士。

火心解释说："风族不让我们通过。"

尘毛回到学徒身边坐下，问："你没有告诉他们，你们要去高石山吗？"

火心生气地说："还用你说。"

他看见尘毛的眼睛朝金雀花通道瞟了一眼，于是扭头瞧去，瞧见黑条和香薇爪走进营地。香薇爪一脸疲惫地跟在黑条后面，

身上的毛又脏又乱。

黑条眯缝着眼睛瞅着火心,问:"你回来干什么?"

尘毛大声说:"风族不让他们通过。"香薇爪抬起头吃惊地看了尘毛一眼。

黑条怒气冲冲地说:"什么?他们怎么敢如此无礼?"

尘毛说:"我不知道火心为什么甘心受他们的摆布。"

火心吼道:"我没有选择,你能拿族长的性命开玩笑吗?"

奔风的声音隔着空地传了过来:"火心!"只见他怒容满面地冲火心走来。黑条和尘毛对视了一眼,领着各自的学徒走开了。奔风走到火心面前问:"你看到云爪了吗?"

火心心里一沉,说:"没有,我以为他下午和你外出打猎了。"

"我让他等一下,等我梳理完再走。"奔风脸上愤怒的成分更多于担心,"但我梳理完后,亮爪告诉我说云爪独自出去捕猎了。"

火心现在最不想看到的便是云爪的不服管教了,他暗自叹了口气,道歉说:"真对不起。等他回来后,我会找他谈谈的。"

奔风哼了一声,仍然余怒未消。火心正要进一步道歉,却见奔风忽然一脸惊讶。他顺着奔风的目光瞅去,只见云爪嘴里衔着一只松鼠,蹦蹦跳跳地走进营地。他的眼睛睁得浑圆,显然为自己捕到了猎物感到得意。奔风鼻子里夸张地发出哧的一声。

风起云涌

火心赶紧说:"我会处理的。"奔风似乎还想说什么,但终于还是点了点头,转身走开了。

火心看见云爪走到猎物堆边,放下嘴里叼着的松鼠,然后径直往学徒巢穴走去。火心心里一沉,估摸着他又在捕猎的时候偷吃了。他生气地想:云爪一天之内要违反多少次武士守则啊!

火心叫道:"云爪!"

云爪抬起头问:"干什么?"

"我有话对你说。"

云爪慢悠悠地走了过来。火心注意到奔风站在武士巢穴外远远地看着,不由得心里很不是滋味。

他劈头就问:"你在捕猎的时候吃东西了?"

云爪耸了耸肩膀,说:"那又怎样?我饿了。"

"未将猎物带回族群而擅自偷食,依照武士守则该怎么办?"

云爪翻着白眼,嘟囔说:"还不是老一套,不让我干这也不让我干那。"

火心气往上冲,说:"你去取那只鸽子了吗?"

"没有取,它不见了。"

火心吃了一惊,不知道自己是否应该相信云爪的话。他觉得再在这个问题上争论纯粹是白费口舌,于是转换话题说:"你为什么不跟着奔风去捕猎?"

"他太磨蹭了，光准备就是老半天。更何况我喜欢独自捕猎！"

火心严厉地说："你还是个学徒，跟着武士出去捕猎能学到很多东西。"

云爪叹了口气，说："是，火心。"

火心不知道云爪是否真的将他的话听进脑子里了。他说："如果你老是这个样子，就永远也不可能成为武士！等到你眼睁睁地瞅着蜡爪和香薇爪成为武士，而自己还是个学徒时，看你怎么办！"

云爪不服气地说："那怎么可能！"

火心说："现在有一件事是确定的，下次森林大会蜡爪和香薇爪可以去参加，而你则要乖乖地待在营地里。"

火心说到这里才算击中了云爪的痛处，云爪难以置信地说："但……"

火心粗暴地截断了他的话："我向蓝星汇报后，她会同意的。走吧！"

云爪没精打采地朝学徒巢穴外围观的其他学徒走去。火心懒得管奔风是否看见了这一幕，他现在已不在乎大伙儿怎么看待他的学徒，他们的观点忽然一下子变得不重要了。此刻他越来越感到担心的是，云爪可能永远也成不了一名武士。

风起云涌

第七章

"蓝星,自我们从高地返回以来,这几天……"火心小心翼翼地避免提及"月亮石"这三个字,虽然此时巢穴里只有他和蓝星两个,但说到那次被迫半途而废的旅行,仍感到羞于启齿,"我们的领地里没有发现任何风族或影族的迹象。"蓝星眯缝起眼睛,一脸不相信的样子。火心继续说:"现在我们有许多学徒需要训练,而且树林里猎物也很多,族里实在是事务繁忙,很难安排出三名武士留守营地,我……我想两名就够了。"

蓝星焦虑地说:"如果我们又遇到袭击怎么办?"

火心说:"如果风族真的想对我们不利,上次泥掌就不会让你离开了。"他心里想的是"活着离开"。

"那好吧。"蓝星点了点头,眼里的神情不可捉摸,"就留两名武士吧。"

"谢谢你,蓝星。"火心还有一堆事情要办,于是说,"我去安排一下明天的巡逻。"他尊敬地低下头,退出巢穴。

众武士已等候在巢穴外。火心命令道:"白风,你负责明

猫武士

日黎明的巡逻，带上沙风和蜡爪。蕨毛、尘毛，我带云爪外出捕猎期间，你们留守营地。"他扫了一眼剩下的几名武士，顿感意气风发，踌躇满志。由于蓝星一直深居简出，族里的事情都是火心独自办理的，因此他得到了很好的历练。他暂时不想这些，继续说："其余几位自己安排吧，要么训练学徒，要么带学徒去捕猎。不过，你们今天要把猎物储备好，我们已经习惯吃饱肚子了！"众武士哄然大笑。"黑条，你负责明天中午的巡逻。奔风，你负责晚上的。具体带谁你们自己选，不过事先要通知他们一声，以免误事。"

奔风点头称是，黑条问："今晚的森林大会安排谁去？"

火心坦白地说："我不知道。"

黑条眯缝起眼睛说："是她没有告诉你，还是她没有决定好？"

火心回答说："她没有和我谈起此事。她决定后会告诉我们的。"

黑条扭过头瞅着树林说："她最好抓紧点儿，太阳要落山了。"

火心对他说："那么你就去吃点儿东西吧。要去森林大会，体力也得跟上才行啊。"黑条的语气令他很不痛快，但他仍装出一副若无其事的样子。等大伙儿散去后，火心立刻向蓝星的巢穴走去。刚才她没有提森林大会的事，而他则只顾忙着安排

风起云涌

明天的巡逻,竟把这件事忘了。

蓝星恰好顶开巢穴门口的苔藓走出来,看上去似乎是刚刚精心梳理过,毛色十分光鲜。火心稍稍感到宽慰,好歹族长又知道照顾自己了。蓝星抬眼瞅见火心说:"哦,火心,吃过饭后通知大家准备出发去森林大会。"

火心问:"唔——都叫谁去呢?"

蓝星惊讶地看了他一眼,不假思索地说了几个名字——其中没有云爪,但有蜡爪——以致火心怀疑是不是蓝星已经告诉他,而他却忘记了。

火心回答说:"是,蓝星。"他低头行礼后,转身朝猎物堆走去。猎物堆里剩有一只肥鸽,火心决定将它留给蓝星。也许这只肥鸽要比那些不足二两肉的猎物更能令她胃口大开吧。火心只挑了一只田鼠。蓝星的喜怒无常令他疲于应付,因此没什么胃口。

火心衔着田鼠正要回到他吃饭的老地方,忽然背脊涌上一股寒意。他本能地回头瞧去,看见小黑莓正远远地望着他,顿时心里感到十分别扭。随即他想起炭毛的话:他永远不会知道自己的父亲是谁,他将由族群来养大。想到这里,他勉强冲小黑莓点了点头,转身走到那簇荨麻旁开始吃饭。

吃过饭后,火心扫了空地一眼。大家都在进行饭后的闲聊。天色趋暗,凉意渐浓。近来天气实在炎热,热得火心总想跳进

猫武士

河里凉快凉快。他望着学徒巢穴,不知道云爪是否还记得自己因外出捕猎时偷吃东西而不得参加森林大会这码子事。

只见云爪趴在学徒巢穴外的树墩上,蜡爪则试图从下面爬上去,两个小家伙的攻防大战正打得不亦乐乎。起码云爪和他的穴友们相处得很和睦,这一点倒令火心感到高兴。他又想到,不知灰条会不会参加今晚的森林大会。目前看来这种可能性不大,因为灰条加入河族还不到一个月。不过,他好歹将银溪生下的两只幼崽送了回去,河族族长冲着这一点也许会对他网开一面——毕竟,银溪是他的女儿,那两只幼崽就是他的外孙了。不过话又说回来,如果河族允许灰条参加森林大会,那也就意味着灰条和河族融为了一体。尽管如此,火心还是希望能在森林大会上见到他。

火心站起来把大家召集到一起,宣布参加今晚森林大会的名单:"鼠毛、奔风、沙风、蕨毛、亮爪、蜡爪,还有迅爪。"他忽然意识到名单里没有黑条、长尾和尘毛这三个虎掌曾经的死党。他怀疑蓝星故意没有将他们列入名单。那三只猫相互交换了一下眼神,齐齐地盯着火心,看得他浑身不自在。黑条毫不掩饰自己目光中的怒火。火心才不吃这一套呢,他转过身走到队伍里,和大家一起等候蓝星。

此时蓝星正和白风在她的巢穴外互相舔梳,直到大家都等得不耐烦了,她才站起身走过来。

风起云涌

她说:"我们不在的时候,族里的事都交给白风处理。"

鼠毛小心谨慎地问:"蓝星,风族没让你去高石山,你准备在会上说些什么?"

火心的肩膀一下子绷紧了。鼠毛的意思再明白不过,就是要问蓝星大伙儿该不该找他们算这笔旧账。

蓝星神态自若地说:"我什么也不会说。风族知道自己理亏,我不想当着其他族群的面和他们撕破脸皮。"

众猫都显露出不以为然的神色。火心不知道蓝星此举在大伙儿的眼里是明智呢,还是懦弱。大伙儿集体开拔,穿过金雀花通道,走进月光笼罩的森林。

众猫爬上了峡谷,回头看去,峡谷内一片漆黑。由于天旱,整片森林就如同被榨干汁髓的骨头,脚下的土地经过烈日的烘烤,到处都是干燥的灰土。蓝星在前头领路,火心在后面压阵。群猫鱼贯穿行在香薇丛中,遇到荨麻时便绕行。

沙风有意和火心并肩而行。他们跳过一根倒在地上的树干,沙风对火心小声说:"蓝星的情绪看起来恢复得不错。"

火心小心避开荨麻的枝条,含含糊糊地说:"是吧。"

沙风用只有他们两个才能听见的声音说:"但她似乎有些冷漠,她看起来不大像……"她迟疑了一下。火心没有接口,他最担心的事终于发生了,大家已经开始注意到蓝星的变化了。

最后沙风说:"她变了。"

猫武士

火心没有看她。他转弯从一簇荨麻旁绕过，而沙风则纵身从那簇荨麻上跳了过去，落在前面的草地上。

火心跑了几步跟上，气喘吁吁地说："蓝星的情绪还不太稳定，虎掌的事情对她的打击太大了。"

"我不明白她为什么没有怀疑过虎掌呢？"

火心反问说："你怀疑过他吗？"

沙风坦白地说："没有，没有一只猫怀疑过。但大家都已经从震惊中恢复过来了，但蓝星看起来似乎仍……"

火心说："她不正领着我们去森林大会嘛。"

沙风容颜一展，说："这倒也是。"

火心信誓旦旦地说："她还是原来的蓝星，等着瞧吧。"

两只猫加快脚步，他们跳过一条小溪。小溪干涸得河床都显露了出来，任谁看了都不会相信，就是这条小溪，在绿叶季刚刚到来时竟然涨成了一条大河，阻挡住雷族的去路。

火心带领沙风循着大伙儿留下的气味踪迹前进，猫群经过后，灌木丛的枝叶犹在摇晃，似乎也受到了大家迫不及待的心情的感染。两只猫一路奔行，快到"四棵树"才撵上队伍。

蓝星已经站在山谷上，正朝谷内张望。火心看见谷内有许多猫影晃动，这些猫相互间小声地打着招呼。飘上来的空气里有河族、影族和风族的气味，显然雷族是最后到的。火心看见蓝星正凝望着会场中央的巨岩，她的背部竟然在颤抖。蓝星似

风起云涌

乎是深吸了口气，然后才顺着坡走下山谷。

大伙儿紧跟其后。到了会场，火心放慢脚步，伸着脖子寻找灰条的身影。他看见河族的副族长豹毛正和一名他不认识的影族武士说话。河族族长钩星和石毛坐在一起，默默无语地四下里张望。火心嗅到一股河族的气味接近过来，他回过头，瞅见一名学徒过来和亮爪打招呼。猫群中没有灰条的气味。虽然火心对此并不感到意外，但失望之情仍忍不住涌上心头。

一名灰色的影族学徒也走到亮爪身边。火心左右无事，于是站在那里旁听。

"你们族又看到泼皮猫了吗？夜星担心他们还赖在森林里不走。"

火心心里一阵紧张。各族的领地边界处都不同程度地发现了泼皮猫的踪迹，一直以来大家都为此事感到担忧。但他们不知道的是，雷族的副族长虎掌居然和这些泼皮猫交上了朋友，还利用他们对付自己的族群。火心赶紧给亮爪使了个眼色，提醒她说话注意。但亮爪不用他提醒，只听她轻描淡写地说："最近一个月我们的领地内没有他们的气味。"

火心松了口气。那只河族猫说："我们领地里也没有，他们一准儿离开森林了。"火心真希望自己也像这只河族猫那么自信，不过直觉告诉他，既然虎掌卷入其中，这些泼皮猫迟早还要回来的。

那名曾经阻挡火心和蓝星前往高石山的风族武士泥掌就坐在一狐狸身长外。火心认出坐在他旁边的那位年轻武士便是一根须。当初火心带领风族返回家园的路上，和一根须结下了深厚的友情。不过他此时可不敢过去，因为泥掌正冷冷地瞅着自己。火心知道现在决不能走过去为上次的事情和他争吵。

不过火心可憋着一肚子火，尤其是当他看见泥掌侧过身子附在一根须耳边小声说了几句话，同时不怀好意地瞥了他一眼时，这股子怒火就更加旺盛了。令火心惊讶的是，一根须同情地冲他眨眨眼睛然后走开了，只留下泥掌站在那里气鼓鼓地直晃尾巴。看起来风族里似乎至少还有一只猫念着雷族的旧情。火心感到十分满足，忍不住胡须动了几下。他经过泥掌的身旁，向豹毛走去。

但他走近这位河族副族长时，刚才那股子自信忽然一下子烟消云散了。尽管他们现在职务平等，但豹毛的身上透着一种发号施令的威严。自从雷、河两族在山涧边打了一仗，那只名叫白掌的河族猫在战斗中丧生后，火心总觉得豹毛带着如同尖刺一般锋锐的敌意。不过他现在实在想知道灰条的近况，于是朝豹毛尊敬地点了点头，豹毛也低头回礼。

坐在豹毛旁边的那位影族武士声音沙哑着打招呼，但话说到一半就剧烈地咳嗽起来。火心这才注意到这位武士身上的毛有多邋遢，仿佛有一个月没有好好梳理过了。

风起云涌
FENGQIYUNYONG

豹毛舔了一下爪子,看着这位影族武士步履蹒跚地走开,消失在黑暗中。

火心问:"他没事吧?"

豹毛神情厌恶地说:"他那样子像没事吗?病猫就不该来参加森林大会。"

"我们不该做点儿什么吗?"

豹毛说:"能做什么?影族自己有巫医。"她放下爪子,湿淋淋的胡须在月光下闪着光亮。她好奇地问:"我听说你当上雷族的副族长了?"火心点点头,知道这件事一定是从灰条嘴里透漏出去的。豹毛继续说:"虎掌出什么事了?其他族群都被你们蒙在鼓里。他死了吗?"

火心不自在地晃晃尾巴。他能想象出豹毛一定是迫不及待地到处宣扬,说雷族那位著名的副族长居然被一只宠物猫给取代了。他尽量表现出淡漠的样子说:"虎掌出什么事就不劳河族挂心了。"他猜不透待会儿蓝星向其他族群宣布自己的任命时将会如何谈及虎掌的事情。

豹毛眯缝起眼睛,但没有继续深入这个话题。她说:"那么,你是来炫耀你的新头衔呢,还是来找你的老朋友灰条?"

火心没想到她居然会主动给他一个询问灰条近况的机会,于是抬起头问:"他怎么样?"

豹毛耸了耸肩膀说:"还凑合吧。虽然他永远也不会成为

猫武士

一名真正的河族武士,但至少不再怕水了,这一点倒出乎我的意料。"火心装作没有听出她话语中对灰条的轻视,没有说话。只听豹毛继续说:"他的孩子很健壮,也很聪明。他们一定从母亲那里继承得更多一些。"

难道这家伙是在蓄意激怒他吗?火心竭力压抑住内心的愤怒,这时鼠毛走到他的身后。

鼠毛向豹毛致意说:"你好啊,豹毛。石毛告诉我说,除了灰条那两只幼崽之外,你们族群又增添了几只幼崽。"

豹毛说:"是的,他说得没错。这全托星族的福。"

鼠毛说:"他还说,雾脚的孩子准备接受训练了。你知道的,他们还是火心从洪水里救出来的呢。"她眼里闪着调皮的光芒。火心注意到豹毛的脸一下子耷拉下来,但他的心思已经转到雾脚和她的兄弟石毛身上了。他向四周瞅瞅,瞅见蓝星独自坐在巨岩下面。她知道自己的儿子就在这里吗?她听说雾脚的孩子就要做学徒了吗?当他的目光回到豹毛和鼠毛身上时,豹毛已经走开了。

鼠毛同情地瞅了眼火心,说:"别担心,你和她处久了,就会发现她并不那么咄咄逼人。河族其他的猫对我们还算友善,没有雷族的帮助,他们不可能安然度过那次洪灾,况且,我们任由他们领走了银溪的幼崽,使双方避免了一场恶斗。"

火心说:"不过,豹毛最不喜欢的雷族猫就是灰条,都是

风起云涌

因为白掌掉进山涧那件事。"

"她会忘记过去原谅他的。灰条给了河族两只优秀、健壮的幼崽。"鼠毛晃了晃尾巴,"她向你问起虎掌的事情了吗?"

"问了。"

"每只猫都想知道他出什么事了。"

火心苦涩地补充了一句:"而且还想知道为什么会让一只宠物猫取代他的位置。"

鼠毛瞥了他一眼说:"没错。但别往心里去,火心。如果别的族发生副族长替换的事,我们也会好奇的。"她向周围扫了一眼说:"你注意到了吗,影族今晚来的猫可真少。"

火心点了点头,说:"到目前为止,我只看见两名影族武士,其中一名还咳嗽得厉害。"

鼠毛好奇地说:"真的吗?"

火心说:"这个季节容易发生疾病。"

"估计是吧。"

巨岩上响起声音。火心抬眼望见河族族长钩星站在巨岩上,身上的毛在月光下隐隐闪光。他的两边坐着蓝星和风族族长高星,最边上,在橡树的半遮半掩下,坐着夜星。

那位影族族长的形象令火心感到十分吃惊。依照常理,风族由于长年在荒野上追逐兔子,因此体形偏瘦,但夜星看上去竟然比风族的猫还要瘦上三分。不,他不仅瘦,而且脑袋耷拉

着，弯腰驼背，一副有气无力的样子。火心琢磨着他是不是病了。不过他随即想起，夜星接掌影族族长职位时已经步入老年了，这也难怪他看上去很虚弱。星族能赐予他九条命，却不能让时光倒流。

鼠毛小声说："过去瞧瞧。"火心跟着她走到猫群前面并肩坐下，坐在他另一边的是雾脚。

钩星站在巨岩上说："蓝星希望第一个讲话。"说着，他对蓝星低头行礼。蓝星走上前亮开嗓门儿，声音和往常一样洪亮。

"在场的各位有的也许已经从风族那里得知了些消息，但有些还不知情，我要对大家说，断尾死了！"

猫群中响起一片议论声，大家都感到大快人心。火心注意到夜星的耳朵和尾巴在不停地抖动。这位影族族长看起来对他的老对头的死感到很兴奋。

夜星声音沙哑地问："他怎么死的？"

蓝星置若罔闻，继续说："而且雷族有了一位新的副族长。"

风族的一位武士发出惊叫："这么说，从河族那里传出来的小道消息是确实的喽。虎掌出事了？"

泥掌问："他死了吗？"他的话音刚落，猫群中顿时乱哄哄地嚷成一团。看到虎掌在其他族群里享有这么高的声望，火

风起云涌

心不由得十分忌妒。看到大家的问题如连珠炮一样劈头盖脸地向蓝星打过去,火心心里十分焦急。

"他是病死的吗?"

"是意外事故吗?"

火心感觉到雷族众猫都很紧张,他们都像亮爪一样,不愿将原副族长的丑事抖搂出去。

大家瞎吵吵了一阵,渐渐安静下来,但由于好奇心没有得到满足,仍在不高兴地小声嘀咕着。火心不知道蓝星是否会对别的族群提出警告,说虎掌还活着——这个不必再受武士守则约束,因而十分危险的背叛者还在森林里游荡。

不过蓝星没有再提虎掌的事情,而是话锋一转,说:"我们新的副族长是火心。"

数十颗脑袋立刻齐齐地转向火心,这些充满质疑的目光令他身上滚烫滚烫的。会场中静得可怕,群猫的呼吸声清晰可闻,一双双眼睛一眨不眨地齐刷刷地望着他。火心脚爪在地面上来回磨蹭,只盼族长们赶快进入会议的下一项议题。

第八章

惊呼声和擂鼓般的脚步声将火心从睡梦中唤醒，一缕阳光透过枝叶间的缝隙照进武士巢穴，晃得他睁不开眼。

一颗金黄色的脑袋伸进巢穴，是沙风。只见她两眼放光，气喘吁吁地说：“我们俘虏了两名影族武士！”

火心顿时清醒了过来，一下子跳起来问：“什么？在哪儿？”

沙风说：“在猫头鹰树附近。当时他们睡着了！”听她的语气，显然对这两个粗心大意的武士含有轻蔑之意。

"你禀告蓝星了吗？"

"尘毛正在向她禀告。"说完，她的头缩了回去，火心急忙跟上。经过奔风身边时，见他伸长了脖子，也被惊醒了。

从森林大会上回来后，火心睡得很不安稳。蓝星在大会上宣布完他的任命后，迎来的不是潮水般的恭贺致意，而是长久的沉默，这对火心的刺激很大。在梦里，有许多陌生的猫见到他就往后退缩，仿佛他就是一只在黑暗中飞翔的猫头鹰，会给他们带来疾病的噩兆。他原以为大家已经不再将他看成外来者

风起云涌

了,但那一双双充满挑衅意味的眼睛使他忽然意识到,自己并没有被这片丛林完全接纳。他只希望他们不会知道他的那个破天荒的任命仪式。宠物猫取代受尊敬的副族长本已令大伙儿感到不自在,那件事只会加强这种情绪。

如今他面临着另一个挑战,他该怎样处置这两名俘虏呢?火心真希望蓝星能够平静下来,来指点他如何处理此事。

走近那两名影族武士,他立刻认出了其中的一个。那是小云,一只棕色的虎斑公猫。他们曾在森林大会上见过面,那时小云不过是只幼崽。在他还未满六个月时,断尾便强迫他做了学徒。现在他已经完全长大了,但个头很小,而且看上去很糟糕。他的毛乱蓬蓬的,身上散发出鸦食的味道和恐惧的气味。他的腰部瘦成一把干柴,他的眼球深深陷入眼眶。另外一个比他也强不到哪里去。火心心头涌起一阵不安的情绪,心想:这两名糟糕的武士被吓坏了。

他瞅了瞅白风——是他带领的黎明巡逻队,问道:"被你们发现后,他们奋起反抗了吗?"

白风摇晃着尾巴说:"没有。我们唤醒他们时,他们还乞求我们将他们带回这里。"

火心疑惑不解地问:"乞求你们?他们为什么这么做?"

"那两个影族武士在哪儿?"蓝星一边吼着,一边分开众猫走过来,脸上的神情又惊又怒。火心看了十分紧张。蓝星冲

着那两只可怜兮兮的猫低嘶着说:"你们又来攻击了?"

火心急忙解释说:"是白风在巡逻时发现他们的。他们正在雷族的领地里睡觉。"

蓝星凶巴巴地说:"睡觉?哼,我们到底有没有遭到入侵?"

白风说:"我们只发现了他们两个。"

蓝星问:"你敢肯定吗?这有可能是个圈套。"

火心瞅着这两个可怜的武士,觉得他们心里压根不可能有这个念头。不过蓝星说得也对。为了保险起见,最好还是察探一下还有没有其他的影族武士藏匿在丛林里,等待攻击的信号。他把鼠毛和尘毛叫过来,吩咐说:"你们两个各带一名武士和一名学徒,从雷鬼路开始往营地这边来,仔细搜查雷族领地的每一寸土地,看有没有影族的踪迹。"

两位武士欣然遵命。尘毛叫上奔风和蜡爪,鼠毛则选了迅爪和蕨毛。六只猫奔出营地消失在树林里。

火心转回头,看着两个瑟瑟发抖的俘虏,问:"你们到雷族的领地来做什么?小云,你怎么会在这儿?"

小云睁大眼睛,害怕地瞅着火心。一股同情之意涌上火心心头。小云的样子就和他们在森林大会上初遇时一样,迷惘而无助。那时他还是只乳臭未干的幼崽呢。

小云最后结结巴巴地说:"白……白喉和我来这里,是希

风起云涌
FENGQIYUNYONG

望你们能……能给我们一些食物和治病的药草。"

猫群中嘘声一片,大家都不相信他的话。小云吓得缩成一团,瘦骨嶙峋的身子紧紧贴在地上。

火心惊讶地看着这两个俘虏。影族什么时候开始向他们的死敌求助了?

"火心,等一下。"火心耳边响起炭毛的声音,她眯缝着眼仔细观察着这两只影族猫,"这两只猫对我们构不成威胁。他们生病了。"她一瘸一拐地走上前,用鼻子触了触小云的前爪说:"他的爪垫很热,他发烧了。"

炭毛正要去嗅另一只猫的爪子,黄牙突然分开众猫挤了进来,尖叫道:"别嗅,炭毛!离他们远远的!"

炭毛跳到一旁,说:"为什么?他们病了,我们该帮帮他们!"她扭过头,恳求地瞅了眼火心,又看了看蓝星。

所有的猫都看着蓝星,但这位雷族族长只是怔怔地瞧着这两个俘虏。火心看得出来,蓝星此时正处在同情和恐惧的矛盾斗争中,她的眼里笼罩着一层迷惘的神色。火心意识到自己必须分散大伙儿的注意力,以便让蓝星静下心来好好想想。

他又问这两名俘虏:"你们怎么会想起找我们帮忙了?"

这回是那只叫白喉的影族猫回答他的问话。白喉是一只黑色公猫,爪子和胸脯本来是白色的,此时却肮脏污秽。他解释说:"你以前帮助过影族,我们联手赶走了断尾。"

猫武士

火心感到颇不自在，心想：但雷族也给了他一个避难所，难道白喉忘记了吗？随即他意识到，断尾曾经强迫那些幼崽离开母亲去接受学徒训练。赶走那个残暴的统治者是他们的头等大事，相比之下，后来发生的一些不愉快就显得没那么重要了。何况现在断尾已死，影族去掉了心腹大患，他们和雷族的关系自然也就不那么截然对立了。

白喉继续说："我们希望你们现在能帮助我们。夜星病了，许多猫都病倒了，营地里乱成了一锅粥。我们找不到足够的药草和猎物。"

没等火心说话，黄牙便厉声喝道："奔鼻是干什么吃的？他可是你们的巫医啊，照料你们是他的事！"

她的语气令火心吃了一惊。黄牙曾经是影族的猫，尽管火心知道她现在对雷族忠心耿耿，可没想到她竟然对以前的那些同胞连一点儿同情心都没有。

黑条吼道："昨晚森林大会上，夜星还好好的。"

蓝星将信将疑地眯缝着眼睛说："是啊。"

不过火心记得当时那位影族族长看上去非常虚弱，因此当小云说出下面的话时，他并不感到意外。只听小云说："他回到营地后病得更重了。奔鼻整晚都和他待在一起，一刻也没有离开，以致一只幼崽死掉了，那只幼崽连一粒消除痛苦的罂粟籽都没吃就死了！我们都害怕奔鼻也任由我们自生自灭。求求

风起云涌

你们帮帮我们吧!"

小云的哀求声令火心对此事深信不疑,他期盼地看着蓝星,却见她的眼里仍充满了迷惘的神色。

黄牙低吼着坚持说:"他们必须离开!"

火心脱口而出:"为什么?他们这种状态对我们根本构不成威胁!"

"他们身上携带有病原。我以前在影族里见识过。"黄牙绕着那两只影族猫打转转,隔着老远观察他们,"上回有许多猫都因此丢了性命。"

火心问:"它不是绿咳症吗?"一些雷族猫听到这种在落叶季里肆虐的疾病的名字,都吓得向后退。

黄牙死死盯着那两个俘虏,低声说:"它没有名字。这种病来自一些家鼠,那些家鼠生活在邻近影族领地的一个两脚兽的垃圾堆里。"她瞪着小云说:"长老们肯定知道这些两脚兽的家鼠身上携带有病原,一定不会把它们当作猎物,对吗?"

小云解释说:"是一名学徒带回了那种家鼠。他年龄太小,竟把这回事给忘了。"

大家陷入了一片沉默,只听见两只病猫粗重的呼吸声。火心问蓝星:"我们该怎么办?"

没等蓝星回答,黄牙抢先说:"蓝星,不久以前绿咳症刚

刚席卷我们族群，你为此还丢了一条命。"黄牙说着眯缝起眼睛，火心猜到她心里在想什么。只有他和黄牙知道蓝星仅剩一条命了，如果族群流行疾病，她很可能会死的。一想到这里，虽然是大热天，火心仍然冒出一身冷汗。

蓝星点了点头，说："你说得没错，黄牙。这两只猫必须离开。火心，你送他们走。"她面无表情，语气平淡如水。说完这些话，她便转身回到巢穴。

火心很同情这些病猫，因此虽然见蓝星终于做出了决定，但他心里却丝毫轻松不起来。他不情愿地说："沙风和我护送他们返回影族领地。"群猫均无异议。小云凝视着火心，眼里都是乞求的神色。火心硬起心肠避开他的目光，对大家说："大家回各自的巢穴去吧。"

众猫默默无语地散去，只留下炭毛在火心和沙风身边。白喉又开始咳嗽起来，身子痛苦地抽搐着。

炭毛恳求说："请让我帮帮他们吧。"

火心无奈地摇了摇头。这时便听黄牙的喊声从香薇通道里传来："炭毛，过来！你必须洗掉鼻子上沾染的病原。"

炭毛眼巴巴瞅着火心。

黄牙厉声喝道："现在就过来！不然我就往洗液里加一些荨麻叶子！"

炭毛后退几步，责备地看了眼火心，转身走开了。但火心

风起云涌

实在爱莫能助。蓝星下了命令，而大伙儿也都同意了。

火心瞅瞅沙风，瞅见她眼里充满了同情的神色，不由得稍感欣慰。他知道沙风理解他内心的矛盾，一方面同情病猫，另一方面却要避免族群受到疾病感染。

沙风轻声说："我们走吧。他们越早回到自己的营地，情况就越好。"

火心回答说："好吧。"他瞅了小云一眼，强迫自己不去看他脸上那副绝望的神情，说："雷鬼路上很繁忙，绿叶季路上的怪物特别多，我们帮助你们过去。"

小云小声说："不必了，我们自己能过去。"

火心说："不管怎么说，我们把你们送到那里。走吧。"

两只影族猫摇摇晃晃站起身，步履蹒跚地朝营门口走去。沙风和火心跟在后面，谁都没有说话。当火心看见那两只病猫痛苦地往峡谷上爬时，揪心得几乎喘不过气来。

他们走进树林，只见一只老鼠嗖地从他们面前跑过，那两名影族武士的耳朵动了动，但他们虚弱过度，连追赶的力气都没有了。火心没有多想，猛地冲进灌木丛捉住了那只老鼠。他将老鼠带回，放在小云的爪下。两只病猫仿佛病得连道谢的话都不会说了，趴在地上张口就吃。

火心见沙风的神色有些异样，于是说："吃东西不会传播疾病的，而且他们有了力气才能回到营地。"

小云和白喉吃到一半，忽然站起来跌跌撞撞地跑进灌木丛里，沙风见了说："看来他们的胃口也不大好。"过了一会儿，火心听见他们在里面呕吐的声音。

"浪费了一只猎物。"沙风抱怨着，扒了些土盖在未吃完的猎物上。

火心失望地说："大概是吧。"他等两只病猫出来后，才领着沙风护送他们继续前行。

正走着，火心忽然嗅到雷鬼路上的那种刺鼻的烟味儿，接着，浓密的树林外传来怪物的轰鸣声。沙风对那两只影族猫说："我知道你们不需要我们的协助，但我们还是要看着你们穿过雷鬼路。"火心点头称是。他倒不是怀疑这两只猫不肯离开雷族领地，实在是关心他们的安全。

小云坚持说："我们自己能过去，你们回去吧。"

火心盯着他，突然怀疑他们是不是有什么不可告人的秘密。不过，他仍然难以相信这两个病恹恹的武士会对雷族造成什么危害。他退让一步说："好吧。"沙风向他投来质疑的目光，火心晃了下尾巴，给她一个微小的暗示后，她才坐下来。小云和白喉同他们道了声别，消失在香薇丛里。

沙风说："我们要……"

"跟踪他们？"火心猜到她想说什么，"我们正要如此。"

火心和沙风等了一会儿，直到那两只影族猫的脚步声渐渐

风起云涌

隐去，然后才循着他们留下的气味踪迹追了上去。

走了一段，气味踪迹折向"四棵树"的方向。沙风小声说："这不是去雷鬼路的路。"

火心耸了耸肩膀，猜测说："也许他们是沿着来时的路线原路返回吧。"他的鼻子触到一根荆棘条，上面残留的病猫的气味熏得他直咧嘴。他说："快点儿，追上他们。"他忧心忡忡。难道他看错这两只影族猫了吗？难道他们言而无信，又重新返回到雷族领地里了吗？他加快脚步，沙风默默无语紧跟在后。

远处雷鬼路上的噪声非常细微，犹若蜜蜂嗡嗡，那两只影族猫走过的路似乎一直与雷鬼路保持着平行。火心和沙风循着他们的气味走出香薇丛的海洋，来到一片荒地。在他们正前方，那两只影族猫已经穿过雷、影两族的边界，正往一簇荆棘丛里钻，丝毫没有察觉自己已经被盯梢了。

沙风眯缝起眼睛说："他们为什么去那里？"

火心回答说："过去瞧个究竟。"他急匆匆地赶过去，提心吊胆地越过两族边界。雷鬼路上的噪声渐渐大了起来，听得火心很难受。

两个雷族武士在荆条里穿行。虽然深入敌境令火心感到浑身不自在，但他必须要确知那两只影族猫是否真的回到了他们自己的营地。通过声音判断，雷鬼路就在他们前方几狐狸身长的地方，两只病猫的气味几乎被雷鬼路上飘起的烟雾淹没了。

猫武士

忽然，荆棘丛到了尽头，火心他们走进一片污秽的草地。他警告随后跟来的沙风说："当心！"只见那条坚硬的灰色大路赫然横亘在他们面前，在烈日下反射出微光。一只怪物呼啸而过，沙风吓得直往后退。

她问："那两只影族猫去哪儿了？"

火心凝神朝雷鬼路对面望去，雷鬼路上怪物一只接着一只呼啸而过，卷起的强风将他的毛和胡须刮得乱抖。那两只病猫却不见踪影，不过他们绝不可能已经穿越雷鬼路了。

沙风突然小声说："快看。"说着仰了仰鼻子。火心顺着她的目光看去，望见白喉的尾巴一晃，从地面上消失了。原来那里有一条雷鬼路地洞。

火心简直不敢相信自己的眼睛。那幅场景就如同雷鬼路张开血盆大嘴，一口将那两只影族猫囫囵吞进肚内。

风起云涌

第九章

火心倒吸了口凉气,说:"他们去哪儿了?"

沙风说:"我们走近瞧瞧吧。"说着,她迈开步子朝影族猫消失的地方走去。

火心赶紧跟上。他们走过去,发现雷鬼路旁的地面上陷进去了一个地洞,那里是石头砌成的从雷鬼路底下穿过的隧道。火心和灰条当初去找风族的时候曾经利用过这种隧道。沙风紧紧贴住火心,两只猫顺着隧道的斜坡往下爬,一边爬一边小心谨慎地四处乱嗅。怪物们从头上的雷鬼路疾驰而过,卷起的风直冲火心的脑门儿。这里雷鬼路的臭味很浓烈,但他仍能嗅出影族猫的新鲜气味。他们绝对是从这条路走的。

隧道很圆,两边是灰色的路沿儿,路沿儿的高度大约是两只猫叠加起来的身高。路沿儿下部的一半长满了苔藓,很明显,刚进入绿叶季的那场洪水也淹到这里了。不过现在隧道里倒颇为干燥,地上散落着树叶和两脚兽的垃圾。

沙风问:"你以前听说过这个地方吗?"

火心摇了摇头说："影族一定是从这里经过前往'四棵树'的。"

沙风说："从这里走就不用再躲避怪物了。"

"难怪小云坚持要独自穿越雷鬼路。这条隧道是影族的秘密，他们一定不想让别的族群知道。我们回营地去向蓝星汇报吧。"

火心冲出隧道回到树林里，不时回头招呼沙风跟上。两只猫径直沿着回家的路往回赶。当他们越过两族边界回到雷族的领地时，火心心里的大石头才算落了地，感觉轻松了许多。不过，自打从小云那里得知影族流行疾病的情况后，他一直在犯嘀咕，怀疑河族是否也能规规矩矩地守在他们族界的那一边。

火心跑回营地后直奔蓝星的巢穴，他大汗淋漓、气喘吁吁地通禀："蓝星！"

蓝星在里面回答："嗯？"

火心顶开苔藓走进去，看见蓝星正躺在窝里，爪子垫在胸脯下面。火心说："我们无意之中在影族领地里发现了一条隧道，那条隧道从雷鬼路下经过。"

蓝星吼道："我希望你没有走进去。"

火心迟疑了一下，他本以为蓝星会为这个发现感到兴奋，没想到她的语气中竟然充满了苛刻和责难。他结结巴巴地说：

风起云涌

"没……没有,我们没有进去。"

"你闯进影族的领地,这也太冒险了。我们可不想惹恼他们。"

火心说:"如果影族像那两名武士所说的被疾病困扰,我觉得他们也顾不上我们做什么了。"不过蓝星似乎没有听见,怔怔地望着外面,明显在想自己的心事。

她问:"那两只猫走了吗?"

火心解释说:"是的。他们就是从那条隧道走的,我们跟在后面才发现了那条隧道。"

蓝星点了点头,淡淡地说:"我知道了。"

火心仔细打量蓝星的眼睛,想从里面搜寻出哪怕一点点同情的迹象。难道她对影族的病况一点儿都不关心吗?他忍不住问:"我们把他们遣送回去,这件事做得对吗?"

蓝星生气地说:"那还用说!我可不想让疾病在营地里再度传播开。"

火心心情沉重地说:"是啊,这话倒也不错。"

就在他转身离开时,蓝星说:"先别把这件事说出去。"

"遵命。"火心说完走出巢穴。他想不透蓝星为什么要保守这条隧道的秘密。毕竟,他发现了影族边界上的一个薄弱点,而这个薄弱点对雷族来说就是一项优势。虽然他觉得不该乘人之危,在这种时候攻击他们,但对这片森林里的环境多了解一

些总归是好事啊。火心叹了口气，忽然见沙风冲了过来。

沙风问："她说什么了？她对我们发现隧道这件事感到高兴吗？"

火心摇了摇头，说："她让我保守住这个秘密。"

沙风惊讶地问："为什么啊？"

火心耸了耸肩膀，继续朝武士巢穴走去。沙风跟在后面问："你没事吧？是因为蓝星吗？她还说了什么？"

火心意识到自己对蓝星的担忧过分流露了，于是他低头舔了一下胸脯，然后抬起头强打精神说："我得走了。我答应过下午要带云爪去捕猎。"

"我能和你一起出去吗？"她的眼里充满了关心，接着又说，"那会很好玩的，我们已经很久没有一同外出捕猎了。"说着，她冲学徒巢穴那边点了点头，只见云爪正躺在太阳底下打瞌睡。"他肯定需要点儿锻炼，你看他的样子越来越像柳带了。"然后她开玩笑说，"他一定是位好猎手！我认为在所有的族群里，还没有哪只猫像他那样肥胖。"

沙风的语气中没有丝毫恶意，但火心却觉得脸皮发烫。云爪身体的肥胖程度和他的年龄的确不相符，尽管所有的学徒都在猎物丰盛的绿叶季里敞开肚皮吃，但云爪要比其他学徒胖得多。火心说："还是我自己带他出去好了，最近我一直没怎么管他。我们换个时间出去怎么样？"

风起云涌

沙风热情洋溢地说："随时奉陪，我还能再为我们捉一只兔子。"火心看着她眼里调皮的神情，知道她说的是那次他们一同打猎时的事。那时森林里的积雪还很厚，沙风展示了令他吃惊的速度和技能。沙风戏谑说："除非你自己能捉一只兔子来让我看！"她用尾巴在火心的脸颊上拂了两下，转身走开了。

火心目送她离去，心里涌起一种奇怪的、说不出的欢欣。他晃了晃脑袋，向云爪走去。只见云爪一脸睡意，弓着背伸懒腰，由于用力过度，四条腿都在颤抖。

"你今天出去了吗？"火心问。

云爪回答说："没有。"

"那好，我们去捕猎。"火心说。云爪显露出一副只想躺下来晒太阳的神情，火心看在眼里，心里很烦躁。他说："你一定饿了。"

云爪回答："说实话，我一点儿都不饿。"

火心迷惑不解：难道云爪从猎物堆里偷猎物吃了？依照规定，学徒只有在为长老捕猎完，或者和老师外出训练回来后才能吃东西。火心随即撇开了这些念头。没有猫看着云爪，这些规定对他来说简直形同虚设。火心说："嗯，既然你不饿，我们就去训练沙坑练习格斗技能，等训练完后再去捕猎。"

说完，火心不等云爪有机会反对，便朝营门外奔去。他听见身后跟来云爪重重的脚步声，但他既没有回头看也没有减慢

猫武士

步速，一口气奔到了训练沙坑。他跑到沙坑中央站住脚步，虽然沙坑里有树荫，但依然闷热。云爪爬进沙坑，抖去沾在他那长毛上的灰土。火心命令他说："向我攻击。"

云爪瞅着他，皱皱鼻子，说："什么？向你攻击？"

火心回答说："是的，就把我当作是一名敌方的武士。"

"好吧。"云爪耸了耸肩膀，随随便便地向他冲过来。他那圆鼓鼓的肚子延缓了他的速度，令他的小脚掌深深陷入沙土地里。火心静静地等着，等云爪终于跑过来时，他很轻松地往旁边一躲，云爪来不及收势，一下子跌了个狗吃屎。

云爪爬起来抖了抖身子，又打了个喷嚏，喷出鼻孔内的灰尘。

火心说："太慢了，再来！"

云爪趴在地上大口喘气，眯缝起眼睛瞅着火心。火心不敢怠慢，心里暗自赞叹他目光的锐利——看起来云爪的态度这回才认真起来。只见云爪跳起来扑向火心，身子在半空中一扭，落地后后腿踢中了火心。

火心一个踉跄，费了好大力气才没有摔倒。火心随即前爪横扫，便见云爪飞了出去。火心夸赞说："这回还像话，不过你没有防备对方的反击。"

云爪倒在沙地里一动不动。

火心说："云爪？"虽然刚才他出手较重，但肯定不至于

风起云涌

伤着他。云爪的耳朵动了动,但没有起来。

火心心里一惊,急忙赶过去低头探视,只见云爪的眼睛睁得大大的。

云爪有气无力地翻个身仰天躺着,开玩笑说:"你快要杀了我了。"

火心哼了一声,训斥道:"别浪费时间了,严肃些!"

"好啦,好啦。"云爪气喘吁吁地爬起来,"但我现在饿了,我们能去捕猎吗?"

火心张开嘴巴正欲呵斥,一转念想起白风的话:总有一天他会明白的。也许自己在训练云爪的问题上该顺其自然吧,现在为此争执也是白费口舌。

"那么走吧。"火心叹了口气,带着云爪走出训练沙坑。

两只猫走进森林,云爪嗅了嗅空气说:"我闻到有兔子。"火心仰起鼻子嗅嗅:学徒说得没错。

云爪小声说:"在那边。"

只见灌木丛里一只兔子的白尾巴晃了一下。火心趴下身子贴住地面。他肌肉紧绷,准备前冲。他身边的云爪也趴在地上,圆鼓鼓的肚子被挤向两旁。那只兔子的尾巴又晃了一下,云爪冲了出去,脚步重重地踏在丛林里干燥的地面上。那只兔子听见响动,嗖的一下钻进灌木丛里。云爪追了过去,火心则悄无声息地跟在后面。云爪经过的地方,便见香薇枝叶一阵摇晃。

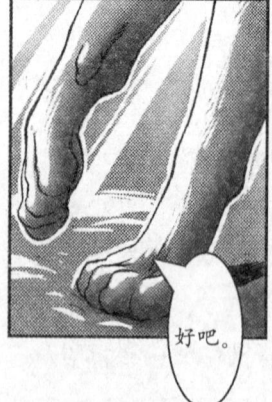

向我攻击。

什么?向你攻击?

是的,就把我当作是一名敌方的武士。

好吧。

SOUUU—

太慢了，再来！

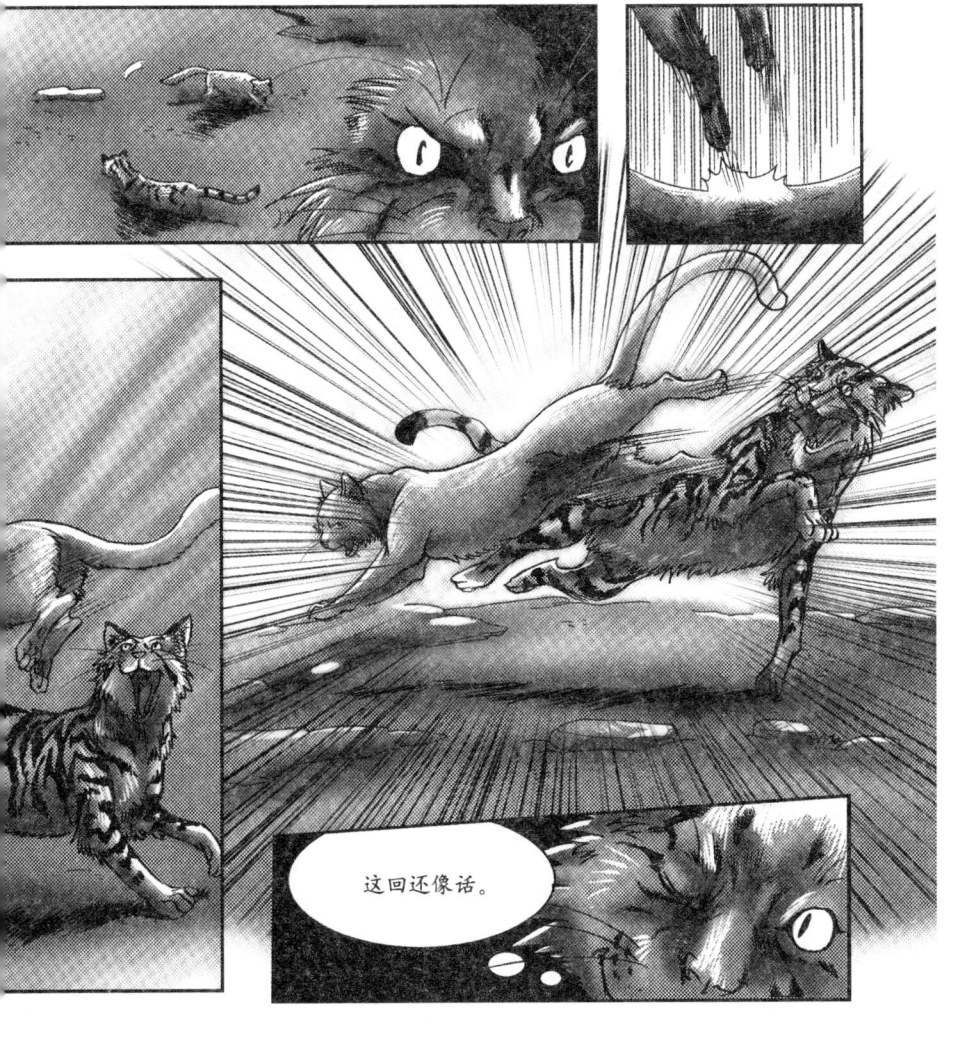

这回还像话。

猫武士

云爪追丢了兔子，停下脚步大口喘气。火心失望极了。

火心嚷道："你还是幼崽那会儿也比现在捕得好！"他的这个外甥曾经表现出一名优秀武士的潜质，哪知现在转变得如此厉害，竟然像宠物猫一样软弱。"鬼才知道刚才那一招被你使出来怎么就变成了那个样子！随便哪一只猫都不会让兔子跑掉。如果你还想捉住猎物，脚步就该放轻些！"他暗自庆幸沙风没有和他们一起出来，否则如果被她看见他的学徒沦落成这样一个蹩脚的猎手，那他简直羞得无地自容了。

这次云爪没有犟嘴，他低声说："对不起。"火心心里一股同情之意油然而生。看起来这次云爪确实尽力了，他觉得自己的学徒最近退步这么厉害也和自己疏于管教有关。

云爪低着头说："为什么不让我自己去捕猎呢？我保证能捕回一些猎物。"

火心端详了他老半天。按道理云爪在捕猎方面不可能一直都这么差劲，因为他的样子与族群里其他的猫相比可说是营养过剩。也许他在没有监管的情况下表现得会好一些。一转念间，火心已打定主意，决心要跟在后面看他究竟如何捕猎。于是他同意了："这倒是个好主意。记得晚饭前回来啊。"

云爪的眼睛一下子亮了起来，慌忙应承说："那还用说，我保证不会迟到。"火心听见云爪肚子里响起咕噜咕噜的声音，心想：也许饥饿能使他的技能纯熟些。

风起云涌
FENGQIYUNYONG

火心听着云爪的脚步声渐渐消失在丛林里，忽然为监视学徒的想法感到羞愧。不过他转念又想，自己不过是在评估学徒的技能罢了，每一位老师都会这么做的。

在松林里追踪云爪不用费什么力气。耸立如塔的松树下，灌木长得稀稀落落，火心从老远就能看见云爪的白色身影。树林里有许多鸟，火心以为云爪会停下来大展身手。

但云爪却一路疾奔。考虑到他那圆鼓鼓的肚子，他奔行的速度倒着实令火心惊讶。云爪跑出松林进入橡树林，过了橡树林就是两脚兽的地盘了。火心隐隐有一种不祥的预感。这里的灌木丛十分浓密，因此火心必须加快步伐才能不使云爪离开视线。再往前，树木越来越稀，两脚兽花园周围的篱笆就在眼前。云爪是要探访他的母亲公主吗？她的家就在附近。云爪偶尔来看望母亲，火心也不便责怪他，他年龄还小，留恋母亲温暖的气息也没什么奇怪。但此前云爪为什么没有向他提过公主呢？而且，如果他是来看望母亲的，又为什么要说是捕猎呢？云爪应该知道如果他实话相告，火心会理解的。

谁知云爪在公主家的篱笆前转了个弯，沿着两脚兽巢穴继续前进。这下可把火心弄蒙了。云爪只顾埋头赶路，就连路边飘过来的老鼠香味都不予理会。云爪走到一棵白桦树前攀了上去，沿着树干爬上篱笆。他的肚子在身子下面颤颤巍巍，几乎令他站不稳脚。火心想起黑条的讥笑，心里一沉。也许花园里

猫武士

的鸟真的就合云爪的口味那也说不定。他必须告诉云爪，族群猫不能在两脚兽的地盘里猎食。星族给了他们这片森林，那就是他们的食物仓库。

云爪跳进篱笆。火心迅速攀上白桦树，所幸树叶浓密，藏在树上不怕被发现。他朝下望去，看见云爪昂首翘尾地从精心修剪过的草坪上走过。云爪经过一小群八哥时，八哥们扑扇着翅膀四散飞去。云爪连头都不转一下。火心感到血液直涌上耳朵。如果云爪不是来吃花园里的鸟的，那他来这里干什么？接着，眼前的一幕吓得火心目瞪口呆。只见云爪坐在两脚兽巢穴外，发出尖厉的、可怜的哀号。

第十章

两脚兽的门开了，火心屏住了呼吸。他真希望云爪能拔腿就跑，但他心里又隐隐觉得这个学徒根本没有离开的打算。火心站在树枝上探出脖子，希望两脚兽喊叫着将云爪赶走。要知道，森林野猫在两脚兽的地盘里并不受欢迎。谁知那只两脚兽竟弯下腰一边抚摩云爪一边低声说着什么，云爪温顺地将头贴在那只两脚兽的手掌里。听那只两脚兽的语气，他们显然相识已久，彼此在打招呼。火心眼睁睁地望着云爪欢快地走进门，消失在两脚兽的巢穴里。他心里极度失望，只觉得满肚子都是苦水。

两脚兽的门嘭的一下关了，火心顿时呆住了。他的学徒忍受不住诱惑，又回到火心当初毅然放弃的那种生活了，也许他根本就看错了云爪。火心怔怔出神，脑子里思绪万千。夕阳西下，一股凉意袭来，他这才轻轻爬上篱笆，跳到外面的草地上。

他下意识地沿着自己来时留下的气味踪迹返回。云爪的行

猫武士

为对他来说就是一种背叛，不过他也很难对云爪发火。一直以来，火心都在拼命向大家证明宠物猫和族生猫一样优秀，但他从没有考虑过云爪也许更喜欢和两脚兽生活在一起。火心热爱丛林生活，但这是他自己的选择。直到现在他才想起，云爪是被他母亲送进族群的，那时他还是只幼崽，根本不可能自己拿主意。

火心吃力地走着，周围的景物和气味都变得模糊起来。忽然，他发觉自己竟然走到姐姐家的篱笆外面了。他吃了一惊，难道是他的脚故意将他带到这里吗？他转身离开，因为他现在还不知道该怎么向公主提这件事。他不想告诉公主说她把云爪送给族群是个错误。

火心的四条腿像灌了铅一般沉重，他正要向松林走去。"火心！"他听见身后一只母猫温和的叫声。公主！

火心心里一沉，但此时公主已看见他，他不好再走开了。火心转过身，看见公主从围栏上跳下，向他跑来，她身上那长有斑纹的皮毛柔软地飘动着。

"我好久没有看到你了！"公主跑到他面前，声音中充满了担忧，"就连云爪也有一段日子没来了。一切都还好吧？"

火心结结巴巴地说："一切……一切都好。"他说这句谎话时全身都绷紧了。

公主信以为真，她感激地眨眨眼睛，和火心对触了一下鼻

风起云涌

子。火心贴着她的鼻子,感觉到那股熟悉的亲情的温暖。公主高兴地说:"真是太好了,我还一直担心呢。云爪为什么不来看我?这些天我时常嗅到他的气味,但影子都没见一个。"火心一时间不知道该说什么,幸好公主继续说:"我知道你一直忙着带他训练。上次他来时,告诉我说你对他的进步赞不绝口。他说他在学徒中也是佼佼者呢!"公主的声音里透着喜悦,眼睛里充满骄傲的神情。

火心心想:她和我一样都想让云爪成为武士。愧疚之下,他嗫嚅着说:"他表现很好,公主。"

公主高兴地说:"他是我的长子,我知道他很特别。尽管我知道他过得很快活,但我仍很想念他。"

"我敢说,你的孩子都各有各的特点。"火心很想说出真相,但又不忍心告诉公主说她的牺牲都白费了。于是他说:"我该走了。"

公主惊讶地喊道:"这么匆忙?好吧,下次早点儿来看我,记得带上云爪!"

火心点了点头。他原本就不想立刻回营地,和公主说了会儿话,更是心情烦乱。在他面前,丛林和宠物猫生活之间,似乎横着一条无法弥合的裂口。

火心绕了条远路返回营地,希望能在树林里静静脑子。

他走到峡谷边,又觉得如果灰条在身边,能和他说说心里话就好了。

"嘿!"沙风的声音吓了他一大跳。她正从峡谷内往外爬,想必是嗅到了他的气味这才出声叫喊。"训练得怎么样?云爪呢?"

火心看着她姣好的面容、明亮的眼睛,忽然觉得也许能和她说说知心话。他担心地瞅瞅周围,说:"就你自己吗?"

沙风好奇地看着他:"是啊,我本想在晚饭前再去捕些猎物呢。"

火心走到峡谷边,朝下望着遮掩营地的树冠。沙风坐在他身边一声不响,但却充满同情地紧挨着他。火心知道就算自己现在走开,她也不会问任何问题的。

他迟疑着说:"沙风。"

"嗯?"

"你认为我把云爪带入族群是个错误的决定吗?"

沙风沉默了一会儿,然后诚恳而又小心翼翼地说:"今天我看见他躺在巢穴外的那副样子,我觉得他看起来真像只宠物猫。但后来我想起那天他捕到第一只猎物时的情景。他还是个小不点儿,却冒着大风雪捉到了一只田鼠。他看上去是那么地无所畏惧,对他的捕获是那么地骄傲自豪。那时,他就像一只族生猫,一只土生土长的族生猫。"

风起云涌

火心满怀希望地说:"这么说我的决定是正确的喽?"

沙风没有说话,又隔了一会儿才说:"我想这只能用时间来证明。"

火心没再吭声。虽然沙风的话没有给他慰藉,但他知道沙风说得没错。

沙风眯缝起眼睛,关切地问:"他出什么事了吗?"

火心有气无力地承认说:"今天下午我看见他进到两脚兽的巢穴里了。我想两脚兽现在正在喂他东西吃吧。"

沙风皱起眉头,说:"他知道你在看他吗?"

"不知道。"

沙风忠告说:"你应该明确地告诉云爪,他应当对自己的归属做出选择。"

火心分辩说:"但如果他决定回去过宠物猫的生活怎么办?"到了今天,他才发觉自己多么希望云爪能留在族里,不只是为他火心,也不只是为让其他猫看看武士不一定非得是族生猫,也是为了云爪。一想到云爪可能离开,他的心便怦怦直跳。

沙风柔声说:"那也是他的决定啊。"

"如果我这个老师当得再好一点儿的话……"

沙风截断他的话:"这不是你的错,你不可能控制他的思想。"

火心无可奈何地耸了耸肩膀。

沙风说："找他谈谈，看他想要什么，让他自己做出决定。"她的目光中充满了同情，但火心的情绪仍很低落，沙风又说，"快去找他吧。"火心点了点头，沙风站起来走进树林。

火心心里沉甸甸的，爬进峡谷向训练沙坑走去，希望云爪能够沿着他离开的路返回营地。他很不情愿和云爪进行这次谈话，因为他怕把云爪推入歧途。不过他也知道沙风说得没错，云爪不能身在雷族而心却在宠物猫的生活上。

火心坐在沙坑里，眼看着太阳落在树林后面，周围事物的影子渐渐拉长，不过天仍然很暖和。晚饭的时间就快到了，火心开始怀疑云爪是否还回来。这时，他听见灌木丛里响起沙沙声，接着便是一阵小脚掌的踏地声。他甚至不用闻见云爪的气味就知道他回来了。

云爪支棱着耳朵、翘着尾巴，昂首阔步走了过来。他嘴里衔着一只小老鼠，看见火心，他连忙放下嘴里的老鼠，语含责备地说："你在这里干什么，我告诉你我会在晚饭前回来的。难道你不相信我吗？"

火心摇了摇头说："不相信。"

云爪受到了伤害，将头歪向一边分辩说："哼，我说过我会回来，你看我不是回来了吗？"

火心说："我看见你了。"

风起云涌

"在哪里看见我了？"

火心顿了顿说："我看见你进入两脚兽的巢穴里。"

"那又怎样？"

云爪的满不在乎令火心瞠目结舌，几乎说不出话来。难道他不知道自己做了什么吗？火心气往上冲，低嘶着说："你说你是去为族群捕猎了。"

"我捕猎了。"

火心轻蔑地看着云爪扔在地上的那只老鼠，说："你觉得它能喂饱几只猫啊？"

云爪说："嗯，我自己不吃。"

火心生气地说："就因为你的肚子被那些宠物猫的垃圾食物填饱了吗？你还知道回来？"

云爪困惑不解地说："我为什么不回来？我不过是去两脚兽那里找了些吃的而已。这有什么问题吗？"

火心一肚子苦水倒不出来，吼道："我真怀疑你母亲舍弃她的长子，把你送到族群里来，这件事做得到底对不对！"

云爪反唇相讥："哼，反正她已经做了，所以你才能在这里跟我纠缠不清！"

火心威胁说："也许我就像个学徒似的跟你纠缠，不过我却能让你当不成武士！"

云爪惊讶地睁大眼睛："你不会的！你不能！我会成为一

111

名伟大的武士,你阻挡不了我。"说着,他狠狠瞪着火心。

火心愈加恼怒,吼道:"我告诉过你多少次了,不是仅会捕猎和打仗就能当上武士的。你必须知道你在为谁捕猎,为谁打仗!"

"我知道我在为谁打仗,和你一样——都是为了生存!"

火心简直不敢相信自己的耳朵,呵斥说:"我打仗是为了族群,而不是为我自己。"

云爪盯着他的眼睛说:"算了,如果能成为一名武士的话,那我也为族群打仗好了。反正结果都是一样。"

火心真想把这个学徒揪过来痛打一顿,但他深吸了口气,极力保持头脑的冷静。"你不能脚踩两只船,云爪。你必须做出决定,要么当一只族群猫在武士守则的指导下生活,要么去寻求宠物猫的生活。"他一边说着,一边想起当初虎掌发现他在森林边和他的宠物猫老友斯玛谈话后,蓝星对他也是这么说的。所不同的是,火心从来都是对族群忠贞不渝,自从踏入丛林那一刻起,他就成了一只族群猫,至少他是这么认为的。

云爪桀骜不驯地说:"我为什么必须选择?我喜欢这种生活方式,我可不会为了讨你的欢心而改变它!"

火心愤怒地说:"这不是为了讨我的欢心,这是为了族群着想!宠物猫的生活从各个方面都违反了武士守则。"云爪没有理会他,而是捡起老鼠,从火心的身边走过,向营地走去。

风起云涌
FENGQIYUNYONG

火心深吸了一口气,强忍住把云爪逐出雷族领地的冲动。他暗自重复沙风的话:让他自己做决定。他跟在云爪后面往回走,边走边告诉自己,毕竟,云爪吃些宠物猫的食物也不会带来什么危害。他只希望这件事别被其他的猫发现了。

他们走近金雀花通道时,火心听见峡谷上有灰土往下滑落的声音。他停下脚步等候,期盼那是捕猎归来的沙风,不过,傍晚的空气中飘来炭毛的温暖气味。

炭毛跳下最后一块石头,嘴里衔着药草,一瘸一拐地走了过来。

火心问:"你还好吗?"

炭毛放下嘴里的药草,气喘吁吁地说:"我很好,真的。只不过这条瘸腿总和我过不去,害得我去采药草花了这么长时间。"

火心说:"你该告诉黄牙一声。"

炭毛摇了摇头:"我不说。"

火心赶紧说:"好吧,好吧。"连他都对自己如此不敢违拗炭毛的话感到很是惊讶,"让我帮你拿这些药草吧。"

炭毛顿时两眼放光,她感激地冲火心眨眨眼睛,高兴地说:"愿星族保佑,让你窝里的跳蚤都消失。我不是有意要顶撞你,只是黄牙太忙了,柳带今天下午进入分娩期了。"

火心感到一阵担心,他想起自己上次碰到银溪生孩子的事

情了。"她没事吧?"火心问道。

"我不知道。我主动要求出来采集药草,没有在那里帮忙。"炭毛移开目光,嗫嚅着说,脸上闪过一层阴云,"我……我不想待在那里。"

火心猜到她也想起银溪了。他说:"那么走吧。早点儿看见柳带,便早点儿消除担心。"说着,他加快了步伐。

刚踏进营地,火心便立刻知道了柳带母子平安的消息。只见一只眼和斑尾正从育婴室往外走,她们的眼里饱含温情,欢声笑语隔着空地也能听见。

沙风冲过来向他们报告好消息:"柳带生了两只母崽和一只公崽!"

炭毛焦急地问:"柳带怎么样?"

沙风宽慰她说:"她很好,已经在给孩子们喂奶了。"

炭毛吁了口气,高兴地说:"我一定要过去瞧瞧。"说着,一瘸一拐地跑了过去。

火心吐出嘴里的药草,四下里张望说:"云爪去哪儿了?"

沙风眯缝起眼睛,同情地说:"黑条看见他只带回那么小的一只猎物,就让他去给长老们清理窝铺了。"

"很好。"火心还是头一回因为黑条的干预而感到愉快呢。

沙风语气凝重:"你和云爪谈过了?"

"是的。"一想起云爪的漫不经心,柳带分娩给他带来的

风起云涌

喜悦就像烈日下的露珠一样，瞬间蒸发了。

沙风催问："是吗？他怎么说？"

火心神情黯然地说："我认为他还没有意识到自己做错事了。"

令他惊讶的是，沙风并没有显出忧心的样子。"云爪还小。别太烦恼了。记住他第一次捕猎时的情景，而且别忘了你们是血缘相通的。"她温柔地舔了一下火心的脸颊，"总有一天，奇迹会发生在云爪身上的。"

尘毛走过来打断了他们的谈话。他丝毫不掩饰目光中的轻蔑，讥笑说："你一定会为你的外甥感到自豪的。黑条告诉我说，他花了一天工夫只捉回来一根瘦柴。"火心心里一沉，就听尘毛又补充了一句："你可真是位伟大的老师啊。"

沙风生气地说："走开，尘毛。别在那儿使坏，你明明是在说反话嘛。"

令火心惊奇的是，尘毛就像被沙风重重击打了一下，吓得连连往后退。只见他转个身，慌慌张张地跑开了，半路上回头瞪了火心一眼，目光中充满怨恨。

沙风的凶恶令火心赞叹不已，他说："这招太妙了，你一定要教教我你是怎么用的！"

沙风凝视着远去的尘毛，叹了口气说："恐怕这招你来用就不好使了。"沙风和尘毛青梅竹马，两只猫一起参加学徒训

练，但自从沙风和火心日益亲密后，他们的友谊就出现了裂痕。

"没关系。我迟些再向他道歉。我们为什么不去瞧瞧新生的幼崽呢？"

说完，沙风就向育婴室走去，这时蓝星恰好从育婴室里走出来，满脸都是喜色。等沙风进去后，蓝星胜利般地喊道："雷族又多了几名武士！"

火心高兴地说："不久之后，我们的武士将会比其他三个族群的都要多！"

蓝星的眼里立时笼罩了一层阴云，火心心里一寒。只见蓝星阴沉着脸吼道："我只希望这些新武士比那些老武士更可信。"

沙风的声音从育婴室里传了出来："你进来吗？"火心定了定神，走进育婴室。

柳带躺在由柔软的苔藓铺成的窝里，三只幼崽依偎在她的怀里，身上湿漉漉的，眼睛还没有睁开便在母亲的肚皮上一阵乱拱。

火心看见沙风的脸上浮现出一种从未见过的温柔神情。她探过身子，轮番在三只幼崽身上呼吸，感受那温暖、带有奶香味的气息。柳带看着，眼里流露出心满意足的神色。

火心小声说："他们真棒。"再次看到新生的幼崽感觉真好，但他同时又感到心里隐隐作痛。上次他看到新生的幼崽还是在银溪分娩的时候。火心的思绪一下子飞到灰条那里，不知

风起云涌

道他的老朋友现在怎么样了——他是仍然陷于悲痛之中呢,还是和孩子们待在一起的河族新生活已治好了他心中的伤痛呢?

忽然,火心嗅到虎掌幼崽的气味,尾巴不由得颤抖了几下。他强抑住内心的厌恶,转头去看他在哪里。金花就睡在他身后的窝里,闭着双眼,两只幼崽正躺在她身边呼呼大睡。小黑莓看上去就像其他的幼崽一样清白无辜,一刹那间,阵阵愧疚之意袭上火心的心头。

第二天,火心一大早就醒来了。对灰条的思念就如乌云压顶般压在他的心口。由于对云爪感到忧心忡忡,火心愈加想念灰条了。和沙风的谈话固然有所帮助,但他渴望知道灰条的看法。火心在窝里躺了一会儿,暗暗打定主意:今天他要去河边看看能否遇见老朋友灰条。

他走出巢穴,伸了个大大的懒腰。太阳刚刚升出地平线,为清晨的天空涂上了一层淡淡的粉色。尘毛正坐在空地中央和香薇爪聊天。火心奇怪,尘毛对黑条那个温柔的小学徒有什么可说的。他在用恶毒的流言蜚语毒害香薇爪的心灵吗?不过,尘毛肩膀上的毛都柔顺地趴着,虽然火心听不到他具体说的什么,但他的语气中没有以往常带的那种愤怒。事实上,尘毛同香薇爪说话时的口气温柔得就像一只斑鸠。

火心走了过去。尘毛看见他过来,目光顿时转冷。

火心朝他打招呼:"尘毛,你愿意带领中午那一班巡逻队吗?"

香薇爪兴奋地说:"我也能去吗?"

火心说:"我不知道。我还没有向黑条询问过你的进度呢。"

尘毛说:"黑条说她进步很快。"

"那么也许你能和黑条谈谈这件事。"虽然火心不愿显得软弱,但这有可能是化解尘毛敌意的一个机会,"但也要带上蜡爪和另外一名武士。"

尘毛破天荒地宽慰他说:"放心吧,我会保证香薇爪的安全的。"

"哦,很好。"火心说着转身走开了。他简直不敢相信,在整个谈话当中竟然没有听到尘毛的讥讽。

火心爬出峡谷,立刻向太阳石跑去。森林里久旱不雨,踏在地面上腾起团团灰尘。来到太阳石,火心吓了一大跳,他发现由于两个月滴雨未见,原先石缝中长出的青草都已枯死了。

他从一块块大石头下绕行,向河族边界走去。他走出树林,下坡来到河边。这里到处是鸟语花香,伴随着小河流水的哗哗声。火心停下脚步嗅了嗅空气,没有嗅到灰条的气味。如果他想找到老朋友,就得冒险进入河族领地。渴望见到灰条的念头越来越强烈,于是火心决定冒险一试。河族的黎明巡逻队也许

风起云涌

已经出发了，但如果运气好的话，他们现在可能正在别的地界巡逻。

火心小心翼翼地爬过边界，提心吊胆地溜出河边的香薇丛。还是没有发现灰条的迹象。他敢不敢渡过河，深入河族领地去碰碰运气呢？渡河不是难事——现在河水很浅，他能够蹚过大部分河面，只有河中心的河沟处较深，不过那里河水的流速不快，他能轻易地游过去。毕竟，经过初春那场洪水之后，他比雷族里大部分的猫都更熟悉水性。

忽然，一股气味飘来，把火心吓了一跳。是影族的气味！影族猫大老远跑到这里来干什么？影族地界和这条河之间隔着的可是雷族的领地啊。

火心紧张地回到香薇丛里。他深吸一口气，想要确定影族气味飘来的方位。没想到除了影族的气味外还有另外一种气味，那股气味使他几欲呕吐。气味从河流的上游处飘过来，他认得那股气味，就在不久前他还闻到过，那是病猫身上发出的臭味。

火心缓缓地在香薇丛中匍匐，香薇的枝条从他的皮毛上轻轻划过。他看到前方有一株盘根错节的老橡树，那株橡树就在雷族的领地内。由于地面经年遭受风吹雨淋，土层变薄，橡树的树根便暴露在地表之外，粗根盘绕形成一个小小的树洞。影族气味和那股疾病臭味就是从树洞里飘出来的。

尽管火心非常害怕，但却决意要保卫雷族领地，他本能地

猫武士

展开利爪。不管树洞里隐藏着什么凶神恶煞,他都要把他们赶出雷族的领地。火心压住内心的狂跳,从香薇丛里冲了出来。他弓着背站在树洞口,准备迎接一场恶仗。但树洞里犹如死一般寂静,只听得里面传出粗重的呼吸声。

火心硬着头皮往里瞅。等眼睛渐渐适应里面的昏暗后,树洞里的情形使他大吃一惊。上次他曾亲眼看着这些猫离开雷族领地,回到他们自己的领地里。他们就是曾来雷族寻求帮助的两只影族猫——小云和白喉。

火心厉声喝道:"你们回来干什么?在丛林别的猫没被你们传染之前,赶快回家去!"他向后咧开嘴唇,露出锋利的牙齿。忽然,他身后响起一个熟悉的声音。

"火心,住手!放过他们吧!"

风起云涌

第十一章

"炭毛！你来这里干什么？"火心跳转身体喊道，"你知道这里的事情吗？"

炭毛的爪下放着一捆药草。她仰起脸挑战似的说："他们需要我的帮助。他们回到影族营地里只有死路一条。"

火心气得吹胡须瞪眼："所以他们就回来啦！你在哪里找到他们的？"

炭毛说："在太阳石附近。我昨天出来采药草时嗅到他们疾病的气味，他们正要找一个安全的藏身地。"

火心鼻子里发出哧的一声，说："然后你就把他们带到这里了。他们很可能就是因为你同情他们才回来的。"这两只影族猫去雷族营地那天，炭毛曾明显表露出关心。火心问："你以为这件事能瞒得住大伙儿吗？"他不能相信炭毛竟然将她自己和族群里其他的猫置于感染疾病的危险之下。

炭毛直视他的眼睛，倔犟地说："别装出一副生气的样子，其实你和我一样也很同情他们。你不能再把他们撵出去了！"

火心看得出来炭毛相信她自己做的事情是正确的，而且他也承认炭毛说得没错——他觉得这两只病猫很可怜，蓝星的冷漠令他十分难受。火心怒火渐熄，问："黄牙知道这件事吗？"

"不，我想她还不知道。"

"他们病得怎样？"

"他们开始好转了。"炭毛的语气中流露出满意之情。

火心将信将疑地说："可我仍能嗅到疾病的气味啊。"

"嗯，他们还没有完全康复，但那是迟早的事。"

小云沙哑的声音从树洞里传了出来："多亏了炭毛，我们才好起来。"

火心听到小云说话时的底气，比他在雷族营地那会儿足了许多，而且他的眼睛也在昏暗处闪闪发亮。火心对炭毛说："听他们说话确实有好转。你是怎么治的？黄牙似乎觉得这种病是不治之症呢。"

炭毛愉快地回答："我一定是找到了对症的配方。"火心注意到她语气里透着一股自信，而这种自信已很久没有在她身上看到过了。那一瞬间，火心恍然觉得当初那个意志坚定、精力旺盛的学徒又回到了眼前。

他夸赞说："干得漂亮！"他下意识地想到，当蓝星得知影族的怪病竟然被一只雷族猫治好了，她会多么得意啊。但他随即想起蓝星已不再是原先的那位族长了，眼下还是不把炭毛

风起云涌

私自藏匿影族猫的事告诉她为好。她的判断力已经被会遭到袭击的忧虑所蒙蔽了。

火心意识到这两只影族猫待在这里会有危险。他害怕蓝星一旦得知他们还在雷族领地里,就会下令将他们处死。他摇了摇头说:"对不起,炭毛。这两只猫必须立刻回去,他们在这里不安全。"

炭毛沮丧地摇晃着尾巴,说:"他们病得很重,还不能回去。我也许能治好他们,但我并不是一个好猎手。这几天,他们没有正经吃过饱饭。"

火心主动说:"我现在去给他们找些吃的,他们得有足够的气力才能回家。"

"但我们回到家后能怎么办?"树洞里传出白喉沙哑的声音。

火心回答不上来,但他不能让雷族冒被传染的风险。如果影族巡逻队进入雷族领地找寻他们丢失的武士怎么办?火心坚决地说:"我让你们填饱肚子,然后你们必须离开。"

小云撑起身子,急得尖叫:"求求你别把我们送回去!夜星病得很重,仿佛每过一天,疾病就要从他身上抽走一条命。族里大多数猫都认为他快不行了。"

火心皱眉说:"他肯定还剩好几条命。"

白喉叫道:"你没见他病得多重!族群里一片恐慌,他死

后连个接班的猫都没有。"

火心问："你们的副族长煤毛呢？"小云和白喉的目光转到了别处，没有回答他的问题。难道煤毛已经死了？要么就是年纪太大不能执掌影族了？煤毛和夜星一样，在断尾被赶走时都已是老年猫了。得知影族的悲惨情况，火心的同情心最终战胜了理智，他叹了口气，不情愿地说："好吧，你们可以留下，等身体恢复后再回去。"

小云喘着气说："谢谢你，火心。"他的眼里闪着感激的光芒。火心低头答礼。他知道，要让这些视荣誉为生命的武士承认自己依靠外族是多么困难啊。

他转身从炭毛身边走过，只听炭毛小声说："谢谢你，火心。我知道你会理解我所做的这一切。"她的目光中充满了怜悯。"我不能眼睁睁地看着他们死去。即……即使他们来自别的族群。"火心知道她心里想的是银溪——那只她没能救活的河族母猫。

他深情地舔了一下炭毛说："你是一名真正的巫医，这就是黄牙收你为徒的原因。"

这片森林里的物产真是丰富，时间不长，火心便为那两名影族武士捉到了一只画眉鸟和一只兔子。他小心翼翼，避免踏入河族领地。不过，从河族领地里飘来的浓郁的猎物香味引得他直流口水。他已经好长时间没有吃过田鼠了。但他在太阳石

风起云涌

边捉到的那只兔子倒也汁多肉嫩。那只画眉鸟更好捉了，它只顾从土里往外拔一只蜗牛，对悄悄接近的火心浑然不觉。

火心回到树洞时，炭毛正趴在洞外咀嚼浆果，将果汁挤入配制的药草中。火心担心被病菌传染，因此没有进洞，只将猎物推进洞内。

他看着炭毛，忽然感到一阵恐惧，她一定进洞好多次了。于是火心装作若无其事地问："你没有不舒服吧？"

炭毛抬起头回答说："我没事。我很高兴你发现了这两只猫，我真不想对族里隐瞒这件事。"

火心不自在地晃着尾巴说："我想这件事只有我们两个知道就行了。"

炭毛眯缝起眼睛说："你不打算告诉蓝星吗？"

火心迟疑着说："严格说来我应该……"

炭毛接口说："但她仍对虎掌的事情念念不忘。"

火心叹了口气，说："有时我以为她好些了，但她随后却又说些怪话或者……"火心说不下去了。

"黄牙说她要痊愈得花些时间。"炭毛说。

"这么说黄牙也注意到蓝星的异常了？"

炭毛遗憾地低声说："老实说，我认为族里大部分的猫都注意到了。"

"他们怎么说？"火心有点儿害怕听到答案。

"她过去一直是位伟大的族长,他们只是在等她重振雄风。"炭毛的回答令火心感到宽慰了不少。大家的信念令他感动,而且他也应当相信大家的这个信念。蓝星一定能恢复过来。

他说:"你和我一起回去吗?"

"我得在这里把药草配制完。"说着,炭毛又衔起一枚浆果开始咀嚼。

火心转身离去,留下炭毛独自照顾影族的两只猫,心里觉得怪怪的。他不知道自己让他们留在雷族领地里这件事做得对不对。

来到雷族营地外,火心躲在一簇灌木下给自己来了个彻头彻尾的大清洗。他苦着脸舔去身上残留的病猫的气味,真希望能去训练沙坑后的那条小溪漱口。不过那条小溪好多天前就已经干涸了。要想找到水,他得沿着小溪回到它的源头,也就是那条小河才行。他必须在大家对他的去向产生怀疑前回到营地,找寻灰条的事也只能改天再进行了。

他从金雀花通道一进入营地,沙风立刻走过来问:"去捕猎了?"

"老实说,我去找灰条了。"火心决定承认事实的前半截。

沙风明显并不在意这件事,她说:"那你应该没有见到云爪喽?"

"他不在营地吗?"

风起云涌

"他今天早上睡醒爬起来就去捕猎了。"

火心知道她心里也存了个疑问——云爪又去两脚兽那里了。他说:"我该怎么办才好呢?"

沙风建议说:"我们为什么不一起去找他呢?如果我和他谈谈,也许他能听得进去。"

火心感激地点点头,说:"这值得一试。"

火心向松林奔去,沙风紧跟着,两只猫默不作声,一路疾行。松林里很安静,踩在松针上感觉柔软而凉爽。对火心来说,这条路和通往"四棵树"、太阳石的路一样熟悉。但沙风则谨慎得多,时不时地停下脚步嗅嗅空气,检查气味标记。他们走出松林进入翠绿的树林里,火心能感觉出沙风内心的焦虑。他瞅了她一眼,发现她的肩膀绷得紧紧的。此时,两脚兽巢穴的线条轮廓已能看得见了。

沙风紧张地四下里乱瞅,小声说:"你能肯定云爪是从这里走的吗?"忽然传来狗的叫声,沙风的毛一下子竖立起来。

火心宽慰她说:"别担心,狗不会离开花园的。"他一边说着,一边为自己知道这些事情感到很不自在。在他刚刚加入雷族时,沙风一直瞧不起他的宠物猫出身,如今她已完全接受了他,将他看作是一只丛林猫,因此他很不情愿提醒沙风他们之间出身的不同。

沙风问:"难道两脚兽不会带着狗出来吗?"

火心承认说:"有时会,但我们能较早地发现征兆。两脚兽的狗从不在树林里匍匐前进,所以当你还没嗅到它们的气味时你就已经听见它们的声音了,况且它们身上散发出的臭味还很浓烈呢。"他希望用幽默使沙风放松些,但她还是那么紧张。

"走吧,这里有云爪的气味。"火心催促道,他的脸颊在一根荆条上蹭了蹭,"你来闻闻,这气味新鲜吗?"

沙风伸长脖子嗅了嗅那根荆条,说:"很新鲜。"

"这么说,我们应该能猜到他的去向喽。"火心走在灌木丛里,发觉这条气味踪迹并没有通向公主的花园,顿时放心了许多。他目前还不打算让沙风和他的宠物猫姐姐会面。自从他把云爪带入族群,大家都知道他去拜访姐姐了。不过他们不知道的是他和姐姐的情谊很深,而且他也不想让大家知道。最好大家都能相信,尽管他有个宠物猫姐姐,但他仍然对族群忠贞不贰。

两只猫走近云爪昨天爬过的那道围栏,火心忽然有一种不祥的预感。这里除了云爪的气味,还有一股新的气味。这里的环境发生变化了。他带着沙风走到那株白蜡树前,两只猫动作轻盈地爬上树干躲进枝叶里。火心看见她嗅空气时胡须在颤抖。

火心朝两脚兽巢穴的窗户里望去,发现屋内没有亮光,而且空荡荡的。忽然一扇门嘭地关上了,犹如平地惊雷,吓了火心一大跳。他开始感到担忧。

风起云涌

他全神戒备地从围栏上跳进花园,沙风紧张地问:"出什么事了?"

火心说:"事情有点儿不大对劲,巢穴里是空的。待在这里,我过去瞧瞧。"

他伏低身子穿过花园,接近两脚兽的巢穴时,他听见身后响起脚步声,扭头一看,原来是沙风。只见她面容紧绷,但却露出决然的神色。火心冲她点点头,示意允许她跟来,然后又向巢穴的大门走去。

就在这个时候,一只怪物发出了启动的轰鸣声。火心踏上围在巢穴外的小路沿着墙根走,他心惊胆战地走到巢穴阴暗的拐角处。

沙风气喘吁吁地站在他身边。他悄声说:"你看。"只见雷鬼路上停着一只巨大的怪物,从怪物的肚子底下传出震耳欲聋的轰鸣声。

这时,巢穴拐角另一侧的门嘭的一下关住了,两只猫冷不丁都吓了一跳。火心看见一只两脚兽正向那只怪物走去,手里提着一个小盒子。小盒子随着两脚兽的手前后摆动,盒子的背面是网状结构。火心透过网孔瞅见盒子里有一团白毛。他向前走了几步,细看之下顿时如坠冰窟。他认得网孔后那张惊惧的面孔。

正是云爪!

第十二章

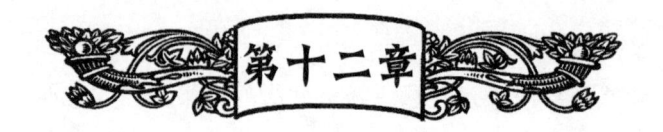

"救命!别让它们带走我!"怪物的轰鸣声中,火心听见云爪绝望的喊叫。

那只两脚兽没有注意到火心。它带着云爪爬进怪物里面,使劲把门关上。只见怪物屁股后面冒出一股呛人的烟雾,然后那只怪物便向前驶去。

"不!停下!"

火心不理会沙风的喊叫,冲出去追赶怪物。锋利的小石子将他的爪垫都划烂了。但就算他使出吃奶的力气追赶,那只怪物仍然越来越远,拐了个弯,从火心视线里消失了。

火心越跑越慢,最后停下脚步,爪子火辣辣地疼,心扑通扑通地跳。沙风又喊道:"火心!快回来!"

火心绝望地瞅了一眼空荡荡的雷鬼路,回到沙风身边。沉重的打击之下,他对周遭的一切事物都麻木了,任由沙风带着他经过两脚兽的巢穴,穿越花园,爬过围栏,进入安全的丛林里。

两只猫走进树林,沙风立刻问:"火心!你没事吧?"

风起云涌

火心说不出话。他凝望着白花花的围栏，竭力想弄明白刚才看到的景象。两脚兽偷走了云爪！云爪那副惊惧的面容不停地在他眼前闪现。它们会把他带到哪里去呢？无论去哪里，云爪都是被逼的。

沙风小声说："你的爪子在流血。"

火心提起前爪翻过来看。他呆呆地看着滴血的爪子，沙风探出身子去舔他的伤口。伤口很痛，但火心没有往后缩爪子。一下一下的舔抚令火心感到十分安慰，唤起了他幼崽时的久远回忆。他渐渐定下神，阴着脸说："他走了。"火心感觉心里空空的，心脏每跳动一下都如同重锤在击打胸口一般。

沙风说："他会找到回家的路的。"火心看着她镇静的目光，心里渐渐升起一线希望。

沙风补充了一句："那也得他愿意才行。"她的话仿佛一根尖刺扎进火心的心口，但她的眼里却充满了同情的神色。火心知道她说的是事实。沙风又说："也许云爪去了那里会更快活呢。你不是希望他过得快乐吗？"

火心缓缓点了点头。

"那么走吧，我们回营地去。"沙风如释重负，火心则感到非常沮丧。

他分辩说："你当然不必在乎这件事！你和族里其他的猫都有血缘之亲。云爪是我唯一的至亲，如今族里再也没有谁和

云爪!

云爪!

救命！别让它们带走我！

DUUUU

不！停下！

云爪……

我有那样密切的关系了。"

沙风似乎受到了伤害,生气地说:"你怎么能这样说话?你还有我啊!我一心想帮你,难道这对你全无意义吗?我以为我们的友谊对你很重要,但显然我是自作多情了!"她猛一转身,尾巴扫过火心的腿,然后狂奔而去。

火心看着她消失在树林中,不理解她为什么发这么大的火。他的爪子还在疼,心里说不出的难过。他在树林中缓缓漫步。这里离公主家很近,他不知道该怎样向她提及云爪的事情。

除了悲痛,他还担心族群对这件事的反应。他能想象出当黑条发现自己的外甥又回到软弱的宠物猫生活中时,会多么得意啊。一日为宠物猫,终身为宠物猫!这句长期以来讥讽火心的话居然也有它的道理。

松树下一只老鼠疾奔的沙沙声引起火心的注意。还得为族群找吃的。火心本能地俯下身子,但这次他感受不到任何捕猎的乐趣,他机械地追过去捉住老鼠,衔着它往营地走。

当他走到金雀花通道时,太阳已经落上了树梢。他停下脚步,调匀呼吸,然后衔着老鼠走进营地。

群猫吃过晚饭后,围在空地边分享舌抚。鼠毛一见到火心,立刻走了过来,火心怀疑她是不是一直在等他回来。鼠毛温和地说:"你出去了很长时间。一切还好吧?"

火心尴尬地避开了她的目光。他觉得自己应当先将这件事

风起云涌

告诉蓝星。

鼠毛继续说："你不在的时候，白风组织了夜间巡逻。"

火心结结巴巴地说："哦，好的，谢谢了。"鼠毛礼貌地低下头，转身而去。

火心看着她离开，暗暗对自己说，云爪的离去并不意味着他成了孤家寡人。虽然任命仪式出了岔子，但族里大多数猫似乎已经接受他当副族长了。火心只希望星族也能这么想，一想到这里，原先的那种恐惧又袭上了他的心头，令他心乱如麻。云爪的离去是不是意味着星族在通过夺去一位预备武士，来发出惩罚雷族的信号呢？还可能更坏，武士祖先们是不是在暗示宠物猫永远也不属于族群呢？

火心感觉四肢像灌满了铅一般沉重。他把猎物放进猎物堆里，向四周看了看。沙风正躺在奔风旁边，爪子中间摆放了一只麻雀。两只猫目光相接，沙风狠狠地瞪了他一眼。他知道应该去说声对不起，但当务之急是把云爪的事情告诉蓝星。

火心走到族长巢穴外向内通禀，令他吃惊的是，回答他的竟然是白风的声音。他顶开苔藓走了进去，看见蓝星躺在她的窝里，正和白风相互舔梳。看来蓝星也像其他的武士那样，喜欢找个可信的朋友来做伴了。火心看见她脸上露出一副心满意足的神情，不忍心用这个坏消息打断她的兴头，心想待会儿再告诉她也不迟。

蓝星问："有什么事吗？"

猫武士

火心结结巴巴地说:"我……我只是想知道你饿不饿。"

蓝星迷惑不解地说:"哦,谢谢你的好意,不过白风给我拿了些吃的东西。"她向地上那只吃剩一半的鸽子低了下头。

"嗯,很好,那我就不打搅你享用美餐了。"说着,不等蓝星问他这一天都去哪儿了,他便急急忙忙退出巢穴。他回到猎物堆前,衔起他早先捕到的那只老鼠向沙风和奔风躺着的地方走去。

奔风冲他打招呼说:"嘿,快来,我还以为你吃不上晚饭了。"

火心本想回答得友好些,哪知话到嘴边竟成了粗鲁的一句"忙了一天"。奔风瞅了瞅沙风,见她根本没理他们的副族长。火心看见奔风的胡须微微颤动了几下。

火心小声对沙风说:"早先的事情对不起了。"

沙风没有抬头,嘟囔说:"那也没什么。"

火心说:"你一直都是我的好朋友,我很抱歉令你觉得你在我的心目中无足轻重。"

"哦,嗯,下次说话的时候拜托从脑子里过一下。"

火心问:"我们还是朋友吗?"

沙风说:"我们一直都是啊。"

火心松了口气,挨着沙风趴下。奔风一言不发,但火心瞅见他的眼里蕴含着笑意。火心和沙风的关系显然已经引起了族里其他武士的注意。火心感到如芒刺在背,他尴尬地向空地望去。

黑条正坐在学徒巢穴门口和蜡爪说话。火心奇怪他不去和

风起云涌

众武士进餐,却在那里和尘毛的学徒嘀咕什么。只见蜡爪摇了摇头,但黑条不停地对他说着什么,最后蜡爪低下头,穿过空地向火心他们走来。

火心的耳朵动了动。从黑条瞅蜡爪的眼神来看,一定有什么事要发生了。

蜡爪走到火心面前停下脚步,他浑身肌肉紧绷,尾巴紧张地摇晃着。

火心问:"有什么事不对吗?"

蜡爪说:"我想问问云爪在哪儿?他说他会在晚饭前回来的。"

火心瞥了空地那边的黑条一眼,见他正饶有兴趣地望过来,生气地说:"告诉黑条,如果他想知道什么事,叫他自己来问我!"

蜡爪吓了一跳,结结巴巴地说:"我……我,对不起了。黑条告诉我……"他咬了咬牙,猛地抬起了头。"其实,不只黑条想知道,我也很担心。按照云爪的保证,他早该回来了。"他迟疑了一下,移开目光,接着说,"不管云爪做了什么,他可一向说话都很算数的。"

火心很是惊讶,他从没想到云爪在学徒中间竟有这么高的威信,学徒们竟然像尊重武士那样尊重云爪。但是,蜡爪说的"不管云爪做了什么"又是什么意思呢?

第十三章

蜡爪问:"云爪没事吧?"

火心一边眨着眼睛,一边寻思适当的措辞来解释云爪的失踪。最后他小声说:"我想云爪已经离开族群了。"现在隐瞒事实已毫无意义。

蜡爪惊得目瞪口呆,他疑惑地说:"离开?但是他……他告诉过我,我的意思是,我没想到他竟会留在那里。"

奔风猛地坐起身问:"留在哪里?这到底是怎么回事?"

蜡爪歉疚地看着火心,知道自己泄露了朋友的秘密。

火心温和地说:"回去吃晚饭吧。你可以告诉黑条,就说云爪回到他的宠物猫生活中去了。现在没有什么可保密的。"

蜡爪悲伤地说:"我只是不敢相信他真的离开了。我真的很想他。"说完,他转过身,迈着沉重的步伐回到学徒巢穴前。黑条犹如一只饥饿的猫头鹰般坐在那里等他的消息。天黑以前,这条消息将会传遍整个营地。

奔风转头问火心:"云爪去哪儿了?"

风起云涌

火心回答："他和两脚兽一起走了。"这句话的每一个字他都说得掷地有声。他的耳朵里仿佛又响起云爪撕心裂肺的哭喊声，但火心知道这并不能作为替他那个不争气的学徒开脱的理由，大家都将明白，云爪之所以变得肥胖，全是因为吃了两脚兽的食物。在这种情况下，他如何能使大家相信云爪是被两脚兽强行带走的呢？

奔风皱眉说："黑条听了这个消息一定很开心。"

只见黑条一边弯着脖子倾听蜡爪带回来的消息，一边朝空地这边望过来，眼里充满了胜利的喜悦。他听完蜡爪的汇报后，高兴地朝长尾和小耳走去。云爪失踪的消息如同藤蔓一般迅速在营地里蔓延开来。小耳走进长老巢穴，把这个消息告诉其他的长老。长尾则向育婴室走去。就如火心所害怕的那样，黑条要让营地里的每只猫都知道，火心的外甥逃回到他的宠物猫老家了。

沙风怒气冲冲地问："你不打算做点儿什么吗？你就任由黑条在那里乱嚼舌头吗？"

火心摇了摇头，悲伤地说："事实如此，我能怎么办？"

沙风生气地说："你可以对大家说这件事！把事情发生的经过原原本本告诉大家。"

火心分辩说："自从云爪接受宠物猫食物的那一刻起，他便放弃族群生活了。"

猫武士

沙风催促说："嗯，那你至少该告诉蓝星吧。"

只听奔风喃喃说："太晚了。"

火心顺着他的目光看去，只见黑条正朝蓝星的巢穴走去。就在蓝星最需要安静的时候，黑条要去打扰她的清静了。黑条这种只顾自己开心的做法令火心十分愤怒，但他更生云爪的气。

沙风柔声说："别想了，也许你该吃点儿东西了。"但火心现在一点儿胃口都没有。他只能眼巴巴地望着空地，承受众猫投来的一道道目光——有的焦虑，有的则仅仅是好奇——他们显然都知道云爪的事了。

奔风的尾巴扫了一下火心的腿，他说："你看那边。"

只见黑条趾高气扬地向他们走来。他大声对火心说："蓝星想见你。"火心暗暗叹了口气，起身向蓝星的巢穴走去。

他忧心忡忡地站在巢穴门口，一时间犹豫不决。看来蓝星定然要将云爪的离去看成是雷族猫的又一次背叛了。她会不会也怀疑火心呢？说到底，他是云爪的亲戚啊。

蓝星喊道："进来吧，火心！我知道你在外面！"

火心顶开苔藓走了进去。蓝星蜷缩在她的窝里，白风卧在她身边，目光里充满了好奇。火心竖起耳朵，竭力不让耳朵颤抖，以掩饰内心的紧张。

蓝星说："看来，你刚才进来问我饿不饿其实是另有所图喽！"她半带玩笑的口气一下子攻破了火心的心理防线。只听

风起云涌

蓝星继续说："就算你认为我快要死了,你也只会借着送食物的由头进来看看。一个流言在营地里传了个遍,最后才传到我这里！"

火心不敢相信,她听了云爪的事后竟然还如此镇静。他结结巴巴地说："对……对不起。我本来要告诉你的,但你看起来很……很平静。我不想搅坏你的情绪。"

蓝星轻轻点了一下头,说："这件事确实令我感到不快,但我可不是蛛丝做的。"她的目光渐渐严肃起来,继续说道："我还是你们的族长,我需要知道族里发生的每一件事情。"

火心回答说："是,蓝星。"

"好了,黑条告诉我说云爪和两脚兽一起走了。你知道这件事的经过吗？"

火心点了点头,接着补充说："但我也是最近才得知的。我是昨天才发现他去两脚兽的巢穴里找食吃的。"

蓝星喃喃说："而你觉得自己能处理好这件事。"

"是的。"火心瞅了白风一眼,看见他一言不发、不动声色地坐在那里。

蓝星提醒说："你不可能知道一只猫心里想的到底是什么。如果云爪心里向往宠物猫的生活,那么就连星族也不能扭转他的心意。"

火心说："我知道,但事情并不这么简单。"他并不想在

猫武士

大家面前为云爪开脱，但他想让蓝星知道事情的完整经过。这是为了云爪呢，还是为了他自己，连他也分不清楚。他说："云爪是被两脚兽强行带走的。"

白风问："带走的？你为什么那样说？"

火心解释说："我看见他被装进一只怪物里。他哭着喊救命，我跑去追赶，但却徒劳无功。"

蓝星眯缝起眼睛，提醒他说："但云爪从两脚兽那里取得食物已经有一段时日了。"

火心承认说："是的。我昨天和他谈过这件事，我不能确定他是否真的想去过宠物猫生活，他似乎仍然认为自己是一只族群猫。"火心不安地咽了口唾沫，继续说："我想云爪还没有意识到，他犯的错误究竟有多严重。"

蓝星问："你敢肯定他就是雷族需要的那种武士吗？"

火心垂下头，为自己的学徒感到羞愧，他知道蓝星的话说得有道理。他平静地说："我以为他想当一只族群猫，即使他自己没有意识到这一点，但我能看得出来。"

蓝星温和地说："火心，雷族需要你这样忠诚、勇敢的猫。如果云爪离开了，那么这也许是星族的意志。虽然他不是在丛林中出生的，但他是我们中的一员，我们的祖先也在关注着他。别太伤心了，无论他走到哪里，星族都会让他在那里找寻到幸福的。"

风起云涌

火心缓缓抬头看着他的老师，说："谢谢你，蓝星。"他也想相信星族会保佑云爪，那样的话，云爪的离去便既不是星族对雷族的惩罚，也不是星族对宠物猫的否定了。他很难完全说服自己，但他十分感激蓝星的同情，而且，她并没有从这件事里得出什么晦暗的结论，这令火心感到大为放心。

那一夜火心又做了个梦。梦里的夜空非常清澈，他飘出丛林飞升到漫天的繁星当中。他向"四棵树"飞去，最后落在巨岩上。火心能感觉到脚下的巨岩拥有着经历无数岁月后所凝结的力量，也能感觉到它的冰冷。他的爪子上划出的伤口仍在隐隐作痛。忽然，他感觉到斑叶向他走来，一想到斑叶并没有抛弃他，而是如同旧梦里一样出现在他的面前时，他便感到无比轻松畅快。

"火心。"他的耳边响起那个熟悉的声音。他猛地转身，但印象中那个在月光下闪闪发光的玳瑁色身影并没有出现在他的身后。

他痛苦地喊叫："斑叶，你在哪里？"

那个声音又响了起来："火心，别以为你的敌人睡着了，要当心啊。"

火心焦急地问："这话什么意思？什么敌人？"

"要当心啊！"

猫武士

火心睁开双眼，猛地抬起头。巢穴里仍然一团漆黑，他能听见其他猫发出的均匀的呼吸声。他撑起身子，摇摇晃晃地向巢穴门口走去。经过黑条身边时，他发现黑条虽然闭着眼睛，但耳朵却竖了起来。

别以为你的敌人睡着了，要当心啊。警告声又在火心的脑海中响起。他晃了晃脑袋，不去想这件事。斑叶不需要提醒他注意黑条。火心很清楚，虽然黑条总和自己过不去，但对雷族却忠心耿耿。斑叶也许在警告他别的事情，一些她怕他想不到的事情。

空地上月光如水，凉风习习。火心坐在空地边缘，遥望天上的繁星。斑叶是在担心火心自己吗？他仔细回想，最近发生的每一件事都从脑海中闪过——蓝星的痊愈，云爪的离去，两只生病的影族猫。"是两只生病的影族猫！"炭毛说她治好了他们的病，但也许她并没有治好，也许他们只是看上去好转了。想到这里，他觉得尾巴根部仿佛被跳蚤咬了一下，心里猛地一惊。斑叶曾经是个巫医，她可能知道那种病原本就是不治之症。也许她是在警告他，疾病已经在雷族营地内传播开了。火心越想越肯定这就是梦境预示的真意。

蝙蝠群在树林上空来回飞翔，看着它们无声扇动的翅膀，火心感到更加紧张。他怎么能允许影族的猫留在雷族领地里呢？他必须去问问炭毛是不是真的治好了他们的病。他跳起

风起云涌

身,悄无声息地穿过空地,走过香薇通道,进入黄牙的巫医巢穴里。

他气喘吁吁地停下脚步。巫医巢穴深处传出黄牙粗重的鼾声,而炭毛轻柔的呼吸声则从空地的某处角落里传过来。火心走过去低声喊:"炭毛!"

炭毛睡意正浓,说:"火心,是你吗?"

火心又低声唤道:"炭毛。"他加大声音,这回炭毛睁开了眼睛。

她斜眼瞅了一下火心,然后翻过身趴在地上,抬起头皱眉问:"什么事?"

火心问:"你能肯定那两只影族猫的病确实治好了吗?"尽管他知道黄牙在巫医巢穴里不可能听到他们的谈话,但仍尽量压低嗓门儿。

炭毛迷惘地眨眨眼睛,说:"你叫醒我就是为了问这个?我昨天告诉过你了,他们正在好转。"

"但他们还是生着病。"

炭毛承认说:"哦,是的。但不像原先病得那么重了。"

"那么你呢?你自己有没有生病的征兆?来找你看病的猫有没有发热或者哪儿不舒服的?"

炭毛打着哈欠伸了个懒腰,说:"我很好。那两只影族猫也没事。雷族的猫都没事。"她疲倦地晃了晃脑袋。"所有的

猫都很好！你到底在担心什么？"

火心不自在地解释说："我做了个梦。梦里，斑叶告诉我说要当心一个表面上睡着的敌人。我想她指的就是疾病了。"

炭毛的鼻子里发出咻的一声，说："那个梦很可能是在警告你别吵醒累了一天的可怜的老炭毛，或者要你当心胡须别被扯到了！"

火心这才注意到她一脸疲惫的样子。她最近一定比往常忙得多，一边要履行族群里的职责，一边还要抽时间照顾小云和白喉。他说："对不起，但影族的那两只猫必须离开。"

炭毛一下子睁大了眼睛，说："你说过他们可以留在这里直到病好为止的。就因为这个梦你便改变主意了吗？"

火心回答说："斑叶以前说过的话句句应验，我不能冒这个风险。"

炭毛默默凝视着他，过了好一会儿才说："让我同他们说吧。"

火心点了点头，坚持说："但你必须明天就去。"

炭毛将下巴颏枕在前爪上，承诺说："我会告诉他们的。但如果你的梦错了怎么办？如果影族真如他们所说的那样瘟疫流行，你可能就是在把他们往绝路上赶。"

火心也感到左右为难，但他知道他必须保护自己的族群。于是他建议说："你能不能把药方告诉他们？"

风起云涌

炭毛点了点头。

火心继续说:"这就行了。你把药方告诉他们,他们就能给自己治病了,也许还能帮助他们族里的同胞呢。"虽然自己并没有完全抛弃那两只影族猫,但为了求得心安,他还是想进一步解释一下将他们送走的原因。他说:"炭毛,我必须听斑叶的。"忽然一股悲伤之情涌上心头,他哽住了,说不下去了。斑叶曾在这里生活和工作过,四周香薇的味道令他对斑叶的回忆更加清晰。

"在你的心里,你仍然认为她还活着。"炭毛小声说着,闭上了眼睛,"你为什么不让她和星族一起安息呢?我知道你对她的感情很特殊,但记得当我忍不住想起银溪时,黄牙对我说:'放下昨天的包袱,好好关注今天的事情。'"

火心不服气地说:"想念斑叶有什么错吗?"

"因为当你不停地梦见她的时候,有另外一只猫——一只活着的猫——就在你的鼻子底下,那才是你该留意的。"

火心迷惑地问:"你说的是谁啊?"

"你没有注意到吗?"

"注意到什么?"

炭毛睁开眼睛,抬起头说:"火心,族里每一只猫都看得出来,沙风非常非常喜欢你!"

火心的脸刷地红了,他嗫嚅着替自己分辩,但炭毛没有理

猫武士

会他，小声说："好了，你走吧，让我休息一会儿。"说完，炭毛又将下巴颏枕在前爪上。"明天我就去让小云和白喉离开，我发誓。"

火心走出香薇通道时，仍能听到里面传出炭毛轻柔的呼吸声和黄牙粗重的鼾声。他走进空地，心里乱成了一团。他知道沙风喜欢他、尊重他。比起他刚加入雷族那会儿，沙风对他要好得多，但他一直以为这是他们之间的友谊使然。他忽然想起沙风舔他爪子上的伤口时，她那双浅绿色的眼睛里闪动着柔情似水的光芒。火心的毛顿时竖立起来，全身一阵阵酥麻，这种感觉他以前从来没有过。

第十四章

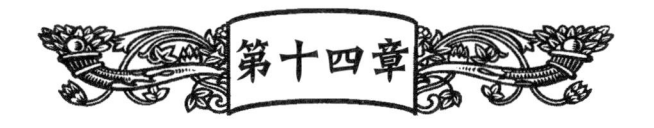

接下来的几天里,小河位于雷族领地的部分不断地蒸腾减少,几乎退到了太阳石远侧的河族边界。

一只眼嘟囔说:"我还从没见过这种鬼夏天,森林里干燥得就像幼崽的铺垫。"

火心凝望着万里无云的天空,暗暗向星族祈祷让雨快点儿下来。由于附近的水源干涸,雷族的猫饮水时越来越接近炭毛藏匿那两只影族病猫的地方,火心不希望任何巡逻队在那里接触到残留的病原。而另一方面,由于这场旱情,他也无暇再为云爪现在的生活担忧犯愁了。

午班巡逻队回来了,霜毛开始组织长老和猫后们去河边饮水。大伙儿在空地边的狭小阴凉地里集合。

小耳抱怨说:"星族为什么现在降临这场旱情?"火心用眼角的余光看见小耳正朝他这个方向瞅过来。他想起小耳曾经警告说他的副族长任命仪式坏了规矩,顿时打了个寒战。

一只眼声音沙哑着说:"令我心烦意乱的不是这场旱情,

而是住在森林外面的两脚兽。以前周围从没有这么多噼啪撞击的声音，猎物们吓得四散奔逃，我们的气味标记也都被它们的臭味给毁掉了。下场大雨也许能把它们全都吓跑。"

斑尾说："嗯，我担心柳带。去河边往返的路太远，而她又不愿离开幼崽们太久。但是，如果她喝不到水，她就没有奶水，她的孩子们就要挨饿。"

团毛说："金花也是这种情况。我们可不可以把苔藓浸满水然后带回来，她们或许能从苔藓里舔到水喝呢？"

火心说："这个主意太棒了。"他奇怪为什么自己就想不出来呢？也许他一直在回避育婴室——尤其是某只幼崽——的问题吧。"你今天能带些回来吗？"

斑尾点了点头。

火心感激地冲她眨了眨眼睛，说："谢谢你。"他不由得想到，如果云爪还在，他会多么热情地帮助这些长老啊。云爪和这些长老关系一向非常亲密，晚上听他们讲故事，还分享他们的美食。火心越想越伤心，这些长老似乎对云爪的离去根本不在意。难道他是唯一相信云爪能够适应丛林生活的猫吗？他生气地抖了抖耳朵。也许蓝星说得没错，云爪做出离开的决定是正确的。不过，火心对云爪的惦念仍然越来越强烈。

沙风和蕨毛执行完午班巡逻任务后正躺在荨麻丛边的阴凉地里休息，火心看见后，召唤他们。两只猫听见召唤立刻跳起

风起云涌

身走了过来。

火心说:"你们能护送小耳和其他几位长老吗?我不知道他们要走多远才能到河边,如果他们误入河族的领地,他们需要援手。"他顿了顿又说:"我知道你们很累,但其他的猫都外出训练了,而我得留在这里和白风一起守卫营地。"

蕨毛说:"没问题。"

沙风凝视着他说:"我不累,火心。"

火心想起几天前炭毛对他说的话,顿时面红耳赤起来。他扭捏地说:"哦,太好了。"说完,他拘谨地低下头去舔自己胸前的毛,当他注意到蕨毛在偷笑时,更加羞得无地自容了。

直到群猫消失在金雀花通道里,空地上只剩下他自己时,火心脸上的红晕才渐渐消退。白风在族长巢穴里陪着蓝星,柳带和金花则在育婴室里照顾她们的孩子。火心曾见过虎掌的孩子在育婴室外蹒跚学步,金花在一旁大声鼓励。他发现自己总是回避那只幼崽的目光,而且全神戒备地看着那只幼崽一天天、一点点地走进雷族的日常生活当中。

他听着那些幼崽的叫声,不由得想起,如果他们的妈妈再喝不到水的话,不知道他们会饿成什么样子呢。他希望那条河水不要消退得太远,同时,他眼前浮现出一幅景象:由猫后和长老组成的队伍缓慢地在灌木丛里行进,沙风走在队伍旁边,她那姜黄色的皮毛在翠绿的枝叶衬托下格外显眼。忽然,他猛

地一惊，想起了那两只影族病猫。

如果炭毛并没有将他们送走，他们仍然躲藏在那里怎么办？

火心心里一寒。他急忙向巫医巢穴奔去，就在香薇通道的入口处，和一瘸一拐正往外走的炭毛撞了个满怀。

炭毛笑骂道："你在搞什么鬼啊？"接着，她看见火心一脸严肃的样子，随即止住了笑容。

火心焦急地问："你告诉小云和白喉让他们必须离开了吗？"

炭毛不耐烦地说："这件事已经过去了。"

"你肯定他们离开了吗？"

炭毛生气地看着他："他们向我保证当晚就会离开。"

火心的毛由于担心而竖立起来，他追问道："那有没有留下疾病的气味啊？"

炭毛不客气地说："听着！我对他们说让他们离开，而他们也答应了。我没有时间去管这些事。还有许多浆果等着我去采摘，如果耽误了时间，那些鸟会把浆果都吃光的。如果你信不过我，为什么不自己去查看呢？"

这时，巫医巢穴里传出一声低吼："你在那里瞎唠叨些什么，赶快采浆果去！"

炭毛回头喊道："对不起，黄牙，我在和火心说话。"她责怪地看了火心一眼，只听黄牙的声音又传来了。

风起云涌
FENGQIYUNYONG

"哼，叫他别浪费你的时间，有什么事让他对我说！"

炭毛扑哧一声乐了。火心不好意思地说："耽误你这么长时间，对不起了，炭毛。我不是信不过你，只不过我……"

炭毛对他说："只不过你是个杞人忧天的老头儿罢了。"说着，她深情地撞了一下火心的肩膀。"如果放心不下，你就自己去树洞那里检查一下吧。"她和火心擦肩而过，一瘸一拐地向营门口走去。

炭毛说得没错，火心知道除非他亲眼看见树洞那里没有影族病猫和残留的病原，否则他是不会安心的，但他现在却苦于无法离开。营地里只有他和白风两名武士留守。他又是沮丧又是焦急，只觉得浑身上下都在发痒。他漫步在空地上，走到高岩下正要转身顺着原路往回走时，一抬眼看见白风冲他走来。

白风叫道："你还没有决定派谁执行夜间巡逻吗？"

"我想让奔风带着刺爪和鼠毛去。"

白风说："好主意。"他有些心不在焉，不用说肯定是有心事。他问："能让亮爪参加明天的黎明巡逻吗？多历练历练对她有好处。我……我最近一直没怎么带她出去训练。"说着，他的耳朵忽然抽动了一下。火心顿时感到有些不安，他知道白风和蓝星待在一起的时间越来越长了，他怀疑白风在担心蓝星会做出什么异常举动来，而这也是他长时间以来一直担心的事情。同时，他又感到心里有种放松的感觉，因为族里终于有另

外一只猫——还是一位德高望重的资深武士——来分担他的烦心事了。但他又为自己的这种想法感到有些惭愧。

火心点头说:"当然可以了。"

白风挨着火心坐下来,向周围瞅了瞅说:"今天下午可真清静。"

"沙风和蕨毛护送长老和猫后们去河边饮水了,团毛说带些浸水的苔藓回来给柳带和金花解渴。"

白风点了点头,说:"或许他们也能给蓝星带回来一些。她似乎不愿到营地外面去。"接着,他压低嗓门儿说:"她每天早上都从树叶上舔露水解渴,但这大热天的,她需要喝更多的水才是。"

火心顿时感到心头升起一种新的忧虑:"前几天我看她好多了。"

白风宽慰他说:"她确实一直在好转,不过仍……"说到这里,他闭住了嘴巴。不过就算他不把话说透,火心也能从他的脸上看到他心里的担忧。

火心小声说:"我明白,他们回来后,我让团毛给她送去一些苔藓。"

白风眯缝起眼睛,平静地说:"谢谢你,你干得很好。"

火心坐起身子问:"此话怎讲?"

"当副族长呗。我知道这活儿不轻松,蓝星这个样子,再

风起云涌

加上天旱。不过，我认为族里没有哪只猫会认为蓝星让你做副族长是个错误的决定。"

火心默想：恐怕黑条、尘毛，还有一些长老不这样想吧。随即他意识到自己的失态。他感激地冲白风眨了眨眼睛，说："过奖了，白风。"在他的心目中，白风的意见和蓝星的一样宝贵，现在得知白风对他的评价竟然如此之高，他感到十分高兴。

白风继续说："还有，我为云爪的事情感到遗憾。你心里一定非常难过，他毕竟是你的外甥啊。族里的猫彼此间血缘关系密切，他们很难想象到这种关系的珍贵。"

白风的善解人意令火心感慨万分，他迟疑着说："嗯，是的，我确实很想念他，不光因为他是我的外甥。我真的相信他最终能成为一名优秀的武士。"他移开目光，等着听白风的不同意见，哪知白风却点了点头。

白风说："他是一名好猎手，是其他学徒的好伙伴。但也许星族为他安排了别的命运。我不是巫医，不能像黄牙、炭毛那样看懂星辰后隐藏的真意，但我对我们的武士祖先抱有坚定的信念，不论祖先们将我们的族群导向何方，我的信念都不会有丝毫动摇。"

火心想：正是这种信念，使你成了一位道德高尚的武士。他越想越敬佩白风对族群的忠诚。如果云爪能有一星半点儿白

风的这种感悟，今天的状况也许就会大不相同。

这时，营地外面传来杂乱的脚步声。火心急忙冲出营门，只见斑尾和其他猫正顺着山坡连滚带爬地下来，一个个灰头土脸。他们的毛竖立着，眼睛一个比一个睁得大。

斑尾滚到峡谷底，气喘吁吁地说："两脚兽！"

火心抬头望去，看见蕨毛和沙风正帮着年纪最大的那几位长老在石块之间艰难地爬上爬下。

沙风往坡下喊道："没事了，我们把它们甩掉了。"

他们安全回到峡谷底后，蕨毛解释说："有一群年幼的两脚兽追赶我们！"他惊魂未定，声音都变得沙哑了。

忽然，猫群中不知谁发出了一声惨叫，火心吓了一跳，急忙问："你们都没事吧？"

沙风扫了群猫一眼，向他点了点头。

"很好。"火心深吸口气，定了定神，"两脚兽在哪里？在河边吗？"

沙风回答："我们还没有到达太阳石。"她缓过了气，声音平静了许多，只听她愤愤地说："它们在丛林里不守规矩，没有走两脚兽往常走的路。"

火心竭力保持镇定。两脚兽很少走进丛林深处的。他大声说："我们等天黑后再去取水。"

一只眼胆怯地问："你认为那时它们走了吗？"

风起云涌

"它们为什么还待在那里？"虽然火心也是满腹疑虑，但他尽量使语气显得很肯定。谁能预料到两脚兽可能做什么呢？

斑尾烦躁地说："但柳带和金花怎么办？天黑前她们就得喝上水。"

沙风自告奋勇说："我去取些回来。"

火心说："不，还是我去吧。"这倒是个绝佳的机会，他可以趁着给柳带取水，顺便去老橡树那边查看一下那两只影族猫是不是还待在树洞里，还有，看看那里有没有残留的病原。他冲沙风点了点头说："我需要你去峡谷上放哨，留心两脚兽闯过来。"一只眼焦急地说："说不定它们现在还没有回去呢。"火心安慰他说："有沙风放哨，大家不会有事的。"说完，他充满信心地看着沙风的眼睛。

蕨毛说："我和你一起去吧。"

火心摇了摇头。他必须孤身前往，免得别的猫发现炭毛干下的蠢事。他对蕨毛说："你和白风留下镇守营地，还有，我想让你把刚才在森林里的所见所闻向蓝星汇报。我会尽可能多带些苔藓回来。其余各位等天黑后再行动。"

火心和沙风爬上峡谷，他们小心翼翼地嗅了嗅空气。这里没有两脚兽的气味。

火心正要离去，只听沙风轻声叮嘱说："多加小心啊。"

火心舔了一下她的脑门儿，柔声说："我会的。"

两只猫相互凝视良久，然后火心转身谨慎地爬入丛林。他一路拣最浓密的灌木丛走，耳朵竖起，嘴巴半张，绷紧每一根神经，时刻留意两脚兽的迹象。当他接近太阳石时，他嗅到从两脚兽的身上散发出的特殊的气味，不过现在气味很淡。

火心转而穿越树林向河岸边走去。他时刻留心河族的巡逻队，期盼能看见老朋友灰条。不过附近连猫的影子都没有。这样一来，火心就可以大胆地去河边取水了。不过，当务之急是先去老橡树的树洞里查看一番。

他沿着边界行走，遇到每一棵树，都留下些气味以巩固两族边界，即使这里靠近河流，树木也失去了往日的青翠，树叶都枯萎了。不一会儿，火心便看见那株盘根错节的老橡树。他向那两只影族猫住的树洞走过去。

他深吸了一口气，空气中已经没有疾病的气味了。他松了口气，决定进洞里看个究竟，然后再去取水。他走上前，眼睛死死盯着洞口，然后伏下身子，小心翼翼地将头伸进洞内。

忽然，一个重物落在他的背上，接着身体两侧也被紧紧抱住。他吓得惊声尖叫，疯狂地扭动身体，想把袭击者甩掉。但那个家伙牢牢地骑在他的背上。火心硬着头皮等待惨遭重创，但抱紧他的四肢既宽大又柔软，利爪也没有伸出来。接着，一股熟悉的气味扑鼻而来。虽然那股气味被河族的气味掩盖了，但火心仍然一下子认了出来。

风起云涌

他狂喜之下喊道:"灰条!"

灰条呵呵笑道:"我还以为你永远都不会来看我了。"

火心感觉到老朋友从他背上下来,这才意识到灰条的身上湿漉漉的浸满了河水,自己背上的毛也都被沾湿了。火心抖了抖身体,惊讶地看着灰条,难以置信地说:"你从河对面游过来的?"因为他知道,灰条最讨厌毛上沾水了。

灰条抖了抖身体,水滴纷纷飞溅出去。若在以前,他的长毛沾水之后就会像苔藓一样黏成一团,但如今却是柔顺光滑。灰条说:"游水要比走到下游踩着石头过河节省很多时间,而且,我的毛似乎也不怎么沾水了。我想这是吃鱼的一个好处吧。"

火心苦着脸说:"我觉得吃鱼也就这一个好处。"他想象不出,鱼的腥味怎比得上森林里猎物的鲜美味道。

灰条说:"吃习惯后也就不那么难吃了。"他热情地冲火心眨眨眼睛说:"你看上去气色不错嘛。"

火心高兴地说:"你也一样。"

"大家都还好吧?尘毛还是总跟你过不去吗?蓝星还好吧?"

"尘毛还好啦。"火心说着顿了顿,"蓝星……"他不知道该向他的老朋友告诉多少雷族族长的事情。

灰条眯缝起眼睛问:"出什么事了?"

空气中已经没有疾病的气味了。

啊！啊！啊！

我还以为你永远都不会来看我了。

灰条！

火心意识到灰条对自己十分了解，自己的反应根本逃不过他的眼睛。他拘谨地竖起耳朵。

"蓝星不会有事吧？"灰条的语气里充满了关切。

火心急忙宽慰他："她很好。"同时卸下了心理负担——既然灰条已经察觉到他对蓝星的担忧，那么对这位老朋友也就没什么可顾虑的了。于是他说："不过，她最近有些异常，不大像过去的作风。自从虎掌……"说到这里，他也不知道该说什么好了。

灰条皱起眉头说："那个蛇蝎心肠的老家伙离开后你见过他吗？"

火心摇了摇头说："他消失得无影无踪。我不知道如果蓝星再看见他会有何反应。"

灰条开玩笑说："据我所知，她会把他的眼睛挖出来。我想象不出还能有什么事情令蓝星消沉这么久。"

火心难过地想：希望如此吧。他看着灰条好奇的眼神，想到再也不能毫无顾忌地向他倾诉任何事情，不由得伤心难过。如今灰条已经是河族的一员了，火心不能把雷族族长虚弱的一面暴露给他，而且他也不打算把云爪的事情告诉灰条——至少现在不能。火心宽慰自己说，这么做不是信不过老朋友，而是说了他也帮不上忙，只会徒增他的担心。但他怀疑其实是自己的虚荣心在作怪，他不想让灰条知道，就在炭毛出事后不久，

风起云涌

他的第二位学徒也没有教成功。

他故意岔开话题:"河族的生活怎么样啊?"

灰条耸了耸肩膀说:"和雷族也差不多吧。有些猫友好,有些猫脾气暴躁,有些猫很逗,还有些猫——总之,我认为他们都是些正常的族群猫。"

火心听灰条说得那么轻松,不由得十分忌妒。自从他当上副族长后,他就得承担起全族的责任,而灰条显然没有这些负担。同时,灰条离开雷族除了令他悲伤外,还令他有些怨恨。尽管火心知道灰条无法舍弃孩子,但他还是希望灰条能尽更大的努力使孩子们留在雷族。

火心撇开这些不友善的念头,问:"你的孩子们怎么样?"

灰条自豪地说:"他们非常棒!女儿像银溪,美丽而善良!虽然她总给她的养母添乱,但大家都很喜欢她,尤其是钩星。儿子是个乐天派,无论做什么事情都是乐呵呵的。"

火心说:"像他父亲一样。"

灰条玩笑般地吹嘘说:"而且像他的父亲一样帅气。"

和老朋友在一起,火心又感受到了往日的快乐。突然之间,他热切地期盼灰条能回到雷族,和他一起捕猎,一起战斗。于是他说:"我很想念你,为什么你不回家来呢?"

灰条摇了摇头:"我不能离开我的孩子们。"

火心感到很不可思议——毕竟,孩子都是由母亲养大的,

而不是父亲。只听灰条继续说:"哦,他们在育婴室里得到的照顾很好。他们在河族里很安全,生活得很快乐,但我不能离开他们。看到他们,我就好像看到银溪一样。"

"你那么想她吗?"

灰条回答说:"我爱她。"

火心有些忌妒。接着他想起每当自己从梦中醒来,斑叶从眼前消失时那种悲伤的心情,于是他探过身子用鼻子触了触灰条的脸颊。只有星族才知道他是不是也应该对斑叶这么做。"要么就是沙风?"一个声音在火心的内心深处小声说。

灰条顶了顶火心,火心正在发愣,猝不及防之下差点儿摔倒在地。灰条嚷嚷说:"别再多愁善感了!"他似乎看穿了火心的心思,说:"你并不是来看我的,是吗?"

火心一看瞒不住了,便说:"嗯,不全是。"

"你是来找那些影族猫的,对吗?"

火心大吃一惊,急忙问:"你怎么知道他们的?"

灰条喊道:"我怎么能不知道呢?这里到处都是他们的气味。影族的气味本来就很难闻,再加上病猫——呸!"

火心紧张地问:"河族其他的猫知道这件事吗?"他生怕河族发现雷族又在庇护影族猫,而且还是感染瘟疫的病猫。

灰条宽慰他说:"只有我知道。我主动要求巡视这个地段。大伙儿还以为我思乡心切,也就由着我了。我想他们倒希望我

风起云涌

忍不住森林气息的诱惑再回到雷族呢！"

火心迷惘地问："但你为什么要护着那些影族猫呢？"

灰条解释说："他们到来后不久，我和他们谈过话。他们告诉我是炭毛把他们藏到这里的。我推测如果炭毛做了这件事，那你一定知情。像庇护两只病猫这种事情正符合你心软的作风。"

火心承认说："哦，当我发现这件事情时并不太热心。"

"但我打赌你没有干涉炭毛做这件事。"

火心耸了耸肩膀说："嗯，是的。"

灰条深情地说："她总能摸透你的脾气。不管怎么说，他们现在已经走了。"

火心见炭毛说话算数，不由得十分欣慰。他问："他们什么时候离开的？"

"两天前我看到其中一只在河这边捕猎，但自那以后就再也没见过他们了。"

"两天前？"火心得知不久前那两只影族猫还在这里逗留，不由得吃了一惊。难道炭毛终究还是执意将他们都治好后才让他们离去的？一想到这里，他立刻感到怒火中烧，但他相信炭毛不是轻易做出这个决定的。他只是庆幸那两只影族猫没有撞见雷族的巡逻队。他们现在已经走了，见鬼的瘟疫也没有了。

灰条说："听着，我得走了。我是来捕猎的，而且答应今

天下午要照看两个学徒。"

火心问："你自己收学徒了吗？"

灰条看着他的眼睛，小声说："我想河族还不至于让我训练他们的武士吧。"火心见他的胡须在微微颤抖，分不清灰条是开玩笑还是感到懊恼。

灰条用鼻子撞了火心一下，说："我们还会再见面的。"

"一定会的。"看着灰条转身离去，火心感到心里空荡荡的。斑叶，灰条，云爪！难道火心注定要成为孤家寡人吗？他高喊道："多保重啊！"他看见灰条穿过香薇丛走到河边，驾轻就熟地跳进河里。灰条宽阔的肩膀在水中划过，四肢有力地翻腾，在身后形成一道淡淡的波纹。火心抖了抖脑袋，希望能像灰条出水后轻松抖掉身上的水那样，抖去他的烦恼。然后，他转身迈步走进丛林。

第十五章

火心衔着浸水的苔藓往回赶。一路上水珠滴滴答答，落在他的胸口和爪子上，不过剩余的水分已足够解金花和柳带的燃眉之急了。等天黑后，会有更多的猫取回水来。

太阳缓缓滑落至树梢，群猫三三两两地聚在空地上。大多数猫已经吃过了，如往常般相互静静分享舌抚。看到火心回来了，大家纷纷向他打招呼。此时奔风、鼠毛和刺爪正要外出执行夜间巡逻，火心冲他们点了点头。

纹脸正领着长老们在巢穴外集合，准备出去取水。从他们身边经过时，火心听见小耳说："我们在路上一定要竖起耳朵、睁大眼睛。你看见我耳朵上的裂口了吗？那时我还是一名学徒哪，一只猫头鹰不知从什么地方突然就猛扑下来。不过它在我的爪下也没有讨了好去！"

听到大伙儿的谈话，火心的心情逐渐放松下来。正如炭毛所承诺的，那两只影族猫已经走了，而他也见到了灰条。火心钻进育婴室把苔藓放在金花和柳带中间。

猫武士

柳带说:"谢谢你,火心。"

看着两位猫后开始舔吸苔藓上的水分,火心说:"晚饭后会有更多的水。"他尽力不去看虎掌的儿子从黑暗处投来的那道饥渴的目光。此时,金花正用鼻子将苔藓中的水分压出来,没注意到他的异常。

火心解释说:"等太阳落山,两脚兽离开丛林后,纹脸便立即带领长老去取水。"

金花舔了舔嘴唇说:"恐怕天黑以后他们还要再待一会儿才离开。"

火心开玩笑说:"我想小耳正巴不得出点儿事呢,他正在讲那个他在太阳石附近被猫头鹰偷袭的故事,可怜的斑尾倒很紧张。"

柳带说:"来点儿刺激对她有好处。我真希望自己能和他们一起去。让猫头鹰吃点儿苦头对我来说不过是活动活动筋骨罢了!"

火心惊讶地问:"你想念武士生活了吗?"柳带舒舒服服地躺在育婴室里,还有茁壮成长的孩子们依偎在身边,火心想不到她竟会怀念过去的生活。

柳带生气地问:"你不喜欢武士生活吗?"

火心结结巴巴地说:"哦,喜欢,可你有孩子啊。"

这时,一只玳瑁色和白色相间的母崽从柳带的腹部滑落,

风起云涌

柳带扭头将她衔起放在两只前爪中间,在她的小脑瓜上重重舔了一下。"哦,是的,我有孩子了,不过我仍怀念在丛林中奔行、捕猎,还有巡逻边界的日子。"她又舔了一下幼崽,继续说,"我很想带着这三个孩子去森林里逛逛。"

火心说:"他们看上去一定能成为优秀的武士。"火心想起云爪第一次进入丛林,就捉回来了一只田鼠,而且那时森林里还铺盖着厚厚的积雪哪。如今,那些都已成为苦涩的回忆。他眨了眨眼睛,向猫后们低头行了个礼,转身离开的时候偷偷瞥了眼虎掌的儿子。他忍不住猜想虎掌的儿子将来会成哪一类的武士。他小声说了句"再见",就钻出了育婴室。

附近的猎物堆上传来阵阵香味,但在吃晚饭前他还得去办一件事。他穿过空地向黄牙的巫医巢穴走去。

黄牙正在巫医巢穴外沐浴夕阳的余晖,身上的毛像往日一样凌乱。见火心过来,黄牙抬头招呼说:"你好啊,火心,什么风把你吹到这儿来啦?"

火心回答说:"我是来找炭毛的。"

"为什么?你想知道什么?"从香薇围成的小窝里传出炭毛的声音,随后她从里面探出头来。

黄牙半开玩笑地责怪道:"你就这样同副族长说话吗?"

炭毛从窝里爬出来,不客气地说:"谁叫他打搅我睡觉呢。这几天他似乎成心不让我安生!"

黄牙眯缝起眼睛对火心说:"你们两个有什么事瞒着我吗?"

炭毛开玩笑说:"你在质问你的副族长吗?"

黄牙被逗乐了,说:"我知道你们两个肯定有鬼,不过我可没兴趣知道,我所知道的就是我的学徒看起来又回到她从前的老样子了。这很好,如果她整天一副愁眉苦脸、笨头笨脑的样子,那就成废物了!"

银溪死之前,炭毛和黄牙就是这样嘴上互不相让,如今火心看着她们斗嘴,感到十分欣慰。他来是告诉炭毛那两只影族猫离去的事的,但他又不想当着黄牙的面讲。

黄牙意味深长地看了火心一眼,说:"真奇怪,我突然想去猎物堆再拿些老鼠回来吃。"火心感激地冲她眨了眨眼睛。黄牙一边向香薇通道走去,一边回头说:"炭毛,你想要点儿什么吗?"炭毛摇了摇头。黄牙说:"好吧,那我一会儿再回来,也许两会儿吧。"

等黄牙离去,火心静静地说:"我去查看了一下,那两只影族猫已经走了。"

炭毛回答说:"我说过他们会走的。"

火心说:"但他们是在两天前才走的。"

炭毛说:"过早上路对他们没有任何好处,我必须赶在他们离开前确保教会他们如何配制药物。"

风起云涌

炭毛的倔犟令火心十分不快,不过他不想和她争吵。他知道在炭毛的心里,照顾那两只病猫并没有错,而且,他自己也隐隐觉得这个险值得冒。

炭毛的语气柔和了下来,说:"我确实让他们离开了。"

火心温和地说:"我相信你。确保他们离去是我的责任,而不是你的。"

炭毛好奇地看着他问:"你怎么知道他们什么时候离开的?"

"是灰条告诉我的。"

"你和灰条说话了?他还好吗?"

火心乐呵呵地说:"他很好,现在他游起泳来就像一条鱼。"

炭毛说:"你在开玩笑!这太出乎我的意料了。"

火心说:"我也没想到。"突然,他的肚子饿得咕咕作响,令他感到十分尴尬。

炭毛命令说:"快去吃饭,你得抓紧时间,不然黄牙能把整个猎物堆吞进肚里。"

火心弯下脖子在炭毛的耳朵上舔了一下,说:"再见。"

在黄牙风卷残云般的洗礼下,猎物堆里仅剩下一只松鼠和一只鸽子了。火心选了鸽子,他向四周瞅瞅,想找个吃饭的地方,正好遇上沙风的目光。只见沙风舒展开婀娜的身体,尾巴

别致地卷过来搭在后腿上。

火心感到心跳加速。忽然之间，他觉得虽然坐在那里的不是斑叶，但也无关紧要了。他眼睛看着沙风，嘴下挂着鸽子，心里想着炭毛说的话：抛开昨天，活在今天。虽然他时常想念斑叶，但当他看见沙风时，仍然有一种浑身酥麻的感觉。他走到沙风身边，把鸽子放在地上开始进食。

突然，营地外响起一声可怕的惨叫。火心抬起头，看见鼠毛和刺爪跌跌撞撞地奔进营地，他们的毛上血迹斑斑，刺爪走起路一瘸一拐的。

火心赶紧吞下嘴里的食物，爬起身问："出什么事了？奔风呢？"

大伙儿围了上来，纷纷七嘴八舌地嚷嚷。

鼠毛气喘吁吁地说："我不知道，我们遭到了袭击。"

火心问："谁干的？"

鼠毛摇了摇头，说："我们没有看见，那里一片漆黑。"

"但他们的气味呢？"

刺爪回答说："那里距离雷鬼路太近，辨认不清。"他的呼吸逐渐变得急促起来。

火心瞧了他一眼，见他摇摇晃晃站不稳脚步，于是命令说："快去找黄牙看看。"一抬眼，火心瞅见白风正从蓝星的巢穴里出来，连忙喊道："白风！我想让你和我一起去。"他

风起云涌

转头对鼠毛说:"带我们去事发地点。"

沙风和尘毛期待地看着火心,等待他下命令。火心说:"你们两个留守营地。这有可能是调虎离山之计,以前我们已经吃过亏了。"现在蓝星只剩下一条命,营地里必须严防死守。

他和白风冲出营地,鼠毛气喘吁吁地跟在后面。三只猫爬出峡谷,钻进丛林。

火心看见鼠毛跟在后面非常吃力,于是放慢脚步催促说:"尽量快一点儿。"他知道鼠毛在战斗之后定然浑身是伤,但他们必须找到奔风。他有一种可怕的感觉,就是这次袭击一定和影族有关。小云和白喉最近一直在雷族的领地里,难道他们真的在设计害雷族吗?他下意识地向雷鬼路奔去。

鼠毛喊道:"走错了,是这边才对。"她加快速度超过火心,向"四棵树"方向奔去。火心和白风紧跟在后。

火心越走越觉得他以前走过这条路。当初蓝星命令小云和白喉离开时,他们走的就是这条路。难道影族是从雷鬼路下面的那条石头隧道里穿越过来偷袭的?

鼠毛跑到两株高耸的白蜡树下停住脚步。远处的雷鬼路传来嗡嗡的轰鸣声,那股油味也飘到灌木丛里来。火心往前方望去,看见奔风躺在地上一动不动,一只黑白相间的公猫正低着头查看奔风的身体。火心吃了一惊,认出那只公猫就是白喉。

白喉看见雷族三只猫过来,眼睛立刻睁得大大的。他往后

退了几步，惊吓中四条腿簌簌发抖。他呜咽着说："他死了！"

火心悲愤难当。这就是影族武士报答雷族恩情的方式吗？不等白风和鼠毛做出反应，火心怒吼一声向白喉扑去。白喉吓得连连后退，他被火心撞得向后飞出，吧嗒一声落在地上，毫不反抗地任由火心跳过来骑在他身上。

火心低头看去，心里迷惑不解。他看见对方可怜兮兮地趴在地上缩成一团，眼睛眯成了一条细线。火心犹豫了一下，这时，白喉突然挣脱出火心的压制，嗖的一下冲进一簇刺藤里。火心顾不得刺藤上长着的尖刺，也追了进去。白喉一定是朝那个石头隧洞方向去的。他拨开刺藤前进，瞅见了白喉的尾巴。只见白喉挣扎着从刺藤中钻出来跑到草地上。

过了一会儿，火心也从刺藤中爬出来，正好看见白喉站在雷鬼路上。火心以为他要钻入隧道，急忙冲了过去。不料白喉望了他一眼，径直奔上了雷鬼路。

火心看见白喉在雷鬼路上吓得闭上眼睛。正在这时，忽然响起一声震耳欲聋的轰鸣，火心赶紧后退。一只怪物卷着夹带油味的狂风疾驰而过。等怪物经过后，火心睁开眼睛，抖了抖头上的灰土。他定睛看去，却见雷鬼路上横着一具血肉模糊的身体。那只怪物撞了白喉。

火心惊得目瞪口呆，他的眼前又浮现出当初炭毛出事时的景象。只见白喉的身体抽搐了一下，火心不忍心让任何猫就那

风起云涌

么躺着,即使对方是一个与雷族有血海深仇的影族敌人。他抬起头向雷鬼路左右张望,见没有任何怪物,便急匆匆地跑到白喉身边。白喉的身体看上去比平时小了些,他的胸口处不住地往外冒血,血的颜色就像夕阳的余晖一样鲜红。

火心知道移动白喉的身体只会加速他的死亡。火心低头看着这个为了保守本族的秘密而付出如此沉重代价的影族武士,小声说:"你为什么袭击我们的巡逻队?"

白喉张开嘴巴正要说话,这时,一只怪物擦着他们身边呼啸而过,刮了两只猫一脸灰土,轰鸣声淹没了白喉的声音。火心紧紧靠着白喉,趴在地上。

白喉又张开嘴巴,吐出一大口鲜血。他痛苦地吞咽了一下,身体一阵剧烈地颤抖。他的眼睛死死盯着火心身后,盯着雷族领地里的那片树林。火心看见白喉的眼里闪过一抹恐惧的神色,然后眼神突然暗淡下来。

火心转过头,想瞧瞧到底是什么东西使得白喉竟然如此害怕。他一抬头看见雷鬼路边站着一只猫,顿时心里一沉——那是一个曾经数次出现在他梦魇里的武士。

是虎掌。

第十六章

火心脚下如生了根一般，站在那里一动不动地看着虎掌，看着自己的心腹大患。如今虎掌已无须顾虑对族群的忠诚了，他是被雷族流放的猫，是所有遵从武士守则的猫的敌人。

夕阳的余晖透过树林间的缝隙照在虎掌身上。此时雷鬼路上一片寂静，虎掌讥笑说："把小猫们逼上绝路就是你保卫领地的最好方法吗？"

一刹那间，火心的脑子突然变得异常清醒，身体内涌起一股强大的力量。他毫不畏惧地直视着虎掌的眼睛。一只怪物呼啸而过，吹乱了他身上的毛。火心稳稳当当地站在原地。又一只怪物疾驰而来，就在那只怪物将到未到之际，火心瞅准空当，纵身向虎掌扑了过去。

虎掌还没来得及反应，就被火心扑倒在地。虎掌愤怒地张开爪子反击。两只猫从雷鬼路上滚下来经过草坪，一直翻滚到树林里。丛林里熟悉的气味为火心增添了力气——这里不再是虎掌的地盘，而是他的地盘了——两只猫打得天昏地暗，所过

风起云涌

之处灌木折断，地面上留下道道爪痕。

火心死死抓住虎掌，他能感觉到虎掌身上的每一根肋骨。虎掌瘦了许多，但肌肉依然结实，看来流亡生活并没有消磨掉他的力量。虎掌俯下身体，接着飞身跃起。他在半空中翻转身体，火心本来骑在他的背上，这样一来，反而处在虎掌的下方了。两只猫重重落在地上，火心被撞得眼冒金星，他深吸了口气想要爬起来，但虎掌早已扑了过来，将他按倒在地，爪子深深抓进他的皮肉里。

火心发出愤怒的号叫，但虎掌压得他根本无法动弹。虎掌喷着满嘴的鸦食臭味在他耳边低嘶着说："听到了吗，宠物猫？我要杀了你，还有你的武士们。我要把你们一个一个地杀掉。"

虎掌的话令火心泛起阵阵寒意。他知道虎掌说到做到。忽然，他发觉周围多了一些声音和气味——那是陌生的脚步声和猫的气味。他们已经围过来了。他们是谁？这里到处是雷鬼路的气味、白喉的血腥味和他自己身上散发出的恐惧气味，因此火心分不清围上来的猫是不是那群曾经帮助虎掌袭击雷族营地的泼皮猫。难道白喉宁愿加入这群泼皮猫，也不愿回到瘟疫流行的影族吗？

绝望中，火心收起后腿奋力蹬出，爪子在虎掌的肚皮上划过。虎掌显然低估了火心的实力，猝不及防之下四肢一松，从

火心身上滑了下来。火心急忙爬开，一抬头，看见鼠毛和白风从灌木丛里冲出来扑向其中两只泼皮猫。他回头瞅了虎掌一眼，见他面目狰狞，目光中充满了仇恨。虎掌跳起身，后腿一缩一蹬，又向火心扑过来。火心向前疾冲闪身避开，然后回身挥爪，从虎掌的鼻子上扫过。只听白风和鼠毛的怒叱喝骂声不绝于耳，从旁边传来。虽然他们都是英勇无畏的战士，但毕竟寡不敌众，形势十分不利。火心又一闪身避开虎掌的攻击，同时向四周打量，筹划退路。忽然间他感到后腿一痛，回头一看，原来是虎掌的泼皮猫同伙抓住了他。这只泼皮猫像其他几只一样骨瘦如柴、形容邋遢，正恶狠狠地盯着火心。

虎掌后腿站立，发出一声怒吼。火心束手待毙。就在这危急关头，火心眼前突然闪过一个灰影，他立刻认出冲过来的猫正是那个和他经历过无数患难的亲密战友。

灰条！

灰条径直撞向虎掌暴露在外的腹部，将他撞得连连后退。火心扭身在抱着他后腿的那只泼皮猫的肩膀上狠狠咬了一口，一嘴下去，只觉得咬到的全是骨头。那只泼皮猫发出一声惨叫，松开他的后腿仓皇逃走。火心呸的一声吐掉流进嘴里的血。

当他向周围看去时，不由得吃了一惊。只见随同灰条前来的是一支庞大的河族队伍。战场上的敌我态势登时扭转，那些泼皮猫反而变得寡不敌众了。火心一扭头看见虎掌抓住了灰条，

风起云涌

他急忙跳过去相助。两只猫联手对付虎掌,虎掌被逼得不住地后退。他们像往日训练时一样并肩步步逼近。然后,他们不约而同地扑过去将虎掌按在地上。火心把虎掌的口鼻按进土里,灰条则抓住虎掌的肩膀,后腿猛踹他的侧腹。

火心听见树林里远远传来泼皮猫的尖叫声,这才意识到他们都逃走了。虎掌趁着火心分神之际,突然使劲挣脱开来。他冲进刺藤丛里,骂骂咧咧地消失在丛林深处。

泼皮猫的尖叫声渐渐远去,武士们抖去身上的尘土,舔净伤口。火心看见蓝星的儿子石毛也在这支河族队伍中间。他用沙哑的声音问道:"有谁受重伤了吗?"

大家摇了摇头,即使是连打两场仗、浑身是伤的鼠毛也没有示弱。

石毛说:"我们该回去了。"

火心尊敬地低头行礼,说:"雷族感谢你们的帮助。"

石毛回答:"泼皮猫是我们共同的敌人,不能让你们孤军作战。"

白风抖了抖头,甩掉嘴上的血。他看着灰条说:"能和你再次并肩作战真好,我的朋友。你们怎么会到这里来的?"

石毛替灰条解释说:"我们恰巧巡逻到'四棵树',他听到了火心的号叫,然后说服我们赶来相助。"

火心真诚地说:"谢谢大家了。"

猫武士

　　石毛点了点头，转身走进树林。河族众猫跟随而去。灰条经过火心身旁时，火心用鼻子轻轻顶了顶他，不愿看他离开。火心有许多心里话想对灰条说，却苦于没有时间，只得说："再见，灰条。"

　　灰条擦着他的身体走过，低声说："再见了。"

　　太阳终于落山了，火心打了个寒战。他看见鼠毛的眼睛在黑暗中闪闪发亮，充满了痛苦的神色。他随即想到泼皮猫此次的攻击令他们付出了惨痛的代价。奔风的尸体变得越来越冰凉，而这并不是虎掌欠下的唯一一笔血债。

　　火心看着白风，说："没有我，你和鼠毛能带着奔风返回营地吗？"

　　白风好奇地眯缝起眼睛，但他什么也没问，只是点了点头。

　　火心抽动了一下耳朵说："我先去做件必须做的事情，随后就到。"

第十七章

　　火心迈着沉重的脚步回到雷鬼路。空气中到处弥漫着虎掌和那些泼皮猫的味道,但周围很安静,除了清风拂过树叶的沙沙声,只是偶尔有几声鸟叫。火心在激战之后心情非常平静,他注意到这里还有其他影族猫的气味。难道除了白喉之外,还有别的影族猫加入到泼皮猫的队伍中了吗?他怀疑影族营地里的瘟疫是不是真的很严重,以至于影族武士们纷纷四散奔逃,甚至不惜依附虎掌那帮恶棍。这股气味是从雷鬼路对面飘过来的也说不定。

　　火心望着雷鬼路上白喉的尸体。如果白喉加入了那群泼皮猫,那就无法解释他看见虎掌后脸上那种惊惧的表情。如果虎掌是他的领导,他为什么还如此害怕呢?火心忽然想,白喉会不会只是在虎掌攻击完雷族的巡逻队后,碰巧遇见奔风的尸体呢?但他来雷族的领地里干什么?而且小云在哪里?这其中有太多的疑问。

　　不过有一件事是可以肯定的,火心不能让白喉的尸体横在

那里,任由怪物们将其压得稀烂。火心走到路中间,咬住白喉颈背上的皮毛,轻轻地将其拖到雷鬼路对面。但愿白喉的影族同胞能早点儿发现他的尸体,为他举行一个像样的葬礼。白喉到底做没做坏事,就让星族来评判吧。

火心踏着月光回到雷族营地时,看见奔风的尸体躺在空地中央。奔风的面容十分平静,身体展开,仿佛睡着了一般。蓝星正绕着奔风的尸体踱步,宽阔的灰色脑袋从一侧转向另一侧。

族里其他的猫都站在空地边缘的阴影下,空气中弥漫着悲伤的气息。大家你看看我,我看看你,忧虑地看着族长走过来又走回去,嘴里不住地喃喃自语。她没有像往常一样控制自己悲痛的情绪。火心想起许多个月以前,她的老朋友、副族长狮心死的时候,她表现得是多么平静啊。如今,从她的身上再也看不到那种无声的威严了。

火心向蓝星走去,感觉大家的目光都集中到自己身上。蓝星抬起头,眼里充满了恐惧和震惊的神色,火心心里一沉。

蓝星声音沙哑地说:"他们说这是虎掌干的。"

"也可能是他手下的一只泼皮猫。"

"他们有多少只?"

火心实话实说:"我不知道,反正有许多。"仗打得那么激烈,他没有时间去数具体的数目。

风起云涌

蓝星又开始摇晃脑袋,但火心觉得不管她想不想知道事情的具体细节,他都要原原本本地告诉她。他说:"虎掌想找雷族复仇,他说他要一个一个地杀掉我们的武士。"

火心身后的猫群里发出一片惊呼声。火心没有理会,只是死死盯着蓝星。他觉得自己心里仿佛有一只鸟在胡乱扑腾,他暗暗祈求星族赐予蓝星力量,去应付虎掌充满威胁的叫嚣。大家的声音渐渐小了下去,火心和他们一起等蓝星说话。远处,猫头鹰在树林中飞行,发出凄厉的鸣叫。

蓝星抬起头,小声说:"他想杀的只是我罢了。"她的声音那么小,只有火心听得见。蓝星继续说:"为了族群……"

火心生气地打断她的话说:"不行!"难道蓝星真的想把自己的性命交到虎掌手里吗?"他要向我们整个族群复仇,而不仅仅针对你。"

蓝星垂下头,小声说:"这个逆贼!当初我怎么没有认出他的真面目呢?我真是个笨蛋!"她闭上眼睛摇晃着脑袋,"我蠢得如鼠脑子。"

火心的四爪微微颤抖。蓝星似乎决意要把罪责全都揽到自己身上。他忽然意识到不能再任由这种局面发展下去了。

他回头对长尾说:"长尾,从今天起,营地内要日夜守卫,午夜之前由你值班站岗。"接着,他转头对鼠毛说:"你接长尾的班。"鼠毛和长尾点了点头。火心又说:"今晚蓝星要为

奔风守夜,鼠毛和蕨毛可以在明天早晨安葬奔风。"火心瞅了一眼面无表情的蓝星,也不知道她是否听到他的话了。

白风说:"我和蓝星一起守夜。"说着,他分开群猫走上来,紧紧挨着蓝星坐下。

这时大家一个接一个地过来向死去的奔风表示默哀。柳带从育婴室里钻出来,用鼻子轻触奔风的尸体,喃喃道别。金花跟在柳带后面,示意孩子们留在里面。火心看见小黑莓好奇地往这边张望,顿时感到心里冒起阵阵寒意。虽然这个孩子是无辜的,但他仍忍不住觉得虎掌在族群里种下了祸根。火心撇开这些念头,看着金花轻柔地舔奔风的脸颊。他必须信任金花,相信族群会把小黑莓培养成为一名真正的武士,而不是像他父亲那样的坏猫。

金花离开后,火心走上前,对着奔风的尸体轻声发誓:"我一定会为你报仇!"

他转过身,看见高岩下的阴影处闪出一个身影。是黑条。只见黑条盯着奔风,然后看了看蓝星,最后目光又回到奔风的尸体上。他两眼放光,眼里流露出的不是恐惧或悲伤,而是若有所思的神情。

火心心里一惊,同时身上的咬伤和抓伤也火辣辣地疼,于是他向巫医巢穴走去。在那里,他不但能治疗身上的伤口,也能获得内心的安宁。

刺爪坐在巫医巢穴前的空地上,抬着一只爪子让卧在身体

两侧的炭毛和黄牙检查。炭毛揭开裹在刺爪爪子上的蛛丝团，刺爪痛得直咧嘴。炭毛报告说："伤口还在流血。"

黄牙声音沙哑地说："血早该止住了。得想个法子，不能让伤口感染了。"

炭毛说："昨天我采集了一些杉叶藻。如果我们往蛛丝里加一些杉叶藻汁，不知效果会怎样？说不定血就止住了呢。"

黄牙咕哝着："好主意。"说完，立刻转身回到巫医巢穴里。炭毛压住刺爪的伤口，这才发现火心就站在香薇通道前。

她关切地问："火心！你没事吧？"

"只不过是几处抓伤，被咬了一两口罢了。"火心边说边向炭毛走去。

刺爪抬眼看着火心，说："我听说是泼皮猫攻击了我们，而且虎掌也在其中。这是真的吗？"

火心心情沉重地回答："是真的。"

炭毛瞅了眼火心，然后摇了摇刺爪的爪子说："按住这里。"

刺爪吃惊地问："我吗？"

"这是你的爪子！快按住,要么你就换个名字叫无爪好了。"

刺爪抬高爪子，小心翼翼地压住伤口外缘。

炭毛对火心说："蓝星根本不该让虎掌活着离去，她应该抓住机会杀掉虎掌。"

火心摇了摇头："她下不了那种狠心，你知道的。"

炭毛没有争辩，说："他现在为什么回来？他怎么能杀掉昔日的战友呢？"

火心阴沉着脸说："他说要把我们一个个全都杀光。"

刺爪发出一声低呼，炭毛震惊之下胡须微微颤抖。她问："但他为什么啊？"

火心愤愤地说："因为他没有从雷族得到他想要的东西。"

"他想要什么？"

"当族长呗。"火心简洁地回答。

"哼，他用这种方式永远也不可能当上族长。如果他像这样袭击我们的队伍，大家不会拥护他的。"

虽然炭毛说这番话的时候显得很自信，但火心却存有疑虑。如今蓝星心力交瘁，如果她有什么不测，谁能接替这么重要的位置呢？火心想到这里直冒冷汗。他知道大伙儿对虎掌和那帮泼皮猫怀有深深的恐惧，他们也许会屈服于虎掌的淫威，接受他做雷族的族长。

火心问："你真的相信吗？"

这时，黄牙从巫医巢穴里走出来，三只猫一齐回过头去。黄牙把衔在嘴里的蛛丝放在炭毛身边，说："相信什么？"

炭毛解释说："相信虎掌永远不可能当上族长。"

黄牙脸色一沉，默默无语。半晌后她才说道："我认为虎掌的野心能驱使他做到任何他想做的事。"

第十八章

炭毛争辩说:"只要火心还活着,他就别想得逞。"

她的话令火心心里暖洋洋的,火心正要说话,旁边的刺爪突然抱怨说:"你们看,伤口还在流血!"

"很快就会好。给你,炭毛,你用蛛丝给他止血吧,我看看火心的伤势。"黄牙将蛛丝推向炭毛,自己领着火心走到巫医巢穴门口,吩咐火心,"在这里等着。"说完,消失在巫医巢穴里。黄牙从巫医巢穴出来时,嘴里含着嚼好的药草:"说,哪里伤着了?"

火心扭头指着肩膀上的一处咬伤说:"这里最严重。"

"好吧。"黄牙用爪子往火心的伤口上涂抹药糊。她一边埋头处理伤口,一边嘟囔:"蓝星受到的打击很大。"

火心说:"我知道,我立刻去组织加强巡逻,那样也许会令她感到放心。"

黄牙说:"整个族群也会感到放心。大伙儿都在担惊受怕。"

"这不稀奇。"这时,黄牙把药糊压进他的伤口,火心痛得一激灵。

黄牙装作不经意地问："新学徒们的情况怎么样？"

　　火心知道这只老猫是在拐弯抹角地帮他出主意，他说："我明天就加快他们的训练进度。"他忽然想起了云爪，心里十分难过。不论云爪是怎样看待武士守则的，现在族群比以往任何时候都需要他，没有猫能够否认云爪是一位作战勇猛、机智灵活的战士。

　　黄牙放下推拿火心肩膀的爪子。

　　火心问："处理好了吗？"

　　"差不多了。我再往别的伤口上涂一些，你就可以走了。"黄牙冲火心眨了眨眼睛，又说，"振作起来，小火心。现在雷族正处在黑暗时期，没有谁能比你做得更多了。"黄牙这些鼓励的话刚一说完，就听远方传来一声低沉的闷雷声，这个不吉利的预兆使火心打了个寒战。

　　他转身回到空地，伤口在药物的作用下已麻木了。他惊讶地发现大伙儿都没有睡觉。蓝星、白风和鼠毛默默地卧在奔风的尸体旁，他们垂着头缩着肩膀，陷入巨大的悲痛之中。其他的猫三三两两聚在一起，眨着眼睛，竖起耳朵倾听森林里的动静。

　　火心在空地边躺下，凝重的气氛令他感到很难受。整个丛林似乎都在等待暴风雨的降临。这时，一个黑影走到空地边。火心转头看去，原来是黑条。

　　火心晃了晃尾巴，招呼黑条过来。黑条慢腾腾地走了过来。

风起云涌

火心对他说:"明天早晨第一班巡逻队回来后,我想让你带领第二班巡逻队立刻出发。从现在起,每天要加大巡逻力度,每支巡逻队都要有三名武士。"

黑条淡淡地看着火心,说:"但我明早要带香薇爪出去训练。"

火心生气地说:"那就带她一起去巡逻吧,这也是对她的历练。不管怎么说,我们需要加快学徒的训练进度。"

黑条的耳朵竖立着,两眼发光,直勾勾地盯着火心说:"遵命,副族长。"

火心疲惫地走进蓝星的巢穴。虽然还没到中午,但他已经出去巡逻两次了,而且今天下午他还得带着白风的学徒亮爪外出捕猎。奔风死后的这些天,大伙儿一直忙个不停。所有的武士和学徒都被新增的巡逻班次拖得精疲力竭。柳带和金花在育婴室里,白风不愿离开蓝星左右,云爪走了,而奔风又牺牲了。火心几乎连吃饭睡觉的工夫都没有。

蓝星卧在巢穴里,双眼似闭非闭,身上的毛更加凌乱。火心忽然担心她是不是感染上影族的瘟疫了。她只是一动不动地待在窝里,静静地等待死亡。

火心轻声唤她的名字:"蓝星。"

苍老的蓝星缓缓转过头来。

火心报告说:"最近我们一直不停地巡查森林,没有发现

虎掌和泼皮猫的踪迹。"

蓝星转过头去，没有回答。火心顿了顿，正想要说下去，却见蓝星身子趴得更低，合上了双眼。火心暗暗叹了口气，低头行礼后退出巢穴。

空地上阳光明媚，很难相信这个族群正陷入巨大的危机之中。蕨毛和柳带的孩子们在育婴室外玩耍，他晃动尾巴，引逗几只小幼崽去追捕。白风在高岩下的阴凉地里休息，表面上很悠闲，但他朝蓝星巢穴的方向竖起了一只耳朵，暴露出他内心的紧张。

火心没精打采地向猎物堆走去。他的肚子早已经空了，但却一点儿胃口也没有。他看见沙风正在吃猎物，顿时精神一振，心里感到莫名的愉悦。他突然想，如果下午带亮爪外出打猎的时候叫上沙风，那该多好啊。火心想到这里，顿时食欲大振，肚子里咕咕作响。

这时亮爪走进营地，身后跟着鼠毛、霜毛和半尾。他们为猫后和长老们取水回来了。在老师白风的注视下，亮爪衔着滴水的苔藓向蓝星的巢穴走去。

火心远远对沙风喊："你说过只要我开口，你就会为我捉一只兔子。你愿意陪我和亮爪出去捕猎吗？"

沙风抬起头，含情脉脉的眼神令火心浑身发热。"好啊。"她咽下嘴里的食物，舔着嘴巴向火心款款走来。

他们肩并肩等候亮爪。虽然他们的身体似触非触，但火心

风起云涌

仍感到自己的毛都竖立了起来。

亮爪从蓝星巢穴里出来,火心立刻问她:"你准备好出去捕猎了吗?"

亮爪惊讶地问:"现在?"

"我知道此时还没到中午,但如果你不是特别累,我们现在就走吧。"

亮爪点了点头,急匆匆地跟着火心和沙风穿过金雀花通道,进入丛林里。

沙风当先,火心走中间,亮爪在最后。沙风奔行之间,姜黄色皮毛下的肌肉收缩有力、线条流畅。火心看在眼里,暗中赞叹不已。他知道沙风和他一样感到非常疲惫,但她在灌木丛里奔跑时仍然十分迅捷。

沙风忽然停住脚步俯下身子,悄声说:"我想我们找到了一个!"亮爪张开嘴嗅了嗅空气。火心则静静地站在原地,他已经嗅到了兔子的气味,而且听到前方一簇香薇丛里传出兔子窸窣的声音。沙风悄悄上前,向兔子的位置猛然扑出,所过之处,枝叶沙沙作响。火心听见里面传出兔子后腿蹬地的声音。他来不及细想,就下意识地跳了出去,绕到那丛香薇后面,截住兔子的退路,将它逮了个正着。火心一口便将兔子咬死。虽然这么长时间没有下一滴雨,他还是暗暗感激星族为这片丛林提供了丰富的猎物。几天前轰隆隆响了一阵雷,暴风雨却没有

猫武士

来,空气仍旧像往常一样沉闷干燥。

沙风跑到火心身边。火心听到她喘气的声音,自己的呼吸也变得粗重起来。

沙风说:"谢谢你,今天我有些迟钝。"

火心坦白地说:"我也是。"

沙风柔声说:"你需要休息。"

火心在她脉脉含情的目光注视下感到暖洋洋的,说:"我们都需要好好休息一下。"

"但你比别的猫要忙上两倍。"

"事情太多。不过我不用再花时间去训练云爪了。"

云爪的离去令他越来越难过。他心里一直隐隐希望云爪能自己找路回到营地。但自从两脚兽将云爪强行带走后,再也没有他的音信。火心开始感到希望渐渐落空,每当他想到自己失去了两个学徒——一个是炭毛,一个是云爪——心里就好像被尖刺扎一样。如果他连老师都当不好,又怎么能挑起副族长的重担呢?他给自己增加繁重的任务,一方面是向大家证明自己,另一方面也是在消除他对自身是否具有领导能力的怀疑。

沙风似乎感觉出火心的焦虑,抬起头说:"我知道现在事情很多,也许我能帮上更多的忙。"接着又神情苦涩地说:"反正我也没有学徒。"

尘毛收学徒的事一定打击了她的自尊心。火心愧疚地说:

风起云涌

"对不起……"话已出口，方才意识到沙风并不知道是他选定的老师。她和族里其他的猫一样，都以为老师是蓝星选定的。

沙风迷惑不解地问："对不起什么？"

火心坦白承认："蓝星要我为香薇爪和蜡爪选老师，我选了尘毛而没选你。"说完，他硬着头皮等着沙风的臭骂，但她只是看着他。

火心急忙说："总有一天，你会成为一位伟大的老师。但我不得不选尘毛……"

沙风耸了耸肩膀说："没关系，我知道你有你的理由。"虽然她显得不经意，但火心感觉到她背上的毛已经竖起来了。两只猫顿时陷入了气氛尴尬的沉默中。过了一会儿，亮爪从他们身后的灌木丛里走了出来。

她气喘吁吁地说："你们捉到它了吗？"

火心忽然想起当初他做学徒时，要想跟上高大雄健的武士们是多么吃力。他用鼻子把死兔子顶到亮爪面前，说："给你，你先咬第一口。离开营地前，我该让你吃些东西的。"

亮爪感激地低头吃了起来。沙风对火心说："也许你该减少巡逻次数了，所有的猫都很疲惫，而且奔风死后我们一直没见到虎掌。"

火心知道连她自己也不相信这句话，整个雷族都知道虎掌不会就此善罢甘休。火心和众武士外出巡逻时，他们个个竖起

我想我们找到了一个!

谢谢你,今天我有些迟钝。

耳朵、张开嘴巴，显露出全神戒备的样子。他还感觉到大家对族长蓝星越来越丧失信心。蓝星本该领导全族共同应对眼前这无形的威胁啊。但她自从为奔风守完夜后，便很少再离开巢穴。

火心对沙风说："我们不能缩减巡逻次数，我们需要加强防卫。"

亮爪抬起头说："你真的认为虎掌会杀了我们吗？"

"我想他有这个企图。"

沙风试探着问："蓝星怎么想的？"

火心搪塞道："她当然很担心啦。"族里只有他和白风知道虎掌的出现把蓝星刚刚振作起来的精神彻底打落到了谷底。

沙风说："她该为有这么好的副族长而感到幸运。大家都相信你能带领族群渡过难关。"

火心忍不住向一边望去。他看得出来，最近大家看他的目光里都充满了希望和期许。他很感激大伙儿对他的信任，但他知道自己年纪轻、资历浅，而且他希望自己能像白风那样对星族的指引抱着坚定的信念，他希望自己能配得上族群的信任。他保证说："我会尽自己最大的努力。"

沙风轻声说："你已经做得很好了。"

火心低头看着兔子说："我们吃完兔子后捉些猎物再回去。"

三只猫用完餐，向"四棵树"的方向走去。一路上他们为了避免暴露行踪，都不敢出声说话。在虎掌的暗中窥伺下，火心

风起云涌

觉得雷族的猫们仿佛一方面是猎手,一方面又是被猎杀的对象。

他们走到"四棵树"的山谷边,一股陌生的气味扑面而来。火心的毛一下子竖立起来,沙风显然也嗅到了这股气味,立刻弓起后背,肌肉紧绷。

火心悄声说:"快,上这里!"说着,他攀上一株悬铃树,沙风和亮爪跟着爬上树。三只猫趴在树枝上往下望。

火心看见一个矫健的黑色身影穿梭在香薇丛里,两只黑色的耳朵支棱着,露出灌木丛。那两只耳朵唤起了火心心里一段久远的回忆,那是一段不愉快的回忆。他是不是曾经帮助过那只猫呢?但由于虎掌在这片丛林中出没,他不能信任任何一只猫。所有的陌生者都是敌人。

火心屈腿弓背,准备跳起。他身边的沙风激动得浑身发颤,亮爪也紧张地朝树下望去。等陌生猫走到树下,火心发出一声号叫,随即跳下去骑在对方的背上。

那只黑猫惊叫着在地上打滚,把火心摔了下来。火心敏捷地爬起来。从刚才的交手中,火心摸清了对方的实力,知道赶走对方不成问题。沙风和亮爪也从树上跳了下来。那只黑猫双目圆睁,知道自己已经陷入寡不敌众的险境。

但此时火心肩膀上的毛已经回落下去,他的第一感觉是对的:他认出了这个入侵者。而入侵者脸上的表情也由惊骇转为欣慰,很显然,他也认出了火心。

第十九章

"乌爪!"火心跳上前,用鼻子亲热地顶了老朋友一下。

"看见你真好,火心!"乌爪也用鼻子回顶了火心一下,接着向沙风看去,"这位真的是沙爪吗?"

淡姜黄色猫立刻纠正他说:"是沙风!"

"当然了,我上次看见你时,你的个头只有现在的一半大!"乌爪眯缝起眼睛,"尘爪还好吗?"

火心理解乌爪语气中的担忧。沙风和尘毛做学徒时是训练伙伴,他们一向视乌爪为对手,而不是朋友。当乌爪从他的老师虎掌身边逃走,去两脚兽的地盘里生活时,尘爪和沙爪都没有对他的离去表现出悲伤。火心怀疑乌爪也不会想念他们。

沙风耸了耸肩膀说:"尘毛很好,他现在都收学徒了。"

乌爪看了看亮爪,问:"这是你的学徒吗?"

火心心里一阵紧张,却听沙风有礼貌地回答道:"我还没有收学徒,这位是白风的学徒亮爪。"

暖风吹过,树叶沙沙作响,火心朝声响处望了望。这次意外

风起云涌

的相逢使他的警惕性有所降低。他想起虎掌和泼皮猫的威胁，担心地向灌木丛里扫了一眼，急切地问："你来这里干什么？"

乌爪本来在好奇地打量沙风，这时扭过头回答说："找你呗。"

"真的？为什么？"火心知道乌爪必定是为了一件很重要的事情才会回到这片丛林里来的。乌爪曾经因为机缘巧合，撞见虎掌杀害雷族的副族长红尾，后来虎掌想杀乌爪灭口，火心和灰条帮助他逃走了。乌爪现在和巴利住在两脚兽的农场里。巴利是一只独行猫——既不是宠物猫，也不属于任何族群。乌爪冒着生命危险回来，一定有重要的原因。毕竟，他还不知道虎掌的真面目已经被揭开，并且被逐出了雷族。到目前为止，乌爪仍以为虎掌还是副族长呢。

乌爪不安地晃动着尾巴，说："我的地盘里来了一只猫，他就住在我的地盘边上。"

火心迷惑不解地看着他，乌爪解释说："我是在外出捕猎时发现他的。他看上去一副受惊和迷路的样子。他没有多说什么，不过我嗅到他身上有雷族的气味。"

火心重复了一句："雷族？"

"我问他是不是想到高地那边去，但他看上去似乎并不知道自己在哪里。所以我把他带到一个两脚兽的巢穴，他说他曾经在那里住过。"

猫武士

沙风聚精会神地看着乌爪,问:"那么他是只宠物猫喽?你肯定你从他身上嗅到雷族的气味了?"

乌爪反唇相讥:"我可不会忘了自己出生时是什么气味。而且他看起来也不像通常的那种宠物猫,事实上,他似乎并不乐意回到两脚兽的巢穴那里。"

一个念头闪过火心的脑子,他顿时激动起来。但他强忍着没有打断乌爪的话。

"他的气味总是出现在我的脑子里。于是我回到两脚兽的巢穴想和他再谈谈,但他被关在巢穴里。我试图隔着窗户和他讲话,但两脚兽把我赶走了。"

"那只猫什么颜色?"火心感到沙风犀利的目光在看着他。

乌爪回答说:"白色。他是个白色小毛球。"

亮爪叫道:"那……那听起来像是云爪啊!"

乌爪说:"这么说你们认识他了?我说得对吗?他是雷族的猫吧?"

火心几乎没有听见乌爪说了什么。云爪很安全!火心激动地绕着他的老朋友团团转,连忙问:"他还好吗?他都说什么了?"

乌爪的头随着火心来回转动,他结结巴巴地说:"还……还好吧。我说了,我第一次见到他时,他似乎完全迷路了。"

"那不奇怪,他以前从没有到过雷族领地以外的地方。"

风起云涌

火心不耐烦地绕着沙风和亮爪走,"他还没有去过高石山呢,他不可能知道自己居然离家这么近。"

沙风点了点头,乌爪说:"这就能解释他的情绪为什么那么低落了。他一定以为……"

"低落?"火心停住脚步,"为什么?他受伤了吗?"

乌爪连忙说:"没有,没有。他只是看起来闷闷不乐的样子。我以为把他带到两脚兽巢穴那里会令他开心些,但他仍然显得不快乐。这也是我来找你的原因。"

火心垂头看着爪子,心里乱成一团麻。他忽然意识到即使自己再也见不到云爪了,也仍然希望他能在新的生活里过得幸福。

乌爪犹豫不定地眨了眨眼睛,说:"我该不该来这里?云爪是不是……哦……被逐出族群了。"

火心看着乌爪。这只黑猫冒着生命危险来到这里,他应该知道这件事情的始末。于是火心说:"云爪是被两脚兽从丛林里偷走的。他是我的学徒,我姐姐的儿子。他在许多天前失踪了。我……我还以为再也看不到他了。"

沙风疑惑地看着他,问:"你怎么会认为自己还能见到他呢?他住在乌爪的地盘里啊,和两脚兽住在一起。"

火心说:"我准备去找他回来。"

"找他回来?为什么?"

"你没听乌爪说他不快乐吗？"

"你能肯定他想要被营救吗？"

火心反问说："你不想吗？"

沙风严厉地说："我不需要被营救，我可没有去两脚兽那里讨食吃。"

乌爪发出一声惊呼，但没有说什么。

亮爪插嘴说："他能回到我们巢穴里也挺好啊。"火心几乎没有听见她的话。他怒气冲冲地瞪着沙风，厉声喝道："你以为把云爪孤苦伶仃地丢在那里，是他应得的报应吗？"

沙风的鼻子里不耐烦地发出哧的一声，说："我可没那么说，你根本不知道他是不是想回来。"

火心固执己见："乌爪说他看起来闷闷不乐。"其实连他也拿不准自己说的话是不是实情。如果云爪现在已经习惯了宠物猫的生活怎么办？

沙风说："乌爪只和他说了一次话。"她转头对乌爪说："你隔着两脚兽巢穴的窗户和他讲话时，他的情绪低落吗？"

乌爪不安地动了动须子，说："不好说，他当时正在吃东西。"

沙风又把头转向火心，说："他已经有家了，他有食物，而你却还认为他需要被营救。你走了，族群怎么办？我们需要你。云爪听起来很安全，我说就让他待在那里吧。"

风起云涌

火心凝视着沙风，见她肩膀上的毛竖立起来，眼里透着决然的神色。火心心里一沉，知道她说得没错。如今虎掌和那帮泼皮猫虎视眈眈地盯着雷族，族长蓝星又心力交瘁，他怎么能离开族群呢，哪怕只是一会儿。何况还是为了一个懒惰、贪吃的学徒。

但是，他的内心深处告诉他必须去试一试。他仍然相信总有一天云爪将成为一位伟大的武士，而且现在族群急需扩充武士力量。

于是他说："我必须去一趟。"

沙风争辩道："就算你把他带回来又如何？在丛林里他就安全吗？"

火心的脊背上掠过一丝寒意。他把云爪带回家，会不会最终只是眼睁睁看着云爪被虎掌屠杀呢？不过，虽然前途并不明朗，但火心知道自己必须去试一试。他说："我会在明天中午前回来，把我离开的事跟白风说一声。"

沙风紧张地睁大眼睛，说："你现在就走吗？"

火心解释说："我需要乌爪给我带路，而且虎掌现在四处游荡，我不能让乌爪在丛林里瞎逛。"

乌爪吓得尾巴一下子翘了起来："你这话什么意思？四处游荡？"

沙风冲火心做了个鬼脸。

火心对乌爪说:"走吧,路上我会给你解释的。我们越早上路越好。"

沙风对他说:"我要和你们一起去。虽然你做的这件事很蠢,但如果你撞上虎掌或者风族的巡逻队,没有我帮忙怎么成!"

火心听了沙风的话非常高兴。他感激地看了她一眼,转头对亮爪说:"你能回营地把我们的去向告诉白风吗?他认识乌爪。"

亮爪的眼睛紧张地忽闪了两下,最后低头行礼说:"遵命。"

火心命令亮爪说:"直接回家去,路上注意不要暴露耳朵。"让亮爪这只小猫孤零零地走在丛林里,火心很担心。

亮爪拍胸脯保证说:"我会小心的。"说完,她转身消失在灌木丛里。

火心撇开对亮爪的担忧,收拾心情带领沙风和乌爪上路。看着身后的两只猫,火心不由得想起昔日他和乌爪、灰条在丛林里捕猎的时光。如今物是人非,不能不令他感慨万千。丛林的气息不住地扑面而来,火心既对这次行程充满期待,又暗地里怀疑自己是不是把他们都拖进了一场灾难中。

三只猫穿过"四棵树",爬上风族的领地。火心回忆起上

风起云涌

次他和族长蓝星来到这里的情形。这次他们走的是同一条路，径直穿过高地到达两脚兽的农场。过了农场就是高石山了。至少这次他们经过时，不会再有风把他们的气味吹回到风族的领地里。高地上的空气如同凝滞了一般，这里也已经好久没下雨了，火心从灌木丛里穿过时，枯枝不时发出折断的噼啪响声。

火心择路而行，尽可能地绕开风族营地。原先这里是湿泥地，如今在烈日的烘烤下，土地板结成块，灌木也变得枯黄。

乌爪边走边小声问："虎掌出什么事了？"

原本虎掌罪行暴露是个好消息，但在他杀死奔风之后，这个消息也变得不那么振奋人心了。火心强忍着内心的痛苦，把虎掌的事情原原本本地给乌爪叙述了一遍。

乌爪猛地停住脚步，说："他杀了奔风？"

火心也停下来，悲痛地点了点头，说："虎掌现在纠集了一群泼皮猫，发誓要把我们一个一个全杀死。"

"可是，有谁会愿意让这种猫来领导他们？"

"有一些是断尾的老朋友，他们和断尾一起被我们赶出影族。"火心回想起当日战斗的场景，顿了顿又说，"但还有一些我不认识，我们也不知道他们是从哪儿来的。"

乌爪忧心忡忡地说："这么说，虎掌比以前更有势力了。"

火心厉声喝道："不！他现在连武士都不算，不过是个孤魂野鬼罢了。他不属于任何族群。自从他违反武士守则那一刻

起，星族一定对他十分不满。没有族群或武士守则的支持，虎掌想打败雷族那是做白日梦。"说到这里，火心的话陡然停住。他意识到这番话连他自己都说服不了。不过，他没有注意到沙风此时正崇敬地凝视着他。

乌爪说："希望你是对的。"

火心想：我也希望如此。他重新迈步向前走去，太阳光照得他眯缝起眼睛。

沙风跟在他身后，坚定地说："他当然是对的。"

乌爪走在沙风后面，说："嘿，幸亏我如今置身事外了。"

沙风瞪了他一眼，说："难道你根本不怀念族群生活吗？"

乌爪说："刚开始很怀念，但现在我有了新家，而且我喜欢这里。寂寞时我就找巴利聊聊，我很知足。我宁愿过这样的生活也不愿和虎掌有什么牵扯。"

沙风双眼闪亮，说："你确信他不会来找你吗？"

乌爪的耳朵猛地一抽。

"虎掌不知道你住这里。"火心说完冲沙风使了个眼色，"走吧，我们赶快离开风族的领地。"

三只猫加快脚步，一路上急速奔行，顾不上再说话。火心避开那天他和蓝星遇见泥掌的地方，领着沙风和乌爪绕了一大圈走出高地。通往高地下面两脚兽农田的山坡上寸草不生，太阳火辣辣地照在三只猫身上，火心觉得皮毛仿佛烧着了一般。

风起云涌
FENGQIYUNYONG

远处的草坪、道路和两脚兽的巢穴星罗棋布。

三只猫一口气跑到山下,火心气喘吁吁地说:"风族的猫一定是贪图凉快躲在营地里不出来。希望接下来的路程也能这么顺利。"

他们来到一片矮树林里,林间凉风习习,透着一股树木的芬芳。天空中,两只雄鹰盘旋着,不时发出高亢的鸣叫。远处,一只怪物发出阵阵轰鸣,疾驰而过。火心四肢酸痛,若不是急着见云爪,他真想躺下来好好歇息一下。

三只猫穿行在树林中,沙风紧张地环顾四周,胡须微微颤抖。火心知道她以前只有一次来过离家这么远的地方,那还是她陪蓝星去月亮石的时候。所有的学徒在成为武士之前都要去一次月亮石。火心来过这里几次,不只是去月亮石,他看望乌爪,引领风族返回家园时都经过这里。至于乌爪,这片树林不过就在他家附近罢了。

只听乌爪警告说:"我们不能在这里逗留,尤其是在白天。两脚兽喜欢到这里遛狗。"

火心嗅到附近有狗的气味。他贴平双耳,不敢说话,在乌爪的带领下跑出矮树林。

乌爪先钻进篱笆内,火心等沙风过去后才从浓密杂乱的叶子之间钻了过去。篱笆墙的另一边是一条红泥路,火心和灰条来找流亡的风族时曾经穿过这条路。乌爪左右看了看,然后迅

速通过红泥路消失在路对面的篱笆墙内。沙风瞅了火心一眼，火心点头鼓励她。于是沙风拔腿向前冲去，火心紧跟其后。

穿过篱笆墙是一片大麦田，大麦长得比他们高得多。乌爪径直走进麦田里，火心和沙风急急忙忙跟在后面，生怕乌爪消失在视线外。这里是一望无际的麦田，火心早已是东西不分，唯一能看到的就是头顶上狭长的蓝天。如果没有乌爪引领，他肯定会迷路。想到这里，火心便感到紧张不安。三只猫终于走出麦田，坐在田埂上歇息。火心觉得浑身都放松下来。他们这一路行进的速度很快，现在还不到傍晚，高地已经被他们远远甩在后面了。

火心在田埂上嗅到一股熟悉的气味，他对乌爪说："这是你的气味标记。"

"这里是我的领地的起点。"乌爪的头摆了一大圈，把他居住和捕猎的地点指给火心看。

沙风疲倦地嗅了嗅空气，问："这么说，云爪就在附近了。"

乌爪一边用鼻子指，一边说："土丘那边是一片凹地，那里有两脚兽的巢穴。"

忽然，火心脊背上的毛竖立起来。这是什么气味？他张开嘴让空气充分接触嗅腺。

他身边的乌爪也抬起头，两耳直立，尾巴紧张地摇晃。乌爪双目圆睁，悄声说："有狗！"

第二十章

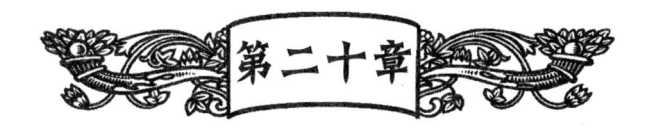

火心听到篱笆墙外的草地上传来沙沙的声音,嗅到空气中弥漫着狗的强烈气味。忽然,墙外传来汪的一声,吓得火心魂飞魄散,紧接着,他看见一个狗鼻子从墙外面拱了过来。

火心大吼一声:"快跑!"猛地转过身。这时,篱笆墙外又传来沙沙声和狗叫声,显然又过来了一只狗。

火心夺路狂奔,沙风跟上,两只猫并肩而逃。他们沿着篱笆墙跑,两只狗在后面紧追不舍。狗的爪子落在地上如擂鼓般咚咚直响,震得地面微微颤抖,火心能感觉到狗呼出的热气喷在自己的脖子上。火心回过头,看见两只大狗如影随形地追着他们,瞪着眼睛、卷着舌头。火心奔逃之间忽然想到乌爪不见了。

他对沙风悄声说:"继续跑,别停下,这种速度它们保持不了多久。"沙风点了点头,步伐更快了。

火心说得没错,当他再次回头看时,那两只狗已经开始与他们拉开距离了。火心发现前方有一株白蜡树,虽然有点儿远,但如果他们和那两只狗的距离足够大,他们就能安全

地攀上树去。

火心气喘吁吁地对沙风说："看见那株白蜡树了吗？用最快的速度爬上去。我在你后面。"

沙风上气不接下气地应了一声。两只猫向白蜡树奔去，火心冲沙风喊了一声，沙风嗖嗖几下安全攀上树去。

火心又扭头看那两只狗离他有多远。不料竟然和那只龇着巨大牙齿的狗打了个照面。那只狗得意地吼了一声向他咬来。火心扭身挥出前爪，正中对方的下颌。他的爪子是那么锋利，就听那只狗痛得惨叫一声。火心又挥爪抓了一把，然后转过身攀上树去，动作之敏捷丝毫不逊色于松鼠。他站在树干上朝下望去，只见那只狗气得简直要发疯，不停地狂叫。另一只狗也赶到了，朝树上仰脸怒吼。

沙风结结巴巴地说："我……我以为你要被捉住了！"她顺着树干爬过去紧紧贴在火心身上。两只猫渐渐止住了颤抖。

那两只狗已不再叫唤，在树下走来走去。

沙风突然问："乌爪在哪儿？"

火心惊魂未定，摇了摇头说："他一定朝另一个方向跑了。他应该没事，我想这里只有这两只狗。"

"我认为这里既然是他的地盘，难道他不知道麦田这边也有狗吗？"

火心没有回答。沙风眯缝起眼睛，黑着脸吼道："你不觉

风起云涌

得他是故意把我们领到这里来的吗?"

火心生气地说:"当然不觉得。他为什么要这样做?"其实,他也有些吃不准。

"他把我们领到这里后就跑得不知去向,我只不过觉得这件事很怪罢了。"

忽然,一声尖厉的号叫引得火心和沙风透过树叶朝下面望去。是乌爪在叫吗?那两只狗扭过头,想弄清楚声音传来的方位。火心看见一个黑色的身影消失在麦田里。乌爪又叫了一声,两只狗竖起耳朵。它们兴奋地叫唤着,向乌爪躲藏的地方冲了过去。

火心从树上张望。乌爪能摆脱掉这两只狗吗?火心看不见乌爪奔跑的情形,只见那些大麦呈"V"字形纷纷抖动。那两只狗一路上踩倒了许多大麦,可它们怎么追也追不上乌爪,气得大声怒吼。

火心忽然听到一只两脚兽哇啦哇啦的说话声。那两只狗停下脚步,伸着舌头抬起头。火心朝麦田那边望去,只见一只两脚兽正在翻越篱笆,手里拿了两根长长的麻绳。那两只狗极不情愿地穿过麦田向两脚兽走去。那只两脚兽在它们脖子上套了个项圈,然后系在麻绳上。火心松了口气,看着那两只狗耷拉着尾巴、蔫头蔫脑地被牵走了。

"我看你跑得和以前一样快!"

火心吃了一惊，扭头看去，乌爪正从树下攀上来。乌爪冲火心说："我真不明白它们为什么费这么大的劲儿追她，她连它们的牙缝都塞不满。"

沙风站起来从乌爪身边走过，冷冷地问："难道你以为我们像学徒一样等着你来救吗？"

乌爪说："我看她还是有些不好惹。"

"我要是你就不去取笑她。"火心说着，跟在沙风后面爬下树。火心不想告诉乌爪沙风怀疑他故意将他们引入圈套。乌爪不笨——他自己能猜得出来，不过他显得非常自信，对沙风的敌意并没有放在心上。狗的麻烦已经了结了，火心现在只想找到云爪。

乌爪领着他们走到山丘上停下脚步。正如他所说的，凹地里有个两脚兽的巢穴。

火心问："那就是你带云爪去的地方吗？"

乌爪点了点头，火心既紧张又兴奋。如果他们找到云爪后，云爪不想跟他们回去怎么办？而且，就算云爪回去了，大伙儿还能信任一只曾选择宠物猫生活的猫吗？

沙风说："我嗅不到他的气味。"火心注意到她的语气里带有怀疑的意味。

乌爪耐心解释说："我上次来的时候，他的气味已经很弱

风起云涌

了。我想是两脚兽一直把他锁在屋里的缘故吧。"

"那我们怎么把他救出来呢？"

"走吧。"火心不想让他们争吵起来，举步向山丘下的大屋子走去，"我们走近瞧瞧。"

这时天已经黑了下来。两脚兽的大屋子周围是精心修剪过的树篱。火心穿过树篱向屋子瞅了瞅，然后身子紧贴地面，竖着耳朵，向最近的树丛爬去。夜晚的花园里花香四溢，使火心嗅不到别的气味。他听见身后的草地上有脚步声，转头看见乌爪和沙风跟了过来，他们俩已不再争吵了。火心冲他们点了点头感激他们的陪伴，继续向前爬去。

随着接近两脚兽的巢穴，火心感到血液涌上耳朵。忽然间，那道树篱以及树篱外的地方似乎都显得非常遥远。

乌爪领着他们拐过一个墙角，小声说："我就是从这个窗户里看见他的。"

沙风哼了一声："两脚兽也可能看到了你。"火心能嗅到她散发出的恐惧气味，知道她的火并不是冲着乌爪发的，而是因为紧张害怕。

一道光从他们头顶上的窗户透了出来，沙风赶紧趴下身子。火心听到屋里两脚兽啪嗒啪嗒的脚步声。窗户太高，跳不上去。火心爬到窗户正下方，顺着屋子的墙壁生长着一棵歪歪扭扭的树，火心打量着扭曲的枝干，想着如何爬上去。屋里不断传出

两脚兽的脚步声。

沙风紧张地小声说:"生活在这么闹的环境里,小云爪一定被吵得变成半个聋子了!"

火心再也忍受不住好奇心的煎熬,说:"我要上去瞧瞧。"说着,他不理会沙风的警告,顺着弯弯曲曲的枝干向窗户上爬去。

火心爬上窗棂,内心狂跳不止。

屋里,一只两脚兽正站在往外冒气的东西前面。屋里的灯光很晃眼,儿时宠物猫生活的回忆瞬间涌上火心的心头。他知道自己正往厨房里瞅,那是两脚兽准备食物的地方。他不由得回想起自己吃干燥无味的食物、喝刺鼻的带有金属味的水的那段日子。火心撇开这些回忆,收拾心情,开始寻找云爪。

两脚兽巢穴的一个角落里有一个木片搭成的小盒子,他看见里面蜷着一个白色的身影,顿时激动得四肢颤抖起来。这时,那个身影从小盒子里走出来,跑到两脚兽的脚边汪汪叫了起来。是一只狗!火心极度失望之下,差点儿从窗户上摔下来。云爪到底在哪儿?

那个两脚兽弯下腰轻轻拍了拍吠叫的狗。火心生气地低嘶了一声,然后坐立起来。他吃了一惊,原来他看见云爪走进屋里。那只狗叫唤着向云爪冲过去,火心紧张得几乎喘不过气来。他以为云爪必定会弓起背和那只狗对叫,不料云爪根本不去理

风起云涌

会它。

云爪突然跳上屋子内侧的窗户，火心急忙趴下身体，生怕被叫唤的狗看见。他悄声对乌爪和沙风说："他在里面。"

沙风问："他看见你了吗？"

火心小心翼翼地抬起头，但身子仍紧贴在窗台上。云爪目光呆滞地望着远方，对火心的脑袋视而不见。他的眼里充满了不快乐的神情，也瘦多了。火心顿时感到十分宽慰，这足以证明云爪并没有适应宠物猫的生活。

火心坐起身，爪子搭在将他们隔开的窗户上。他用爪垫在窗户的玻璃上擦来擦去，为了避免惊动狗和两脚兽，他不敢将利爪伸出。云爪的耳朵动了动，一扭头便和火心打上了照面，喜出望外地发出了一声尖叫。

尖叫声吓了两脚兽一跳，它转过身。火心急忙从窗台上跳了下来。

沙风问："出什么事了？"

"云爪看见我了，但我想两脚兽也看见我了！"

乌爪催促说："我们该走了。"

火心悄声说："我不走，你们两个可以走。我要留在这里等云爪出来。"

沙风瞪着他说："你想要干什么？如果它们把狗放出来怎么办？"

火心固执地说："云爪已经看见我了，这个时候我不能离开，我要留下来。"

说话之间，他们身后响起吱呀一声。火心急忙扭头，看见光亮从门内照了出来，把花园照得透亮。光亮中影子闪动，一只两脚兽走出门来。

火心惊呆了。现在躲避已经来不及了，他知道两脚兽已经看见了他们。那只两脚兽叫了几声，然后向他们慢慢走过来。三只猫吓得挤在一起，眼看着两脚兽越来越近。火心听到沙风惊惧之下呼吸都在颤抖，他惊慌地抬起头，看着两脚兽渐渐逼近。这下他们完蛋了！

第二十一章

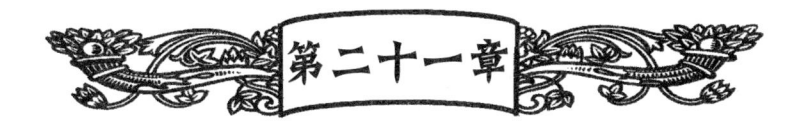

"快！这边！"

云爪急促的喊声让火心吃了一惊。他看见一个白色的身影从门内出来向草地上奔去。两脚兽闻声转身，就在它分神之际，沙风和乌爪嗖的一下擦着火心的身体奔了出去，火心急忙撒腿追赶。在他们身后，两脚兽气得大声叫喊，那只狗站在它身边不住地吠叫。火心奔行如飞，钻过树篱，循着云爪、沙风和乌爪的踪迹紧追，终于在一簇荨麻丛边追上他们，这才停住脚步。

沙风紧紧靠着火心，身体不停地颤抖。火心扭过头，看见云爪正睁着大眼睛凝视着自己。看到自己的学徒没事，火心松了口气，随即又为云爪在族群中的地位担心起来，一时间不知道该说什么好。

云爪垂头说："谢谢你们来。"

火心脱口而出："这么说，你想回族群？"既然云爪安全了，火心一心想的就是他还想不想回雷族。

云爪仰起脸，神色黯然地说：“当然想了！我知道自己不该和两脚兽混在一起，我已经得到了教训。我保证再也不敢了。"

沙风问："我们凭什么相信你呢？"她语气温和，没有丝毫责难的意味。火心感到有些惊讶。乌爪一言不发地坐在那里，尾巴卷过来盖住前爪，显出一副若无其事的样子。

云爪迷惘地说："你们来找我了，必定是想让我回去呀。"

"我希望能信任你。"火心想让云爪理解自己的一番苦心，"我希望你能理解武士守则，并且能严格遵守它。"

云爪坚定地说："你能够信任我！"

火心严肃地说："就算你能说服我，你认为族里其他的猫会相信你吗？他们都知道你和两脚兽走了。你凭什么认为他们会信任一只抛弃族群、选择宠物猫生活的猫呢？"

云爪反抗说："可我没有选择宠物猫生活！我属于族群。我是被两脚兽强行带走的！"

沙风小声说："别对他太苛刻了。"

火心没有料到沙风竟会对云爪抱有这般同情的态度，也许是云爪认真坚定的眼神说服了她，他希望族里其他的猫也能像沙风一样。火心再也发不出火来，他上前在云爪的脑袋上舔了一下，警告说："以后一定要听我的话！"云爪连声答应。

乌爪静静地说："月亮已经升起来了，如果你们想在中午

风起云涌

之前赶回营地,我们的时间可不多了。"

火心点了点头,对沙风说:"你能上路吗?"

"能。"沙风伸展了一下前腿。

火心说:"好,我们最好现在就走。"

乌爪一直把他们送到通往高地的山坡下。此时天边已经隐隐透出亮光,由于是绿叶季,所以太阳出来得早。这说明他们走得着实不慢。

火心和乌爪对触了一下鼻子,说:"谢谢你,乌爪,谢谢你来找我。我知道,对你来说回到森林里很不容易。"

乌爪低头行礼说:"尽管我们不在一起,但我们的友谊永远存在。"

火心恋恋不舍,叮嘱乌爪说:"虎掌可能并不知道你住在哪里,但我们不能低估他。你要多加小心。"

乌爪严肃地点了点头,转身离去。

火心看着他的老朋友穿过布满露水的草地,消失在矮树丛里。他说:"如果我们抓紧时间,就能在风族的黎明巡逻队出来前赶到'四棵树'。"他迈步向坡上走去,云爪和沙风走在他左右。太阳升起前,他们可以放心大胆地在风族领地里走动。等他们走到獾的废穴处时,太阳已经露出了地平线,向大地投送出第一缕曙光。云爪睁大眼睛,陶醉于这壮丽的景象。火心

见了，心里升起希望，觉得他的小学徒能够遵守诺言，生活在丛林里。

云爪喃喃说："我能嗅到家的味道。"

沙风将信将疑地说："真的？我只能嗅到獾的臭味！"

"而我则嗅到了雷族入侵者的气味！"

火心他们吓得急忙转身。只见风族的副族长坏脚从灌木丛里闪身出来，跳到獾穴顶端。他又瘦又小，走起路来一瘸一拐，倒也名副其实。火心知道风族的猫个头虽然不起眼，但行动时都灵活敏捷，这是其他族群的猫所不能比的。

一阵沙沙声过后，泥掌从灌木丛里走了出来，绕到火心他们身后，断了他们的后路。

泥掌喊道："网爪！"

那名曾经跟随泥掌的虎斑学徒也走了出来。火心内心狂跳，想知道对方是不是还有更多的武士。

坏脚低嘶着说："你似乎把风族的领地当作第二个家了。"

火心没有搭话，而是嗅嗅空气。没有更多的风族猫了，他们现在实力相当。他回答说："我们想去高地那边，没有第二条路可走了。"他尽量保持语气平和。虽然他不想引发冲突，但他不能忘记此前泥掌对他和蓝星的羞辱。

坏脚眯缝起眼睛，说："你还想去高石山吗？蓝星在哪里？她死了吗？"

风起云涌

沙风弓起脊背，厉声喝道："蓝星很好！"

泥掌吼道："那你们来这里干什么？"

云爪面对风族武士毫不畏惧，细声细气地说："我们只不过路过这里罢了。"火心听了肌肉紧绷起来。

坏脚吼道："看来不只是火心需要学学什么叫尊重了！"

火心眼角余光看见坏脚晃了一下尾巴。这是进攻的信号，火心知道双方激战已不可避免。坏脚从獾穴上纵身跳到火心的背上，火心急忙倒地打滚，把坏脚摔了下去。坏脚站起身，转身对着火心低嘶说："动作不错，不过慢了些，这是丛林猫的通病。"说着又扑了过来，火心侧身避开，感觉到坏脚的爪子从耳边擦过。

火心生气地说："对付你足够快了。"说完，他后腿一屈一弹，朝坏脚扑了过去。这一下可把坏脚撞得头昏眼花，几乎喘不过气来，不过他仍能够勉强站立。坏脚缓了口气，随即如毒蛇般向火心发起回击，一爪扫中火心的鼻子。火心疼得直吸冷气。他立刻挥动前爪反击，一下子插进坏脚的皮毛里。这下他牢牢抓住了坏脚的肩膀，随即跳到对方的背上，把坏脚的头使劲往地上按。

就在他压住坏脚的时候，那名风族学徒网爪早已逃之夭夭。沙风和云爪合力将泥掌逼入灌木丛里。沙风用前爪抓，云爪则用后脚踹。泥掌发出一声惨叫，转身逃走了。

火心伏在坏脚耳边低嘶着说：“想让我尊重你，只怕你还不够格。”说完，他狠狠地在坏脚的肩头咬了一口，方才放开对方。坏脚怒吼着逃进灌木丛里。

火心喊道：“走吧，我们最好在他们找来帮手之前离开这里。”

沙风点了点头，脸色很难看。云爪则兴高采烈地跳来跳去，吹嘘说：“你看见他们逃走了吗？看来我接受的训练还没有完全生疏呀！”

火心喝道：“嘘！我们快离开这里。”云爪吓得不敢再说，但目光中仍然神采飞扬。三只猫肩并肩冲下山坡进入"四棵树"，离开了风族的领地。

沙风边跑边小声说：“你看见云爪打斗了吗？”

"我只看了个末尾，那时他在帮你赶跑泥掌。"

"在那之前呢？"她的声音平静里透着激动，"他只用了三个回合就把那个风族的学徒赶跑了，那只可怜的小虎斑猫被吓坏了。"

火心为自己的学徒感到自豪，他谦虚地说：“网爪可能只是刚开始接受训练。”

沙风说：“但云爪这一个月在两脚兽的巢穴里一点儿训练也没有做！他的体形都走样了，但仍……”她顿了顿：“我真的认为，云爪一旦接受训练，他将成为一名伟大的武士。”

风起云涌

云爪在他们身后高声说道："嘿！快承认吧！我真的很棒，是不是？"

沙风乐得胡须颤抖："但他还得学会谦虚！"

火心没有说话。沙风对云爪的信心令他感到说不出的高兴，但他仍在怀疑他的外甥最终是否能够理解武士守则。

三只猫迅速通过丛林。树林里鸟儿欢唱，到处弥漫着猎物的香味，但他们没有时间停下来捕猎，火心只想尽快回到营地里。他心里焦急万分，总有种不祥的预感。暴风雨正如一只巨猫渐渐临近，时刻准备跳起来用它力大无穷的爪子把这片丛林撕碎。三只猫接近营地，火心加快速度三蹦两跳地冲进峡谷。他心里不停地祈求星族保佑别让虎掌趁火打劫。他把沙风和云爪落在身后，穿过金雀花通道奔进营地。见营地里的情形和他离去时没什么两样，火心心里的石头总算落了地。

几只早醒的猫正在空地边晒太阳。他们抬起头，火心和他们打了个照面，看见他们晃动着尾巴，目光中充满了焦虑。

白风走上来对火心说："很高兴你安全地回来了。"

火心歉疚地低下头说："对不起，我让你担心了。乌爪来找我，说他发现了云爪。"

白风说："是的，亮爪已经把事情的经过告诉我了。"

就在他们说话的这会儿工夫，沙风和云爪从金雀花通道里

猫武士

走了进来，所有的猫都转头惊讶地看着云爪。

沙风走到火心身边，向白风点头致意。云爪低眉顺眼地坐在沙风旁边，卷过尾巴盖住爪子。

白风打量着云爪说："我们以为你和两脚兽走了。"

"是啊。"黑条慵懒的声音隔着空地传了过来，他正卧在武士巢穴门口，"我们理解你重返宠物猫生活的决定。"他站起来走到白风身边。其他的猫好奇地在一旁默默观望，等待云爪的回答，眼睛都不眨一下。火心感到很是焦虑。

云爪仰起下巴，高声宣布说："我是被两脚兽偷走的！"

大家听了都大吃一惊，这时，蜡爪冲上前和云爪对触着鼻子，说："我对他们说过，你并不想离开的！"

云爪点了点头，说："我竭力反抗，但还是被两脚兽带走了！"

纹尾在育婴室门口叫道："典型的两脚兽作风！"

火心惊讶地看着眼前的情景。难道云爪凭借自己的一面之词就博得大家的同情了？

云爪愤愤地说："幸亏乌爪发现了我，他来找火心把我救了出来。如果不是火心和沙风，我仍被关在两脚兽的巢穴里，和那只狗关在一起！"

"狗？"团毛惊惧的叫声从长老巢穴处传来。

一只眼问："他说有狗吗？"

风起云涌

云爪回答说："是的，我和它关在一起，而且它没有被拴住！"

火心看见长老眼里充满了紧张的神色。

蜡爪气愤地摇晃着尾巴，说："它攻击你了吗？"

云爪承认说："那倒没有，但它总是叫个不停。"

火心截断他的话说："你可以稍后再把事情的经过讲给你的伙伴们听，你需要休息。现在大家都需要知道的是，你已经从这次经历中得到了教训，而且从现在起，你将认真遵守武士守则。"

云爪反抗说："但我还没有说遇到风族巡逻队的事情哪！"

"一支风族巡逻队？"黑条的目光从云爪转到火心，"那就能解释你鼻子上的伤口了，火心。他们把你们赶跑了吗？"

沙风瞪着黑条说："事实上，是我们把他们赶跑了！而且云爪战斗起来简直就像个武士一样。"

白风惊讶地看了看云爪，说："是吗？"

火心插嘴说："他独自打败了一名风族学徒，然后又帮助沙风打跑了泥掌。"

"干得漂亮。"鼠毛低头向云爪行礼，云爪落落大方地点头回礼。

黑条问："事情就这么结了？我们让他回来吗？"

白风缓缓说："嗯，当然了，这件事只能由蓝星决定。但

我们以为你和两脚兽走了。

是啊。

我们理解你重返宠物猫生活的决定。

我是被两脚兽偷走的!

我对他们说过,你并不想离开的!

我竭力反抗,但还是被两脚兽带走了!

典型的两脚兽作风!

雷族现在比以往任何时候都需要武士。我认为拒绝云爪回来是很愚蠢的。"

黑条嗤之以鼻地说："一旦我们遇到麻烦，我们怎么能相信他不会又跑开呢？"

云爪生气地说："我不是宠物猫，而且我也没有跑开，我是被偷走的！"

火心看见黑条恼火地屈着爪子，赶紧说："黑条的看法也有道理。"虽然不情愿，不过他认为其他的猫难保也有类似黑条的担心。光凭自己的嘴说恐怕很难使他们重新信任云爪。火心说："我去和蓝星谈谈，白风说得没错，这件事得由她来决定。"

风起云涌

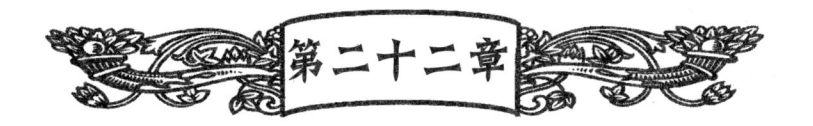

第二十二章

"火心?"蓝星抬头看见火心顶开挂在门口的苔藓走了进来。她仍躺在窝里,身上的毛蓬松散乱,眼里充满了焦虑的神色。火心不由得怀疑自从上次见过她之后,她是不是一直没有活动过。

火心报告说:"云爪回来了。"最近这些天,他根本摸不透蓝星的心思,于是只好开门见山地说:"他从高地那边的两脚兽地盘回来了。"

蓝星惊讶地说:"他自己找到路回来的?"

火心摇了摇头,说:"是乌爪看见他后跑来告诉我的。"

蓝星苍老的双眼中透着迷惘的神情:"乌爪?"

火心尴尬地提醒她说:"哦!他是虎掌原来的学徒。"

蓝星生气地说:"我知道乌爪是谁!他来雷族的领地干什么?"

火心说:"他来告诉我关于云爪的消息。"

蓝星稍稍侧过头,喃喃说:"云爪,他回来了?他为什么

回来？"

"他想重回雷族，他是被两脚兽强行带走的。"

蓝星喃喃说："这么说，是星族让他回家了。"

火心补充说："乌爪帮了忙。"

蓝星低着头，若有所思地说："我以为星族想让云爪去寻找一种族群外的生活，也许我错了。"说着她转头问火心："乌爪帮了你的忙？"

"是的，他带着我们到云爪被关起来的地方。他还使我们免遭恶狗的毒手。"

蓝星突然问："你们把虎掌背叛的事情告诉乌爪后，他说了什么？"

火心没有料到她会问这个问题，结结巴巴地说："嗯，他……他当然很吃惊啦。"

蓝星懊恼地说："但他曾提醒我们当心虎掌，是不是？我现在记起来了。我为什么不听他的忠告呢？"

火心安慰蓝星："那时乌爪还只是个学徒罢了。每一只猫都尊敬虎掌，他把自己的祸心掩藏得很好。"

蓝星叹了口气："我看错了虎掌，还误会了乌爪，我该向他道歉。"她抬头看着火心，难过地说："我该邀请他回到族群里吗？"

火心摇了摇头，说："乌爪并不想回来，蓝星。我们就让

风起云涌

他生活在两脚兽的地盘吧,和巴利生活在一起。他在那里过得很快活。你曾对我说过,他能在族群之外找到一种更适合他的生活。你是对的。"

蓝星苦恼地说:"但我在云爪的事情上想错了。"

火心感觉谈话逐渐失控,故意装作信心十足的样子说:"我想族群生活最终会适合他的,但我们是否接纳他重新回到族群,只能由你来决定。"

"我们为什么不接纳他?"

火心坦白说:"黑条认为云爪应该从哪里来回哪里去,回到宠物猫的生活中去。"

"你怎么想呢?"

火心深吸了口气说:"我认为云爪和两脚兽生活的这段时间已经使他明白他的心和我的一样,都属于这片丛林。"

蓝星两眼放光,同意说:"太好了,他可以留下来。"火心松了口气。

"谢谢你,蓝星。"云爪能够重新被族群接受令火心感到十分高兴,不过他仍然心存疑虑。云爪在同风族巡逻队的战斗中表现得很出色,而且回到营地时也显得很高兴。但是,这种情况能够持续多久呢?

蓝星想了想,又说:"我们还应该告诉大家,如果他们在我们的领地里看见乌爪,他们应该把他当作好朋友一样热情

招待。"

火心感激地低头行礼。乌爪在族群里的朋友很少，这主要都是因为他先前对虎掌的猜疑，但雷族里没有哪只猫有理由怨恨他。他问："嗯，你什么时候向大伙儿宣布云爪的事情呢？"整个族群都想看见他们的族长再次出现在高岩上。

蓝星命令说："你告诉他们吧。"火心感到非常失望。难道蓝星已经到了不能面对自己族群演讲的地步了吗？火心很想让大家确信是蓝星决定让云爪留下来的。蓝星在巢穴里待了这么久，族里大大小小的事务都交给火心处理，大伙儿怎么能相信这是她的决定呢？如果她自己当众宣布此事，就连黑条也不能抱怨了。

火心一言不发地站着，心绪此起彼伏。

蓝星疑惑地眯缝起眼睛，说："有什么地方不对吗？"

火心闪烁其词地说："也许该由黑条告诉大家。说来说去，就他对此持反对意见。"

蓝星眼里闪过一丝疑惑的神色，火心吓得大气都不敢出。只听蓝星说："你变得精明了，火心。你说得没错，这个消息应该由黑条来传达，叫他来见我。"

火心偷窥蓝星的表情，想知道她有没有因为他的狡猾而不快，有没有因为要见黑条而烦恼，但蓝星的神情没有透露出丝毫异样。于是火心向她告退。

风起云涌

　　黑条还待在原地，坐在那里等蓝星的处理决定，其他猫则像往常一样各干各的事去了。当火心从高岩下走出来时，空地上的几只猫好奇地向他望过来。

　　火心直视着黑条的眼睛，极力掩饰自己胜利的喜悦。火心朝蓝星的巢穴点了点头，向黑条示意蓝星想见他。他和黑条擦肩而过，向猎物堆走去。虽然现在还没有到中午，但猎物已经堆得冒尖了，火心看了满意地想：捕猎队干得不赖。他又累又饿，衔起一只松鼠。他想，如果暴风雨要来，那就赶快来吧。

　　火心去荨麻丛的路上，绕道去了一趟学徒巢穴。他看见云爪独自坐在那里，狼吞虎咽地吃着一只麻雀。

　　云爪看见他过来，赶紧咽下嘴里的肉，焦急地问："她说什么了？"

　　火心放下松鼠，说："你可以留下来。"

　　云爪发出一声欢呼，高兴地说："太棒了！我们什么时候出去训练？"

　　一想到训练，火心四肢就疲惫得酸痛，他说："今天不行，我得休息一下。"

　　云爪脸上露出失望的神情。

　　火心向他保证说："明天一定训练。"云爪对于步入旧时的生活轨道这么积极，火心很高兴。火心说："顺便说一下，你的故事编得不错，就像一次历险似的。"云爪尴尬地垂下头，

火心继续说："但只要你遵守武士守则，我就会一直让大家相信你是被两脚兽'偷走'的。"

云爪嘟囔道："但我就是被偷走的。"

火心严厉地看着他说："我们都知道那不完全是实情。如果我再发现你去两脚兽的围栏那里，我就亲自把你逐出族群！"

云爪说："是，火心，我知道了。"

夜幕降临，火心高兴地回到巢穴，躺在窝里。今天的训练进行得十分顺利。云爪还是头一回这么听话，而且不可否认，云爪的格斗技能越来越好了。他迷迷糊糊地想：希望这种情况能持续下去。

梦里，火心来到丛林中。一棵棵大树从浓雾中涌现出来，从他身边呼啸而过，转眼又消失在云雾里。火心大声喊叫，但周围是一片令人毛骨悚然的寂静。他四处寻找界标，但雾太大了，根本辨不清方向。火心越来越害怕。黢黑的大树纷纷向他拥来，擦着他的身体飞走。他嗅了嗅空气，嗅到一股刺鼻的气味，身上的毛立刻竖立起来。这股气味他闻过，但叫不上名字。

忽然，他感到一个柔软的身体贴在他身上，周围飘起一股令他心痛的熟悉的气味，如同一汪清泉，抚慰他焦虑不安的心灵。是斑叶。

火心问："出什么事了？"但斑叶没有回答。火心转过身，

风起云涌

但雾气太大，斑叶的面容只能依稀辨别，她的眼里充满了恐惧的神色。这时，两脚兽的尖叫声划破了沉寂。

两只两脚兽从雾里跑了出来，它们的面容因为恐惧而扭曲变形。火心感觉到斑叶离开了，转头看见她消失在云雾里。火心害怕极了，眼看着两脚兽朝自己冲了过来。它们脚步重重踏在地面上，如擂鼓般咚咚直响。

火心从梦中惊醒。他猛地睁开眼睛，惊惧地环顾四周。情况不对。梦里的情形进入了现实世界：空气中弥漫着刺鼻的气味，一种奇怪的、令人窒息的烟雾透过树枝飘进巢穴。火心跳起身爬出巢穴。树林间隐隐透着橘红色的亮光。难道天快亮了？

烟雾越来越浓烈，火心忽然想到发生了什么事，惊出了一身冷汗。

着火了！

第二十三章

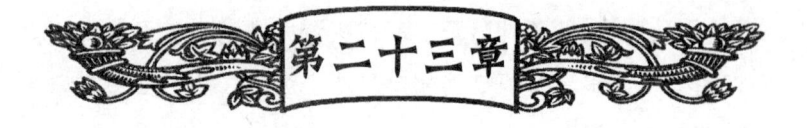

火心大吼一声:"起火了!快醒醒!"

霜毛跌跌撞撞地爬出巢穴,眼里充满了恐惧。

火心命令道:"我们必须立即离开营地!告诉蓝星森林着火了!"

他跑到长老巢穴外大喊:"起火了!快出来!"然后他奔向从巢穴里迷迷糊糊走出来的学徒们,叫道:"离开营地!到河边去。"云爪睡眼惺忪,迷惘地看着他。火心催促说:"快到河边去!"

蓝星在霜毛的陪同下走进空地,面部因恐惧而扭曲。霜毛用鼻子顶着她往前走。

火心摇晃尾巴大声招呼:"这边走!"冲过去和霜毛一起引着蓝星朝营门口走去。群猫纷纷从他们身边经过,向营地外奔去。

整片森林似乎在咆哮吼叫,其中还隐隐夹杂着两脚兽的尖叫声。浓烟灌进空地,照进来的火光越来越亮了。

风起云涌

蓝星走到营门外才开始奔跑起来。众猫你推我挤，向峡谷外爬去。火心命令道："往河边走。大家相互照顾，别让身边的猫掉队。"面对这喧闹、杂乱、惊惶的局面，火心的头脑忽然异常冷静，如一池冰水。

火心跑到柳带身边，她的幼崽们正吃力地跟在妈妈身后。柳带嘴里衔着最小的幼崽，由于她走起路来生怕踢到幼崽，因此行动十分迟缓。

火心问："金花在哪儿？"

柳带用鼻子指了指方向，然后朝峡谷外爬去。火心点点头。目前至少有一位猫后和她的孩子们平安离开营地，火心多少感到些宽慰。他看见长尾已经爬到了半坡，急忙叫住他。长尾又从坡上下来。火心衔起柳带的一只幼崽递给身边的鼠毛后，衔起另一只交给过来的长尾。他知道柳带见到孩子们安安全全的才会放心奔跑，于是命令说："你们带着孩子和柳带一起走！"

火心站在峡谷底看着大伙儿往峡谷外爬。浓烟席卷而来，遮住了天空，把银毛星带遮挡在烟雾外。那一瞬间，火心忽然想：星族看见这一切了吗？他看见蓝星在群猫的簇拥下已经爬上了峡谷。火心一边往坡上爬，一边扭过头看，只见大火已经蔓延至峡谷内，烈火遇干柴，气势汹汹地向营地扑去。

火心爬上峡谷，对奔逃的群猫叫喊道："等一下！"群猫站住脚步转头看他。烟雾刺得大伙儿都睁不开眼睛。火心问：

"有没有猫掉队？"

云爪喊道："半尾和团毛在哪儿？"

众猫面面相觑，小耳回答说："他们没和我在一起。"

白风说："他们一定还在营地！"

喧闹声中响起金花的惊叫："小黑莓在哪儿？我爬坡的时候他还在我身后！"

这意味着族里有三只猫不见了，火心心急如焚。他说："我会找到他们的。你们留在这里太危险。白风和黑条，确保大家安全到达河边。"

沙风挤开群猫走到他身边，反对说："你不能回去！"她的目光里充满了担心。

火心说："我必须回去。"

沙风说："我和你一起去。"

白风叫道："不行！我们的武士已经不够用了，我们需要你帮忙带着大伙儿到河边。"火心点头表示赞同。

"那么我和你一起去！"

火心吃惊地看着炭毛一瘸一拐地走上前。她说："我不是武士。如果遇到敌人的巡逻队，反正我也帮不上什么忙。"

火心喝道："不行！"他不能让炭毛冒生命危险。接着，他看见黄牙分开众猫走了过来。

黄牙对炭毛说："我虽然老了，但腿脚比你灵活。族群需

风起云涌

要你的医术。我和火心一起去,你和族群待在一起。"

炭毛张开嘴巴想要说话,火心急促地说:"现在没时间争论了。黄牙,你和我一起去,其余的猫往河边走。"

说完,他不等炭毛分辩,就往烟雾弥漫、炙热的峡谷内爬去。

火心胆战心惊地爬到峡谷谷底。他能听见身后黄牙的喘气声。虽然他还年轻,但浓烟仍令他感到呼吸十分困难。大火已经烧到了营地的围墙,火舌贪婪地吞噬着干枯的金雀花秆,不过营地内尚未起火。长老巢穴离得最近,火心眯着眼睛向那里摸去,枯枝在燃烧中噼啪作响。营地内炙热难当,似乎大火随时都可能烧进来。

火心看见半尾的身影蜷缩在一根树枝下,团毛卧在他的旁边,他嘴里衔着半尾颈背上的皮毛,似乎是在拖拽半尾的过程中跌倒了。

火心悲伤地停下脚步,但黄牙从他身后冲上去,拖着半尾的身体往营门口走。

黄牙吼道:"别傻站在那里!快帮我把他们拖出去。"

火心咬住团毛,拖着他经过烟雾缭绕的空地进入金雀花通道。他拽着团毛穿过通道,强忍住咳嗽。火心走到峡谷谷底,开始向上爬。团毛的身体开始扭动起来,接着便是一阵呕吐。火心奋力往陡坡上爬,由于拖着团毛,他感到自己的脖子痛得厉害。

他拖着团毛爬上峡谷，找到一块平坦的岩石，让团毛躺上去。火心累得呼呼喘气，转身去寻找黄牙。黄牙刚从金雀花通道里走出来，滚滚浓烟让她几乎喘不上气来。原先遮蔽营地的大树都被火烧着了，树干被裹进火焰里。黄牙衔着半尾抬头看看火心，眼睛睁得大大的。火心弯曲后腿，正要从岩石上朝黄牙跳过去。忽然，一声惊叫令他抬头往上看去。透过浓烟，他看见金花的孩子小黑莓正吊在半坡上一棵小树的树枝上，那棵小树的树皮已经着火。小黑莓绝望地喊叫着，眼看树干就要烧着了。

火心不假思索，朝那棵小树跳了过去。他抓住树干没有着火的部分，向小黑莓爬去。小黑莓抓着一根树枝，眼睛紧闭、嘴巴大张，已经叫不出声来。火心咬住小黑莓颈背上的皮毛，这时小黑莓完全松开爪子，身体立刻悬荡在半空。火心差点儿失去平衡，他牢牢咬住小黑莓，爪子吃力地扒住树皮。他已经不可能顺着树干爬下去了。火焰沿着树干烧了上来。他只能沿着树枝尽可能地往前走，然后蹦到地上。火心咬紧牙关，顾不得小黑莓疼得大叫，小心翼翼地朝树枝末端爬去。

树枝被他们的体重压弯了，但火心仍继续往前爬。每多走一步，他都提心吊胆，时刻准备着从树枝上掉下去。身后的火焰已经燎焦了他的毛，散发出焦臭的气味。树枝又向下沉了一下，这次还伴随着断裂的声音。火心默默祈祷：星族保佑！他

风起云涌

眼睛一闭，后腿一蹬，往地上跳下去。

只听身后传来咔嚓一声，火心重重落在地上，几乎将他肺里的空气一下子全挤了出去。他顺着坡往下滑，四爪乱抓一气，止住了下滑的势头。他扭头看去，只见那棵树已经完全烧着了。接着，那棵树轰然倒下，冒着熊熊大火，从火心身旁滑落到峡谷内，恰巧封住了去往营地的路。这下火心不可能再进去接应黄牙了。

第二十四章

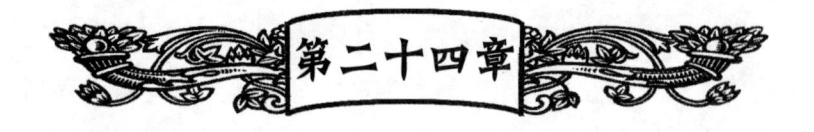

"黄牙!"

火心放下小黑莓,呼喊黄牙的名字。他焦急地等待黄牙的回答,但周围除了可怕的噼噼啪啪的燃烧声外,什么都听不见。

小黑莓趴在火心的爪子上,紧紧贴住他的前腿。火心又悲又怕,几乎感觉不到烧伤的疼痛。他爬上峡谷,回到团毛身边。

老团毛一动不动。火心看见他的胸口微微起伏,知道他再也跑不动了。他把小黑莓放在地上,大喊一声:"跟我来!"然后咬住团毛颈背后的皮毛。火心又向熊熊燃烧的峡谷内看了一眼,拖着团毛向树林里走去。小黑莓摇摇晃晃跟在后面,他双眼圆睁,目光涣散,吓得根本说不出话来。火心真想帮小黑莓一把,但他不能丢下团毛不管。小黑莓只能靠自己的力量拼出一条活路了。

火心几乎辨不清周围的环境,只能凭着其他猫留下的气味往前走。他时不时回过头来招呼小黑莓跟上。他的脑海里充满了峡谷内熊熊燃烧的画面,可怕的火焰和浓烟吞噬了营地,吞

风起云涌
FENGQIYUNYONG

噬了他的家园，而黄牙和半尾也无影无踪。

他们在太阳石赶上了大家。火心把团毛轻轻放在光滑的石头上。小黑莓径直朝金花跑了过去，金花叼起他使劲抖了抖，抖掉他身上的烟尘。然后金花把他放在地上，为他清理身上的脏毛。她抬起头看着火心，眼里充满了难以言表的感激之情。

火心眨了眨眼睛，移开目光。因为他要去救虎掌的儿子，黄牙失去了生命。想到这里，火心感到心里说不出的难受。他用力晃了晃脑袋。他不能再想这件事了，族里还有许多事情要处理。他环顾四周，看见惊魂未定的族猫都趴在光滑的石头上。难道他们以为这里就安全了吗？他们应该一直朝河边走。火心眯缝起眼睛，想在猫群中找到沙风的身影。但他的四肢如同石头一般沉重，根本站立不起来。

他发觉身边的团毛有了动静。只见团毛抬起头大口吸气，接着就是一阵剧烈的咳嗽。炭毛听见咳嗽声，急忙从猫群中挤了过来。火心看见她把爪子用力压在团毛的胸口上，帮助团毛清理肺部。

团毛停止了咳嗽，一动不动地躺在那里。他是那么地安静，连呼吸声都发不出来了。炭毛抬起头，眼里充满了悲伤的神情，喃喃地说："他死了。"

大家都惊呆了。火心难以置信地看着炭毛，难道他费尽气力把团毛带来，就是为了让他死在这里吗？眼前的景象几乎和

银溪死亡时一模一样。他担忧地瞅了眼炭毛，知道她一定也有相同的想法。随后，炭毛俯下身子，轻轻合上团毛的双眼。只见她神色黯然，胡须微微颤抖。火心生怕她承受不住这痛苦的打击，这时，长老们走上来向团毛表示哀悼。炭毛坐起身，抬眼看着火心，低声说："我们又失去了一只猫，但是悲伤于事无补。"她的声音嗡嗡作响，显得异常空洞。

火心柔声说："你说起话来开始像黄牙那般坚强了。"

炭毛忽然睁大眼睛："黄牙！她在哪儿？"

火心胸口猛地一痛，仿佛一根火棍在烧灼着他的心。他坦白地说道："我不知道。她去救半尾时那里烟雾很大，我看不见她。我正要回去找她，但小黑莓……"他的声音越来越小，最后只是看着炭毛。炭毛的眼里充满了难以想象的痛苦。他们族群到底出什么事了？难道星族真的想杀光他们吗？

小黑莓开始咳嗽起来，炭毛站起来抖了抖头，仿佛刚从冰冷的水中出来一样。火心看着她一瘸一拐地走到小黑莓身边，低下头用力舔他的胸口，刺激他张口呼吸。在炭毛的治疗下，小黑莓的咳嗽声渐渐止住了，最后变成有节律的轻喘。

火心站在原地留心倾听森林里的动静。闷热的空气使他的毛都竖立起来。从营地方向吹来的微风穿过树林，火心张开嘴巴，想从新飘过来的烟雾里了解些情况。大火仍在燃烧吗？这时，他看见大团大团的烟雾顺风朝太阳石涌过来。接

风起云涌

着,除了叶子发出的沙沙声,他还听到大火的呼呼声。火心顿时大吃一惊。

火心急忙喊:"大火朝这边来了!"他的声音因为吸进烟雾而变得干涩刺耳,"我们必须往河边走。只有渡过河去,我们才安全。大火不可能烧到河对面。"

群猫惊惶地抬起头,一双双眼睛在夜里闪着微光。火光已经透过树林照了过来,风越来越大,风助火势,大火的呼呼声也变大了。

忽然,一道闪电划过夜空,石头和树林都被照亮了。接着,群猫头顶上空响起一声炸雷,吓得大家都往石头下面躲。火心抬眼望天,透过烟雾,他看见乌云正在天空中翻涌聚集。一种原始的恐惧袭上火心的心头,他意识到暴风雨终于要降临了。

他高喊道:"要下雨了!大雨能浇灭火!但我们现在就得走,不然就躲不过这场火灾了!"

蕨毛第一个从石头上站起来。大家纷纷醒悟过来,也都站了起来。雷电虽然可怕,但与大火相比也算不得什么了。大家如没头苍蝇一样在石头上转来转去,不知道该往哪个方向跑。火心看见猫群中闪过沙风的身影,顿时放下了心。大家相互间拉开了距离,蓝星随之出现在火心眼前。他看见蓝星一动不动地坐在石头上,仰脸凝望着天空。一道霹雳闪过,但蓝星纹丝

不动。火心想：她在向星族祈祷吗？

他朝一个方向晃动了一下尾巴，大声喊道："往这边走！"一声惊雷炸过，淹没了他的声音。

众猫开始从石头上下来朝河边走去。火心现在已能看到树林间蹿动的火苗。一只兔子惊慌失措地跑过来，它似乎没有注意到这些猫，在猫群中来回穿行，在本能的驱使下想找一块大石头躲避大火和暴风雨。但火心知道大火很快就要吞噬掉这片树林，他不想再让任何猫去面对可怕的死亡了。

他喊道："快！"众猫纷纷跑了起来。鼠毛和长尾各带着柳带的一只幼崽，云爪和尘毛则拖着团毛的尸体前行。白风和纹脸陪护在蓝星左右，轻轻顶着她走。

火心转头寻找沙风，看见纹尾叼着孩子走得很吃力。纹尾的幼崽发育得很好，而她也不如其他母猫那么年轻力壮。火心跑过去从纹尾的嘴里接过幼崽。纹尾感激地看了他一眼，迈开脚步开始奔跑起来。

就在大家往河边赶的时候，大火已经烧了过来。火心一边催促众猫前进，一边回头瞅着移动过来的火墙。此时狂风大作，周围的树木都剧烈地摇晃，火焰在风势吹动下，向群猫扑了过来。河流已经在望，但他们还得渡过河去，可雷族里没有几只猫会游泳。现在已经没有时间让这些猫走到下游踩着石头过河了。

风起云涌

众猫蜂拥穿过河族边界。火心感到火的热度很高，大火的呼呼声甚至比雷鬼路上的轰鸣声还要响。他冲下河岸，在河边的石滩停下脚步。又一道闪电划过黑暗，河滩上那些光滑的石头都反射出银光。但是随之而来的雷声却被大火的呼呼声所掩盖。大家簇拥在火心后面，他们望着翻腾的河水，眼里都露出恐惧的神色。一想到说服这些怕水的同胞跳到河里去，火心就感到精神都快要崩溃了。但是大火已经烧到了他们屁股后面，他知道自己没有其他选择了。

第二十五章

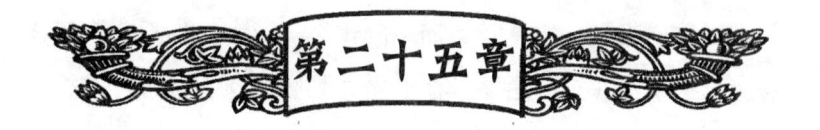

火心把纹尾的幼崽放在白风的爪子上，转身对大伙儿喊道："从这里我们蹚过大部分的河面。现在河水比往常浅了许多，我们只需要在河中心处游一段距离，这对大家不成问题。"众猫胆怯地看着他。他催促说："你们一定要相信我！"

白风直视着火心的眼睛，过了好一会儿，他镇定地点了点头。白风衔起纹尾的幼崽蹚进河里，走到河水淹及肚腹的时候转过身，向其他猫晃了晃尾巴，示意大伙儿跟上。

火心嗅到一股熟悉的气味，只见沙风擦着他的肩膀走过来。他凝视着沙风明亮的眼睛。

沙风朝湍急的河流仰了仰鼻子，小声说："你认为过河安全吗？"

火心回答："是的，我保证。"他打心眼儿里不愿意族群面临这样的困境，但大火步步紧逼，也只能这么办了。他朝沙风缓缓地眨了眨眼睛，用目光抚慰对方。而他真想把头埋在沙

风起云涌

风柔软的毛内,对周围发生的事情不闻不见,直到噩梦结束。

沙风似乎读懂了他的心思,点了点头。然后,她跑过浅滩,跳入河中心。一道闪电过来,河流被照得雪亮。火心看见沙风一脚踏空,消失在河面上。他的心仿佛一下子停止了跳动,耳边如响惊雷。他焦急地等着沙风重新浮上水面。

过了一会儿,沙风忽然冒出了水面,一边咳嗽一边用爪子用力划水,稳稳地向河对面游去。她挣扎着爬上对岸,湿毛紧紧贴在身上,大声招呼雷族同胞:"只要四爪不停地划动就没事了!"

火心为她感到骄傲。他望着对岸沙风苗条曼妙的身影,真想立刻跳进河里游到她身边去,但他必须先要照顾大家渡河。他强迫自己将目光从沙风身上移开,转向族里的同胞。这时大家开始纷纷往河里跳。

尘毛和云爪拖着团毛的尸体来到河边。尘毛看了看团毛的尸体,又望了望河水,感到十分为难。即使独自游过河去也是难事,更何况要拖着一具死尸。

火心走到尘毛身边,尽管他内心不愿意把任何一只猫丢弃不管,但此时也只能低声说:"把他留在这儿吧。等大火过后,我们再回来好好安葬他。"

尘毛点了点头,和云爪走进河里。云爪浑身都是烟灰,火心几乎认不出他了。云爪经过时,火心用鼻子轻轻触了触云爪,

希望他知道他的老师为他的镇定自若感到骄傲。

火心抬头看见小耳在河边犹犹豫豫，不敢踏出脚步。在对岸，沙风站在河水淹及肚腹的地方帮助游过去的同胞爬上岸。她高声鼓励小耳，但一个霹雳闪过后，小耳吓得直往后退。火心奔过去咬住小耳颈背处的皮毛拖着他跳进河里。小耳不停地尖叫着挣扎着，火心则竭力将头仰出水面。经历了大火的熏烤，河水显得特别冰凉，火心感觉呼吸不畅，但他仍奋力前进，回忆着灰条是如何轻松游过这同一段河道的。

忽然，一股急流涌来，将他和小耳往下游冲去。火心四肢用力划动，眼看距离对岸的缓坡越来越远，此时对岸是一道陡峭的土丘。他有些惊慌失措。他怎么能爬上对岸呢，尤其是带着小耳？小耳已经停止了挣扎，软绵绵地吊在火心的嘴下。若不是听到他粗重的呼吸声，火心还以为他死了呢。火心在河里奋力对抗激流，努力使小耳的口鼻露出水面。

忽然，对岸浮过来一个长满斑纹的脑袋，从火心嘴里接过小耳。是河族副族长豹毛！豹毛拖着小耳爬上土丘，把他放在地上后又回过身来接应火心。火心感觉到对方咬住了自己颈背处的皮毛，把自己拖到泥泞的河岸上。火心四爪接触到坚实的地面，心里立刻放松下来。

豹毛问："所有的猫都过来了吗？"

火心看了看周围。雷族猫都趴在石头上吐水喘息，河族的

风起云涌

猫在照料，他看见灰条也在其中。

火心结结巴巴地说："我……我想是的。"他看见蓝星躺在柳树下面，湿透的毛贴在身上，使她显得又瘦又小。

豹毛朝对岸仰了仰鼻子，问："那个是谁？"

火心转过头，看见对岸一片通亮，连香薇丛也烧着了，火星四散落入河里。他低声说："他已经死了。"

豹毛一言不发，跳进河里游到对岸。火光照亮了她的身影，只见她衔起团毛的尸体，用力往回游。一声炸雷从头上滚过，火心吓了一大跳，却见豹毛没有受到雷声影响，继续往这边游来。

"火心！"灰条朝火心跑来，将他温暖的身体紧贴在湿漉漉的火心身上，"你没事吧？"

火心茫然地点了点头。豹毛将团毛的尸体拖到岸上，放在火心脚下，说："走吧，我们回营地后再安葬他。"

"回……回河族的营地？"

豹毛冷冷地说："除非你愿意回你自己的营地去。"说完，她转身走上斜坡，雷族的猫拖着疲惫的脚步跟在后面。这时，豆大的雨点儿开始从天上砸下来。火心抽动了一下耳朵。这场雨能及时扑灭森林大火吗？他看着灰条衔起团毛湿乎乎的尸体，感到自己前所未有的疲倦。雨越下越大，如瓢泼般倾泻而下。火心落在队伍最后，一步一滑地走在岸边的鹅卵石上。

KAAA

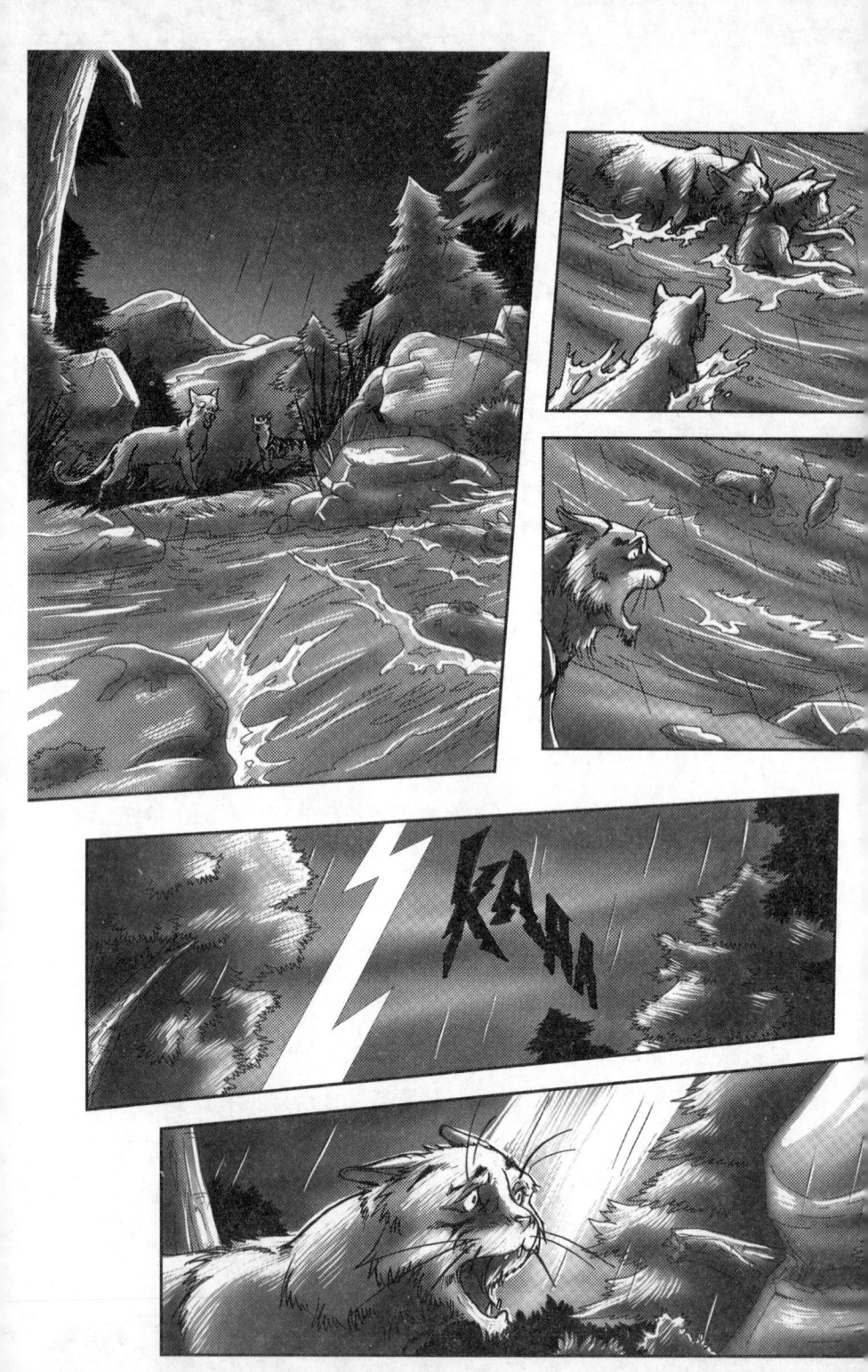

啊！

猫武士

豹毛领着大家如落汤鸡似的穿过河边的芦苇丛，走到一处小岛前。平日里这个小岛一直四面环水，现在河水干枯，显露出一条路来。

火心认得这个地方。他第一次来时，这里还是一片冰雪世界，河面都被冰冻住了，芦苇尖露在冰面外。如今，大片的芦苇随风摇摆，芦苇丛中长着许多银色柳树，雨水如瀑布般落下，压弯了柳树纤细的枝条。

豹毛穿过芦苇丛上了小岛。这里仍有烟雾残留，但大火的呼呼声变弱了。只听得大雨落在河面上，发出哗啦啦的声响。

钩星站在小岛中央的一处空地上，肩膀上的毛都竖立了起来。火心注意到当雷族猫步履蹒跚地走进营地时，钩星看灰条的眼神显得惊疑不定。这时豹毛走过去解释说："他们是从大火里逃出来的。"

钩星立刻问："我们的猫都安全吗？"

豹毛回答说："大火没有烧到河这边，现在风向已经转了。"

火心嗅了嗅空气。豹毛说得不错，风向已经转了，吹来的风清新了许多。风吹乱了火心的湿毛，也把他的脑子吹得清醒起来。雨水顺着他的胡须滑落，他转头寻找蓝星。他觉得蓝星应该过来向钩星表达正式的谢意，但她却混迹于雷族群猫中间，垂着头，眼睛似闭非闭。

火心感到心里升起一股焦虑之情。雷族不能让河族察觉到

风起云涌

他们的族长有多么虚弱。于是火心急忙走到钩星面前，代替蓝星说：“豹毛带领着她的巡逻队帮助我们逃离火海，雷族感谢他们的友善，钦佩他们巨大的勇气。”说着，他尊敬地低头行礼。天上道道闪电穿云破雾，远处滚滚雷鸣惊天动地。

钩星回答说：“豹毛做得很对，她应该帮助你们。所有的族群都怕火。”

雨水流进火心的眼睛里，他眨了眨眼，说：“我们的营地已被烧毁，森林里大火未熄，我们无处可去了。”他知道此时别无他法，只能恳求河族族长发慈悲了。

钩星眯缝起眼睛没有说话。火心脚下阵阵发热，心里十分气馁。钩星真的会认为他们这群可怜的猫会对河族构成威胁吗？过了半晌，钩星说：“你们可以留下来，等森林里安全了再回去。”

火心松了口气，感激地说：“谢谢你。”

豹毛主动说：“你需要我们帮忙安葬你们那位长老吗？”

火心回答道：“感谢你的慷慨帮助，但团毛该由他本族安葬。”团毛客死他乡已经够悲惨了，火心知道雷族猫想送他走完通往星族的最后一段路程。

豹毛说：“很好。我把他的尸体移到营门外，这样你的同胞就能安安静静地为他守夜了。”火心点头道谢。豹毛接着说：“我叫泥毛来帮助你们的巫医。”说完，她伸长脖子扫视

猫武士

了一眼冷得直打哆嗦的雷族群猫。当她的目光落在雷族族长身上时，眼睛立刻眯缝起来，问："蓝星受伤了？"

火心谨慎回答说："烟雾很浓，她是最后一个离开营地的。请原谅，我要去照看我的族群了。"他站起身，走到肩并肩坐着的云爪和小耳身边，问："你们还有力气去埋葬团毛吗？"

云爪说："我可以，但我想小耳……"

小耳受到烟熏，声音沙哑着说："我还有埋葬一位老朋友的力气。"

火心说："我让尘毛来帮忙。"

一只浅棕色的公猫跟在炭毛后面照料雷族群猫。他的嘴里衔着一捆药草，当炭毛走到柳带和幼崽们身边停下脚步时，那只公猫把药草放在地上。柳带把孩子们搂进怀里，这些小家伙可怜兮兮地尖叫着，连奶水都吃不进去。

火心赶过去问："他们没事吧？"

炭毛点了点头，说："泥毛建议我们喂他们一些蜂蜜，这样能使他们的情绪稳定下来。他们没什么事，不过吸进烟雾总归不是好事。"

泥毛对柳带说："他们能喝点儿蜂蜜吗？"柳带点了点头，感激地看着河族巫医泥毛从一团苔藓里挤出一滴黏稠的金黄色液体。她的孩子们刚开始还只是试探性地舔了舔，接着便贪婪地把蜜汁吸进嘴里。柳带看了十分高兴。

风起云涌

　　火心见炭毛能够处理好这些善后事务，便走开了。他找到空地边的一个角落，坐下来开始清理身体。他浑身沾满烟尘，肌肉又酸又痛。不过他仍想在休息前把自己身上的每一处烟灰都清理干净。

　　火心清理完后，往营地四周看了看。河族的猫已经进入巢穴内避雨，雷族的猫则挤在空地周边的芦苇墙下，尽量找一块不受雨淋的地方。火心看见灰条和雷族猫站在一起，轻声宽慰他的旧日同胞。炭毛已经处理完大家的伤势，疲惫地卧在蜡爪身边。火心看见沙风躺在长尾身后，姜黄色的肚腹随着呼吸起伏，蓝星则躺在白风旁边睡觉。

　　火心把下巴颏枕在前爪上，听着滴滴答答的落雨声。他一闭上眼睛，就看到黄牙那张惊惧的脸。火心心里像被撕裂一般痛苦，但终究因为疲劳过度而沉沉睡去。

第二十六章

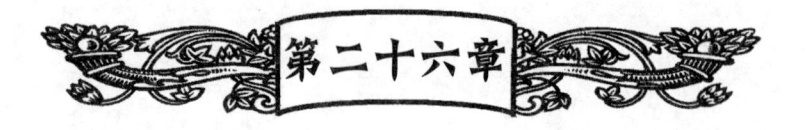

火心觉得自己似乎只睡了一小会儿便醒了。一阵冷风拂面，雨已经停了，天上堆积着厚厚的白云。猛然间，火心对周围陌生的环境有些迷惘，随即他听到附近传来小耳的说话声。

只听小耳沙哑的声音说："我对你们说过，星族会给我们点儿颜色看看的！我们的家完蛋了，森林也毁了。"

斑尾苦恼地说："蓝星应该在午夜之前指定副族长，这是传统！"

火心一下子跳起身，感到耳朵发烫。就在他张口说话之前，炭毛说话了。

"你们怎么能这么不知好歹？小耳，别忘了是火心把你带过河的！"

小耳抱怨说："他差点儿把我淹死。"

炭毛愤愤地说："如果他把你丢在河对岸，你就死定了。如果火心没有在第一时间嗅到烟雾，我们谁都别想逃过这场火灾！"

风起云涌

黑条挖苦说:"我敢保证团毛、半尾和黄牙一定对他心怀感激。"

火心勃然大怒,身上的毛顿时竖立起来。

炭毛低嘶着说:"我们找到黄牙后,她会亲自向火心表示感谢的!"

黑条说:"找到她?她不可能从那场大火中逃出来。火心根本不该允许她回到营地去。"

炭毛的喉咙间发出一声低吼。黑条太过分了!火心快步从阴暗处走出来,看见香薇爪站在黑条旁边,胆怯地看着她的老师。

火心张开嘴巴,忽听尘毛说:"黑条!你该对死去的同胞表现出一点儿尊重。而且……"他同情地瞅了一眼吓坏了的香薇爪:"你说话时注意些,我们的同胞经受的苦难已经够多了!"

火心没想到尘毛竟然公开顶撞他的老师。

黑条同样吃惊地看着尘毛,眼睛凶狠地眯缝起来。

火心走上前,平静地说:"尘毛说得对,我们不该吵嘴。"

黑条、小耳和其他猫齐齐转头看着火心,意识到火心听到了他们的谈话,都尴尬地摇晃着尾巴。

"火心!"灰条的喊声打破了尴尬的气氛。火心看见他浑身湿漉漉的正朝这边走来,显然刚从河里出来。

火心向灰条迎去,问:"你去巡逻了?"

灰条说:"是啊,外加捕猎。我们不能把整个早晨都睡过

猫武士

去，是吧？"他顶了顶火心的肩头，继续说："你一定饿了，跟我来！"他领火心走到空地边的一堆猎物前，说："豹毛说这是给雷族的。"

火心肚子饿得咕咕直叫，他说："多谢了，我去告诉大伙儿一声。"他走到雷族猫面前，宣布说："灰条说那堆猎物是为我们准备的。"

金花感激地说："噢，感谢星族。"

黑条讥讽说："我们不需要依靠别族的喂养。"

火心冲他眯缝起眼睛："我想你可以自己去捕猎。但你首先要得到钩星的许可，因为这是他的领地。"

黑条不耐烦地哼了一声，向猎物堆走去。火心看了看蓝星，见她对这些消息没有任何反应。

白风抽动了一下耳朵，保证说："我会让每只猫都领到一份食物。"他一边说，一边看着蓝星。

火心回答："有劳了。"

灰条走过来把嘴里的老鼠放在地上，对火心说："给你，你可以到育婴室那边吃。我带你去看几只幼崽。"

火心衔起老鼠跟在灰条后面向一丛芦苇走去。他们走到近前时，两只灰色的小毛球钻出厚密的芦苇丛向灰条冲过来。他们扑到灰条身上，灰条快活地在地上打滚，轻轻逗弄爬在身上的两只幼崽。火心立刻知道这两只幼崽是谁了。

风起云涌

灰条高兴地说："你们怎么知道我来了？"

那只大点儿的幼崽说："我们嗅到你的气味了！"

灰条夸赞说："很不错！"

灰条看见火心咽下最后一片鼠肉，于是站起身来，将幼崽抖落。他对幼崽们说："现在我让你们见见我的老朋友，我们曾一起接受训练。"

两只幼崽忽闪着大眼睛看着火心，显得有些畏怯。

那只小一点儿的幼崽说："他就是火心吗？"灰条点了点头。火心知道灰条已经向孩子们谈起自己了，感到非常开心。

"你们两个，快回来！"一张玳瑁色的脸从育婴室里拱了出来，"天还会下雨。"火心看见两只小家伙气鼓鼓地眯缝起眼睛，不过他们仍转过身温顺地向育婴室走去。

火心赞叹说："他们真棒。"

灰条目光柔和地看着他的孩子们离去，说："是啊。我不得不说，这还多亏了藓毛。就是她照顾孩子们的。"火心听他的语气里充满了喜悦，不由得寻思他对故乡的思念究竟还有几分。

灰条站起来，带着火心走出营地。他们坐在芦苇丛间的一小块空地上。一棵柳树从他们头上横过，柳条随风摇摆。凉风拂体，火心极目远眺，向森林望去。看起来星族似乎还要再往森林里降一次雨。

灰条问："黄牙在哪儿？"

猫武士

火心难过地说："黄牙和我一同回营地去找团毛和半尾，浓烟中我们走散了。她正要出来时，一棵……一棵树掉进峡谷里。"她能从大火中逃出来吗？他隐隐感觉到胸间升起一股希望，就像落入陷阱的鸽子疯狂地扇动翅膀。"你在巡逻时发现她的气味了吗？"

灰条摇了摇头，说："对不起。"

火心说："你认为下了这场暴风雨之后，大火还会再烧吗？"

"我不能肯定。我们出去时看见那里还在冒烟。"

火心叹了口气："你认为营地能够幸存下来吗？"

灰条回答说："你很快就知道了。"他抬起头，透过树枝望着黑压压的天空。"藓毛说得不错——天还要下雨。"话音未落，一颗大雨点儿便落在他们身旁，灰条说道，"这下大火应该会熄灭了。"

越来越多的雨点儿穿过树冠打在芦苇上，火心心如刀绞。在这么短的时间内接连下了两场雨，仿佛星族都在为那些不幸遇难的同胞伤心落泪。

第二十七章

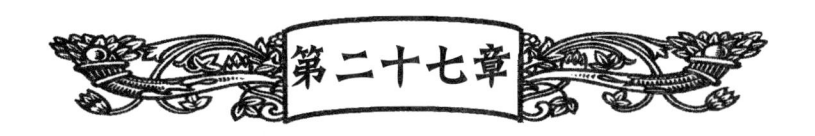

傍晚时候，烟雾已经全部散去，空气里充满了潮湿的气息，火心心情十分沉重。

他对身边的灰条说："现在大火一定熄灭了，我们可以回去瞧瞧家里的情况怎么样了。"

灰条低声说："还可以寻找黄牙和半尾。"

火心就知道他的老朋友能猜到他回家的真实目的。他冲灰条眨了眨眼睛，感激他能理解自己。

灰条说："我得去请示一下钩星。"火心的胸口仿佛遭到重重一击，他几乎忘记灰条现在属于别的族群了。

火心隔着空地望去，看见蓝星卧在白风旁边，白风仿佛成了把她混乱的心情和发生在周遭的不幸事件隔开的一道屏障。火心拿不定主意是否应该告诉蓝星一声他要去哪儿，但最终打消了这个念头。在这种时候，他应当单独行动。如果河族猫对蓝星的虚弱状态产生了好奇，就让其他猫去应付吧。

云爪走过来说："火心，你认为火熄了吗？"

火心说:"灰条和我正要过去查看一下。"

"我能去吗?"

火心摇了摇头。他不知道他们将会在雷族营地里发现什么,而且,他内心深处害怕云爪看到营地被烧毁的惨状后,又萌生回到宠物猫生活中的念头。

云爪热切地说:"我保证听你的每一句话。"

火心说:"那你就留在这里帮助处理族里的事情,白风需要你的协助。"

云爪失望地垂下头,说:"是,火心。"

火心又说:"告诉白风一声我们去哪儿了,我会在天黑前回来。"

"好的。"

火心看着云爪朝雷族猫走去,暗暗祈求星族保佑让云爪听他的话,老老实实地待在河族营地里。

灰条和钩星一起走过来。钩星眯缝起眼睛,疑惑地对火心说:"灰条告诉我说,他想和你一起回你们的营地瞧瞧。你难道不能带你们自己的武士回去吗?"

火心站起身解释说:"我们有两位同胞在大火中失踪了,我不想自己去寻找他们。"

钩星似乎明白过来,柔声说:"如果他们不幸遇难,有个老朋友在旁边安慰你会好一些。灰条可以和你一起去。"

风起云涌

火心低头行礼说:"谢谢你,钩星。"

灰条引路来到河边。在湍急的河水对面,经历大火后的森林变成黑糊糊的一片,只有在最高大的树的树冠顶部,还残留着几片叶子。与大树其他被烧焦的部分相比,这也算是小小的胜利了。虽然星族送来暴风雨扑灭了这场大火,但一切都太迟了,森林已经被烧光了。

灰条一言不发地走下河岸,向对岸游去。他游得很快,火心费了好大力气才勉强跟上。两只猫爬上对面河岸,惊恐地看着这片曾经挚爱的、如今却被大火焚毁的丛林。

灰条喃喃说:"站在河对面望着这里,曾经是我唯一的慰藉啊。"

火心同情地看着灰条。听灰条的口气,他想家的程度似乎比火心原先以为的还要大。但没等火心开口询问,灰条已经上了河岸,向雷族边界走去。灰条走到边界处,停下脚步留了些气味标记。火心忍不住琢磨他的朋友在留下标记时,心里想的是河族还是雷族呢。

尽管这里惨不忍睹,但灰条似乎仍喜欢回到他旧时的领地里。在火心前往营地的路上,灰条跑前跑后,专心地嗅着周围的事物。森林里变化之大令火心难以置信,灌木丛烧光了,空气里既没有猎物的气味,也没有猎物发出的声响。雨水和灰烬

搅和在一起，形成黑糊糊、难闻的泥巴，走在上面感觉黏糊糊的。雨水溅在火心身上，他打了个寒战。远方一声孤零零的鸟叫划破寂静，火心听了心都是痛的。

他们走到峡谷边。由于遮蔽的树冠被烧光，营地暴露在他们眼前，地面上黑黢黢的一片，犹如煤堆一样。高岩在大火中倒没有发生什么改变，只是多了一层黑灰。

火心冲下山坡，沙粒和灰烬随之往下滑。挂住小黑莓的那棵树烧得只剩下一根木炭了，他一抬脚便跨了过去。往日的金雀花通道，现在仅保留下几根烧焦的枝干。他急急忙忙从这些枝干中走过，进入遍地黑灰的空地。

他看着眼前的景象，心里扑通直跳。忽然，他感觉灰条顶了顶自己。他顺着灰条的目光看去，看见半尾烧焦的尸体横在曾经是香薇通道入口处的地方。黄牙必定曾试图把昏迷的半尾拖到巫医巢穴里，那里是一块大岩石的裂缝，也许能避开火烧。

火心呆呆地望着半尾的尸体，只听灰条说："我埋葬半尾，你去找黄牙。"说着，他衔起半尾的尸体朝墓地方向拖去。

火心看着灰条离去，感觉如坠冰窟。他知道自己回营地的目的，但他的四肢突然没了力气，再也无法挪动半步。他强迫自己向巫医巢穴走去，往日的香薇通道都已化成了木炭。没有枝叶的遮蔽，黄牙的巢暴露在天空下，周围死一般地寂静，只听见雨水滴滴答答地落在地上。

风起云涌

火心走进巫医巢穴前的空地,嘶声喊道:"黄牙!"

大岩石上全是烟灰,但在烟灰气味中,火心嗅到了黄牙的气味。他又喊了一声:"黄牙?"

一声低沉的沙哑回应从巫医巢穴里传出来。她还活着!刹那间,火心心里的石头落了地,他挤进巫医巢穴里。

巫医巢穴里光线昏暗。火心以前从没有进过这里,过了一会儿,他的眼睛才渐渐适应了这里的黑暗。他看见墙根处有一堆药草和浆果,虽然被烟灰染黑了,但没有被烧焦。接着,他看见巫医巢穴尽头有一道闪亮的目光。

"黄牙!"火心冲到黄牙身边。只见黄牙蜷着腿趴在那里微微喘息,她浑身都是烟灰,身体虚弱得动都动不了。她勉强抬头看着火心,气息微弱地说:"火心,真高兴看见你来。"

火心用鼻子紧紧顶在她的毛上,说:"我不该把你丢在这里,我对不起你。"

"你救出团毛了吗?"

火心痛苦地摇了摇头,说:"他吸进了太多的烟雾。"

黄牙声音沙哑地说:"半尾也是。"

火心看见她的眼皮颤悠悠地将要合上,悲伤地说:"但我们救了金花的孩子!"

黄牙低声说:"是哪一个孩子?"

"小黑莓。"火心看见黄牙一下子合上了眼睛,顿时感到

血液都变冷了。现在黄牙知道他用她的生命换取了小黑莓的生命，难道星族对她说过什么，以至于她怕得竟然希望小黑莓死于这场大火？

黄牙突然睁开眼睛，目光变得有神起来，她说："火心，你是一位勇敢的武士。虽然你不是我的儿子，但我仍为你感到非常非常的骄傲。星族知道，曾经有多少次我希望自己的儿子是你，而不是断尾啊。"眼看她只有出气没有进气，火心知道她说出这句话时心中是多么地痛苦啊。

听到黄牙亲口说出这个可怕的秘密，火心心里如同打翻了五味瓶：影族那个残暴的族长是她的儿子。因为巫医不允许生育，所以她一直不敢认领。当黄牙看着她的儿子为了当上族长杀害亲生父亲，然后又为了嗜血的野心而毁掉了她的族群，天知道她经受了多么大的痛苦啊！

而火心又如何告诉她说他已经知道这件事了呢？难道黄牙之所以想让雷族收留断尾，就是因为她想最后尽一下母亲的责任？他凑上前去舔黄牙的耳朵，希望能抚慰她心中的伤痛。

黄牙继续说："我杀了他，我给他下了毒，我想让他死。"说到最后她剧烈地咳嗽起来。

火心说："别再说了，保留些气力。"黄牙说的这件事他也知道。那天黄牙给断尾吃死亡浆果时，火心凑巧撞见了，他躲在一旁目睹了发生的一切。他看到那个凶残的武士死在妈妈

风起云涌

的怀抱里，他听到黄牙说出了她和断尾之间的真正关系。火心说："我去给你取些水来。"

黄牙缓缓地摇了摇头，气喘吁吁地说："水现在对我没有用。不把所有的事情告诉你，我死……"

火心心里凉透了，声音沙哑地说："你不会死的！告诉我该做些什么。"

黄牙咳嗽着，生气地说："别浪费时间了。不管你怎么做我都要死了，但我并不害怕。好好听我说。"

火心想乞求她别说话，省口气以便活的时间更长些，但他现在不敢违拗她的话。

"我真希望你是我的儿子，但像你这样的猫不会成为我的儿子的。星族用断尾的事给我上了一课。"

火心争辩说："你需要学什么？你像蓝星一样满腹智慧。"

"我杀了自己的儿子。"

"那是他应得的报应！"

黄牙低声说："但我是他的母亲。星族会凭着他们的意愿来审判我的，我有准备。"

火心不知道该怎样回答，只是低头舔她的毛，似乎他对这只老猫的爱能够将她多挽留一会儿。

黄牙低声说："火心。"

"什么事？"

"谢谢你把我带到雷族。告诉蓝星,说我很感激她收留我。能够死在这里,我知足了。我唯一的遗憾,就是不能看见你成为星族要你注定成为的那只猫。"黄牙的声音越来越小,她张大嘴巴竭力想吸进空气。

火心恳求说:"黄牙,别死!"

他看着黄牙痛苦地呼吸,心里像被利爪抓过一样痛,他知道已经回天乏力了。他悲痛地说:"别害怕星族,他们能理解断尾的事。你对同胞的忠诚和你无穷尽的勇气将赢得我们武士祖先的敬重。你挽救了多少生命啊!如果不是你悉心照料,炭毛早就死了。还有那次流行绿咳症,你没日没夜地奋战……"

火心声音颤抖地说着这些话,黄牙的呼吸越来越弱,最后彻底归于沉寂。她死了。

第二十八章

火心轻柔地舔合黄牙的双眼。他低下头枕在她的肩膀上,感觉到她的身体越来越冷。

他独自趴在昏暗的巫医巢穴里,听着自己的心脏一下一下地跳动,浑然忘却了时间。一阵雨后的凉风吹了进来,他似乎嗅到了斑叶的气味。难道她来带黄牙前往星族吗?这个念头给了火心很大的安慰,迷迷糊糊中,他感到睡意涌了上来。

"她和我们在一起很安全。"斑叶温柔的话音回响在火心的耳旁。火心抬起头四下里张望。

"火心?"洞口处传来灰条的喊叫声。火心努力站起身。

灰条说:"我已经把半尾埋葬好了。"

"黄牙死了。"火心低声说,他的声音回荡在四面石壁间,"我发现她时,她还活着。但她还是死了。"

"她说什么了吗?"

火心闭上双眼。他不能把黄牙悲惨的秘密说出去,就算对最亲密的朋友也不能。"她只说……只说她感谢蓝星让她生活

在雷族里。"

灰条走进巫医巢穴，低头舔了舔黄牙的脸颊。"当初我离开雷族时，从没想到竟然再也不能和她说话了。"他低声说道，声音里充满了悲伤，"我们埋葬她吗？"

斑叶的话音浮现在火心脑海：她和我们在一起很安全。他的头脑一下子清醒过来，语气坚决地说："不，她不但是一位巫医，也是一名武士。应该有猫来为她守夜，我们明天早上再埋葬她。"

灰条提醒他："但我们必须回河族营地去，把这里的情况告诉其他猫。"

火心说："那么我今晚回来为她守夜好了。"

两只猫默默无语地穿过丛林废墟。他们踏进河族营地时，天色已经渐渐暗了下来。众猫吃完了晚饭，坐在空地边相互舔梳。雷族猫单独卧在一起。火心和灰条刚一出现，炭毛立刻站起来，一瘸一拐地向他们走来。

躺在白风身边的蓝星也站起身，抢在炭毛前面来到火心和灰条面前。她焦急地问："你们发现黄牙和半尾了吗？"

火心看见炭毛为族长让开位置，也在竖着耳朵等他的回答。他说："他们都死了。"炭毛脸色大变，身体摇摇晃晃向后退开，几乎要摔倒。要不是蓝星站在面前，火心真想过去扶住她。

风起云涌

蓝星的眼睛里没有丝毫悲伤，她的目光渐渐转冷，火心看了心里泛起阵阵寒意。

蓝星低嘶着说："斑叶告诉我说火将拯救族群，但大火却把我们毁了。"

"不。"火心想安慰蓝星，但一时间又找不到适当的词语。他看着炭毛跌跌撞撞地回到猫群中。令他感到宽慰的是，沙风急忙上前扶住了炭毛。火心的目光回到蓝星身上，看着她麻木的表情，他心里一沉。

蓝星冷冷地说："雷族今晚就回家。"

灰条争辩说："但丛林都被烧光了，营地也被毁了！"

蓝星怒喝道："这有什么关系。这里不是我们的家，我们应该回到自己的领地里去。"

灰条说："那我陪你们回去吧。"

火心凝视着他的老朋友，忽然明白他眼中热切的神色。灰条想回家。发现这一点，火心感到如同黑暗中划过流星，心里一下子变得亮堂起来。他期盼地看着蓝星：她能看出灰条渴望重返雷族吗？

蓝星眯缝起眼睛，说："我们为什么需要你来陪？"

灰条犹豫不决地说："嗯，也许我能帮助你们重建营地。也许能待上一段时间……"蓝星严厉的目光吓得他不敢再说下去。

蓝星厉声喝道："你是想要重回雷族吗？哼，这不可能！"

火心惊得目瞪口呆。

蓝星气冲冲地说:"在孩子和族群之间,你选择了孩子。现在你必须按照你当初的决定生活下去。"

灰条吓得浑身颤抖。火心难以置信地看着蓝星,只见她转身对雷族众猫喊道:"准备出发,我们现在就回家!"

雷族猫闻声立刻跳起身。火心看着蓝星把大家召集到身边,心里只感到无尽的失望和愤慨。

这时蓝星怔怔地盯着空地的一个角落,火心顺着她的目光看见雾脚和石毛站在那里。他注意到蓝星的眼睛里掠过一丝悲凉的神色。蓝星比谁都清楚血缘与族群分裂所带来的结果是什么。在孩子和族群之间,她选择了为族群尽忠,这个选择给她造成的痛苦比任何敌人给她的痛苦都要多。

火心心里一动,瞬间明白过来蓝星为什么会对灰条的要求做出那种反应。她并不是冲灰条发怒,她是在生自己的气。她还在为自己多年前抛弃孩子的行为感到深深懊悔。也许她的内心里隐隐希望灰条不会犯同样的错误。

眼看天色越来越暗,雷族众猫开始变得不耐烦起来。蓝星向钩星走去。

火心转身舔了一下灰条的肩膀,低声说:"蓝星说这些话是有原因的。她现在情绪很不稳定,但会好起来的。那时也许你就能回家了。"

风起云涌

灰条抬起头，满怀希望地问："你这么想的？"

火心回答："是的。"他心里暗暗祈求星族保佑他没有说错。

他急急忙忙向蓝星走去，恰巧赶上蓝星正在向钩星表达雷族的谢意。豹毛站在一旁，淡淡地瞅着蓝星。

蓝星最后低头行礼说："雷族欠了你们一份情意。"

听了蓝星这句话，豹毛眯缝起眼睛，两眼放光。火心看在眼里，心里顿时生出警觉。他暗想：河族会向雷族要什么回报呢？就他对豹毛的了解，足以怀疑她会要些东西作为回报的。

他陪着蓝星带领雷族众猫走出河族营地，一回头，看见灰条孤零零地站在营地门口。灰条眼里充满了痛苦的神色，无奈地看着旧时的同胞渐渐远去。

看到小耳犹犹豫豫地站在河边，火心暗暗叹了口气。雨后的河水又涨了，但黑条和白风已经渡过河去，站在对岸浅滩处接应大家。尘毛和香薇爪一起渡河。香薇爪跳到河里，竭力把头仰出水面。沙风陪着炭毛过河。自从火心带回黄牙的消息后，沙风便一直陪伴在炭毛身边。

蓝星不耐烦地呵斥小耳："别磨蹭！"

小耳回头看了看蓝星，对她冰冷的口气感到很吃惊。然后，他硬着头皮跳进河里。火心绷紧肌肉正要跳过去相救，但长尾和鼠毛已经游到四腿疯狂乱蹬的小耳身边，用他们强壮的肩膀

把他托出水面。

蓝星跳进河里轻松自如地游到对岸，这场火灾给她带来的所有疲态都从她身上消失了，她似乎又恢复了往日的强壮。火心跟在她后面游过河。云层变得越来越薄，火心从水里出来，正好迎上一阵凉风，吹得他浑身发冷。他走到炭毛身边，弯下脖子舔她的耳朵。沙风同情地看着他。族里其他的猫站在河岸边，惊恐地看着眼前的丛林。虽然月光昏暗，但大火造成的毁坏仍然显而易见。树木被烧得光秃秃的，空气里没有了树叶和香薇的清香，到处弥漫着木炭和泥土的焦煳味。

蓝星似乎对眼前的一切视而不见，她一刻不停地经过群猫身边，径直走上通往太阳石的斜坡，走上回家的路。大家只得随后跟上。

沙风小声说："我都认不出这里了。"火心点头认同。

他加快脚步走到云爪身边说："云爪，谢谢你按照我的要求留在河族的营地里。"

云爪耸了耸肩膀，说："这没什么。"

"长老的情况怎么样？"

"半尾和团毛的死对他们的打击很大，一时半会儿缓解不过来。"云爪的语气很柔和，"但我在你离开的时候，给他们吃了一些猎物。不管多么悲伤，他们总得保持体力呀。"

火心为学徒的善解人意感到十分自豪，夸赞说："干得好，

这件事做得很对。"

大火过后,峡谷就像平地上的一道疤痕。沙风站在峡谷边向内眺望,火心看见她在微微发抖,自己也打了个寒战。虽然身上的水已经干了,他仍感到身体有些冰凉。众猫缓缓爬下山坡,跟随蓝星走进营地。大家站在空地内,默默地环顾四周,打量着这个已经被烧焦了的家园。

寂静中蓝星突然对着火心发狠说:"带我去看黄牙的尸体!"

火心的毛顿时竖立了起来。近几个月来,火心一直想方设法在大家面前掩饰蓝星的脆弱,现在,她身上那种脆弱的表现终于荡然无存,但此时的蓝星却又与以前的不同,不再像火心初进雷族时见到的那样举止温和、充满智慧。火心向巫医巢穴走去,蓝星在后面跟着。他转头看见炭毛一瘸一拐地也走在后面。

火心站在巫医巢穴前说:"她在里面。"蓝星走进那道阴暗的石缝中。

炭毛坐下来静静等候。

火心问:"你进去吗?"

炭毛说:"我迟些时候再伤心。蓝星现在需要我们。"

她沉着的语气令火心感到非常惊讶。火心注意到,由于悲伤,炭毛的双眼里失去了往日的明亮,但那眼神却镇定自若。炭毛的精神力量使得他也渐渐稳住了神。

猫武士

巫医巢穴里响起一声凄凉的尖叫。蓝星摇摇晃晃地走了出来，疯狂地左右转头望着眼前黑糊糊的废墟，怒吼说："星族怎么能这么干？难道他们一点儿怜悯都没有吗？我再也不去月亮石了！从现在起，我的梦不再和星族分享。星族已经向我的族群宣战了，我永远也不会原谅他们。"

火心看着蓝星，惊得目瞪口呆。他看见炭毛平静地走进巫医巢穴，寻思她是不是去哀悼黄牙了。但不一会儿，炭毛嘴里衔着东西走了出来，放在蓝星面前。

她说："蓝星，吃下这些东西，它们能缓解你的伤痛。"

火心问："她受伤了吗？"

炭毛转身瞧着他，压低声音说："可以这么说，但她的伤用肉眼是看不见的。这些罂粟籽能使她平静下来，给她的心灵一段愈合的时间。"她回身又对蓝星说："吃下去吧，求求你了。"

蓝星顺从地低头把罂粟籽吃进嘴里。

炭毛柔声说："走吧。"说完，炭毛领着这位雷族族长离去。

火心看着炭毛处理事情的镇定神态，心里感慨万千。黄牙天上有知，定然为她的学徒感到骄傲。他走进巫医巢穴，咬住黄牙尸体颈背后的皮毛将她拖入月光下的空地，认真摆好尸体，令她看上去如同活着一样享有尊严。然后，火心弯下脖子舔了一下黄牙，低声说："你将在星空下睡最后一晚。"说完，他遵照承诺趴下来开始为黄牙守夜。

风起云涌

到后半夜的时候，炭毛也过来了。此时地平线上已经泛起一线粉红色。火心站起来，舒展了一下疲倦的四肢。他环视了一眼空地周围。

炭毛低声说："别为这片森林太难过了。折断的骨头愈合后会比从前粗壮一倍，这片森林经受了这次创伤，将来必定迅速生长起来，比以前更加繁茂。"

她的话使火心感到宽慰了许多。他感激地低了低头，朝其余的雷族猫走去。

鼠毛正坐在蓝星巢穴外守卫。

白风从暗处走出来，向火心解释说："是炭毛让这么做的。"只见白风的身上依旧沾满烟灰，由于烟熏外加疲惫，他的双眼布满血丝。"她说蓝星病了，需要派猫守候。"

火心说："很好。其他猫的情况怎么样？"

"大部分猫找到相对干燥的地方后睡了一小会儿。"

火心心念转动，不由得脱口而出："我们应该派遣一支黎明巡逻队。虎掌也许会利用这场灾难。"

白风问："你想派谁去？"

"黑条似乎最为合适，不过他力气大，留下来重建营地较好。"他虽然这样说，但他知道这不全是实话，其实他真正想的是把黑条安排在自己能看得见的地方。"如果你没有意见，

我也想把你留下来。"白风点头同意，火心继续说，"我们应把发生的事情向族群通报一声。"

白风皱着眉头说："蓝星正在睡觉，你认为我们该打搅她吗？"

火心摇了摇头，说："我们不去打搅她，让她好好休息吧。我来向大家通报。"

他轻松跳上高岩，向族群发出召唤。众猫从残破的巢穴里慢腾腾地走了出来，当大家看见高岩上站着的不是蓝星而是火心时，无不感到惊讶。

等大家到齐后，火心说："我们必须重建营地。我知道营地现在看起来一团糟，但如今正值盛夏季节，这片遭受创伤的森林会迅速生长起来，比以前更加繁茂。"说到这里，他冲炭毛眨了眨眼睛。

黑条站在队伍后面顶撞说："这些话为什么不由蓝星出来告诉我们？"

火心说："蓝星很疲惫。炭毛给她吃了些罂粟籽，这样她就能睡上一觉，有利于恢复。"高岩下的群猫纷纷焦虑地议论起来。

火心宽慰大家说："她休息得越多，恢复得就越快。"

纹脸愁眉苦脸地说："森林被烧光了，猎物在大火中或死或逃，我们将来吃什么啊？"她忧虑地看着蜡爪和香薇爪，脸上流露出作为母亲的关心。

风起云涌

火心向她保证说:"猎物会回来的。我们要像往常一样捕猎,如果有必要,就去较远的地方捕猎。"看见众猫纷纷表示赞同,火心又多了几分自信。

"长尾、鼠毛、刺爪和尘毛,你们执行黎明巡逻。"四只猫抬头看着火心,点头领命。"迅爪,你接替鼠毛为蓝星站岗,务必不要让她受到任何惊扰,剩下的猫开始重建营地的工作。白风组织队伍收集材料。黑条,你负责修建营地的围墙。"

黑条问:"我能干些什么?香薇都被烧光了。"

火心回答:"把能用的东西都用上,但要确保围墙修得坚实。我们一定不能忘了虎掌的威胁,我们需要保持警惕,所有的幼崽都要待在营地里,学徒只有在武士陪同下才能出营地。"火心望着沉默的猫群说:"大家同意吗?"

众猫大声呼喊:"我们同意!"

火心说:"好,开始工作吧!"

众猫纷纷散去,聚集在白风和黑条周围听候他们安排工作。

火心从高岩上跳下来,走过去对沙风说:"我想要为黄牙举行葬礼。"

沙风困惑地说:"你刚才没提她死亡的事。"

"还有半尾!"火心身边响起云爪的声音,听他的口气显然是在责怪火心。

火心不自在地说:"大家知道他们死了。这件事应当由蓝

星正式通报，方显对死者的尊重。等她状态好些了，她会这么做的。"

沙风试探着问："如果她好不了怎么办？"

火心生气地说："她会好起来的！"沙风吓得身子一抖。火心暗暗自责，她不过是说出整个族群的担心罢了。如果蓝星真的和星族作对，那么黄牙和半尾永远也听不到把他们送往星族的祈祷了。

火心感到自己的信心越来越不足。如果森林不能在落叶季到来前恢复怎么办？如果他们找不到足够的猎物怎么办？如果虎掌来袭怎么办？他喃喃地说："如果蓝星不能好起来，我也不知该怎么办了。"

沙风怒气冲冲地说："蓝星让你做她的副族长，是期望你知道该怎么做！"

沙风的话像一根刺扎痛了火心，他愤愤地说："不用你来教我，沙风！难道你没看见我已经尽最大的努力了吗？别光顾着批评我，去组织学徒们把黄牙埋了吧。"他又瞪着云爪吼道："你也可以走了，再敢瞎捣乱有你好瞧的！"

他转身大步走向空地，留下沙风和云爪站在那里大眼瞪小眼。他知道自己刚才做得有失公正，但他们提出了一个他还没有准备好怎么回答的问题，一个他害怕得不敢往深处想的问题。

如果蓝星永远好不了怎么办？

第二十九章

接下来的几天阴雨蒙蒙，但重建营地的工作并没有受到影响。事实上，雨天倒帮助雷族把营地里的灰烬冲刷干净了，而且雨水也有助于森林恢复生长。

这一天早上，艳阳高照，碧空万里无云。火心愁闷地想：天空是为今晚的森林大会而特意放晴的。他还是头一回希望月亮被乌云遮蔽住，这样森林大会就开不成了。蓝星还远没有达到康复的状态。她深居简出，有时在白风百般劝说下，才走出来看一下营地修复的进度。她冲辛勤工作的猫们眨眨眼睛后，便又回到巢穴里。火心怀疑她是否还记得今晚要召开森林大会的事，也许他该提醒蓝星一下。

他沿着空地边缘行走，暗暗赞叹大家努力工作的成果。营地已经初步恢复旧貌。长老们居住的那根橡树的空心树干虽然被烧光了枝叶，但好歹残存了一段。大家从森林里找来带叶子的树枝精心修复好育婴室，用最粗大的树枝建筑营地围墙。虽然育婴室没有了荨麻带刺枝干的保护，树枝围墙没有以往的香

薇丛围墙密实,但能做到这一步已经不错了。剩下的工作他们不得不等到森林重新生长后再做。

火心听见育婴室后面有窸窣的声音,他透过枝叶看见一个熟悉的白色身影,喊道:"云爪!"

云爪从育婴室后面走了出来,嘴里还衔着用来加固育婴室墙壁的细枝。火心高兴地眨了眨眼睛。这些天来,不只他注意到云爪在重建营地方面工作得多么努力,火心再也没有听到有谁来告云爪的状。他寻思云爪是不是经历这次大火之后,终于明白了忠诚的真正含义。云爪一声不响地站在火心面前,身上的毛沾满了泥水,成了一团一团的。他的眼睛里充满了血丝,显出一副疲惫不堪的样子。

火心温和地说:"看把你累的,去休息吧。"

云爪放下嘴里的细枝,说:"让我先干完这些活儿吧。"

"你可以迟会儿再干。"

云爪争辩说:"但我只差一点点就完成了。"

火心坚持说:"看你连路都走不稳了,快去休息。"

"是,火心。"云爪转过身,朝长老巢穴那里望了一眼,见小耳、斑尾和一只眼坐在里面,于是说,"长老巢穴里显得真空啊。"

火心说:"团毛和半尾现在跟星族在一起了。他们今晚就会从天上的银毛星带里望着你。"他不由得想起蓝星始终拒绝

风起云涌

为死去的同胞举行正式葬礼,心里十分难过。

记得蓝星曾冷酷地告诉他:"我不会让他们去星族的,我们的武士祖先不配得到雷族猫的陪伴。"后来白风依照在河族营地里为团毛念的悼词,又为黄牙和半尾念了一遍,使他们的灵魂安安全全地升往银毛星带,大家这才宽慰了许多。

云爪点了点头,但显出一脸不信服的样子。火心知道他仍然很难相信武士祖先们会站在银毛星带里往下看。火心又说了一句:"快去休息。"

云爪拖着疲惫的脚步向学徒们那棵被烧焦的树墩走去。亮爪跑过来和云爪打招呼,云爪友善地和她对触了一下鼻子。但他实在太困了,上下眼皮直打架,和亮爪话说到一半便哈欠连连。他就地躺下,合上酸痛的眼睛。亮爪卧在他身边,温柔地舔去他身上的泥灰。火心看着他们,心里感到说不出的孤独。他记得当初他和灰条也是这么亲密无间的。

他再次转身向蓝星的巢穴走去。长尾正坐在巢穴外,见火心经过,冲他点了点头。火心站在族长巢穴外,只见原先挂在洞口的苔藓已经被烧光了,石洞也被烧得黢黑。他轻轻通禀了一声后走进洞内。由于没有苔藓阻隔,风直接灌进洞里。蓝星把她的窝安置在石洞的最里面。

炭毛坐在蓝星旁边,正把一堆药草往她身前推,嘴里催促着:"它们能使你好起来。"

蓝星生气地说:"我感觉很好。"她怔怔地望着地面。

"那么我把它们放在这里了,也许你晚些时候能吃下去。"炭毛站起来,一瘸一拐地朝洞口走去。

火心悄声问:"她怎么了?"

"老顽固。"炭毛回答着,擦着他的身体走出巢穴。

火心小心翼翼地走近蓝星,现在蓝星在他的眼里越来越陌生了。她把自己锁在一个恐惧和怀疑的世界里,不但恼恨虎掌,也恼恨所有的武士祖先。火心低头行礼说:"蓝星,今晚就要召开森林大会了。你决定好派谁去了吗?"

蓝星厌恶地说:"森林大会?这事由你决定吧,反正我是不会去了。星族再也不配受到我的敬重。"话音未落,一股烟灰随风从敞开的洞口吹了进来,呛得蓝星剧烈咳嗽。

火心见她身体瘦弱,但却摆出一副怒气冲冲的样子,心里十分难过。蓝星是这个族群的族长啊!是蓝星把星族的知识传授给他,告诉他武士的灵魂站在天上望着他们。她的整个生命都是建立在这个信仰上的啊,火心不能相信她竟然把这些信仰全部推翻了。

最后,火心结结巴巴地说:"你……你不必敬重星族,只需要代表你的族群去那里就行了。大家现在需要你的力量。"

蓝星盯着他,过了好一会儿才低声说:"我的孩子也曾需要我,但我把他们丢给别的族群抚养。这是为什么?是因为星

风起云涌

族说我有不同寻常的命运。可结果是什么呢？被叛贼偷袭？看着身边的同胞死去？星族错了。我所做的一切都一文不值。"

火心感觉自己的血液像结了冰一样。他恍恍惚惚地转身走出族长巢穴。沙风已经接替了长尾的位置守在洞外。火心满怀希望地瞅了瞅她，但她显然没有原谅火心早先刻薄的话语，一直低着头任由火心从身边走过却一言不发。

火心难过极了，他看见白风带着午间巡逻队返回营地，于是向他摆了摆尾巴。白风走过来，巡逻队的其他队员则四散开来，各自找寻食物和休息的地方。

火心对白风说："蓝星的状态恐怕不能参加森林大会了。"

白风摇了摇头，似乎对这个消息并不感到意外。他平静地说："要在以往，无论什么事情都不能阻挡蓝星参加森林大会。"

火心告诉他："不论怎样，我们都该去参加森林大会。我们应该把虎掌的事情告诉别的族群，他和那帮泼皮猫是森林中所有族群的祸患。"

白风点了点头，说："我们就说蓝星病了。因为如果我们把蓝星很虚弱的事告诉他们，我怕会招来灾祸。"

火心分析说："如果我们不去，情况会更糟。其他族群都知道这场大火的事，我们必须尽可能以强健的姿态出现在大家面前。"

白风同意道:"风族的确仍对我们抱有敌意。"

火心坦白地说:"沙风、云爪和我在他们的领地里赶走了他们的巡逻队,更加深了他们的敌意。而且,我们还要考虑河族方面。"

白风惊讶地看着他:"但他们帮助我们躲过了这场火灾啊。"

火心回答:"我知道。不过,我总怀疑豹毛兴许会向我们要些回报。"

"我们没什么东西可给他们的。"

火心回答:"我们有太阳石。河族从来不掩饰他们对太阳石的兴趣,而现在我们则需要每一寸能够捕猎的领地。"

"至少影族经过瘟疫后变得很虚弱了,那是唯一暂时不会攻击我们的族群。"白风说。

火心点头同意:"是啊。"他不由得为他们庆幸别的族群遭受灾祸而感到愧疚。"事实上,虎掌的消息也许对我们有利。"白风迷惑不解地看着火心,火心继续说,"如果我们能使别的族群相信虎掌对大家都构成了威胁,他们也许就会严守边界,再没有精力来对付我们了。"

白风缓缓点头,说:"在我们恢复实力的这段时间里,这也许是使他们远离我们边界的最好方法了。你说得不错,火心,即使蓝星不能同行,我们也必须去参加森林大会。"他盯着火

风起云涌

心的眼睛,知道他们都在想同一件事情。蓝星不是不能去,而是不愿去。

太阳落山了,众猫纷纷从微薄的猎物堆里取食吃。火心挑了一只瘦小的歌鸫,他走到荨麻丛旁,三两口就把那只歌鸫吃进肚内。猎物正在回归丛林,但回归的速度很慢。这些天来,大家都吃不饱肚子。火心知道他们不得不在生存的基础上尽可能地少捕猎物,以利于猎物尽快地繁茂起来,那时他们就能够开怀大吃了。

等大家吃完晚饭,火心站起来穿过空地跳到高岩上。众猫的目光齐齐地向他投过来。不需要火心高声召唤,大家已齐聚在高岩下,充满疑惑地看着他。

火心大声宣布说:"蓝星不准备参加这次森林大会了。"

群猫吃了一惊,议论声不绝于耳。白风站起来招呼大家安静下来。族里的猫们对蓝星的心理状态能够猜到几分呢?在河族营地里,大家团结一心,不让河族的猫察觉出蓝星的异样。但在他们自己的营地里,大家都为蓝星的虚弱感到担忧和害怕。

虎掌的儿子小黑莓坐在育婴室外,睁着好奇的大眼睛仰头望着火心。火心看着那双琥珀色的眼睛,脑海里忽然浮现出一幅虎掌在丛林里巡游的画面。

黑条顶开众猫走到前面,说:"这么说雷族不打算参加

猫武士

这次森林大会了？说得也是，一个族群没有族长那还成什么样子啊？"

火心是不是从黑条闪烁不定的眼神中感到一种不祥的预兆呢？火心对整个族群说："雷族将于今晚参加森林大会。我们必须向别的族群表明，虽然经历了这场火灾，但我们仍像以前一样强壮。"群猫纷纷点头赞同。学徒们激动地你看看我，我看看你，脸上都流露出热切的神情。他们还太小，不明白在族长缺席的状态下参加森林大会的严重性，他们心里想的只是希望能被允许参加森林大会。

火心继续说："我们决不能显露出任何虚弱的迹象，为了蓝星，也是为了整个族群。记住，我们是雷族！"他高声吼出最后几个字，刹那间他感觉到自己胸中充满了豪情。整个族群群情激奋，高声呼应。

"我将带领黑条、鼠毛、沙风、白风、蜡爪和云爪去参加大会。"

黑条问："剩下的猫足够保卫营地吗？"

长尾补充说："虎掌知道今晚有森林大会，如果他利用这个机会偷袭营地怎么办？"

火心说："我们不能像以前那样多留些猫防守营地。如果我们在森林大会上显露出虚弱的迹象，就有可能会招来其他族群的攻击。"

风起云涌

鼠毛赞同道："他说得对，我们不能让其他族群看出我们很虚弱！"

柳带说："河族已经知道大火摧毁了我们的营地，我们必须向他们展示雷族还像以往一般强大。"

火心说："那就这么说定了。长尾、尘毛、霜毛、纹脸和蕨毛留下守卫营地。长老和猫后们，你们和他们在一起将很安全，我们会尽快赶回来。"

他看见大家窃窃私语了一阵后，都点头称是，心里顿时轻松下来。"很好。"说着，火心从高岩上跳下来。

参加森林大会的武士和学徒已经聚集在营地入口处，不耐烦地摇晃着尾巴。火心看见云爪也在其中。这是云爪第一次参加森林大会。火心刚加入雷族那会儿一直盼的就是这个机会，他仍能记得自己跟在强壮的武士后面，从山坡上冲下"四棵树"时的情景。如今，和云爪一起参加森林大会的却都是些烟尘仆仆、饥肠辘辘的猫，这令火心感到美中不足。不过，火心能感受到大家的激动心情，能感觉到大家如从前一样精力旺盛。沙风的前爪抓蹭着地面，鼠毛的眼睛在黑暗中闪闪发亮。火心加快脚步向众猫走去。

经过长尾身边时，火心停下脚步说："长尾，留下的武士中只有你是资深武士，好好守卫营地。"

长尾低头行礼："我保证大家的安全。"

看见长尾对自己如此尊敬，火心感到非常满意。他一转眼看见营门口处黑条投来戏谑的目光，似乎已经看穿了火心其实是色厉内荏。火心经过沙风时瞅了她一眼，见她怔怔地看着自己。蓝星让你做她的副族长，是期望你知道该怎么做！沙风这句当初顶撞他的话，现在却忽然给了他无穷的力量。他轻蔑地望了黑条一眼，当先走出营地。

雷族众猫默默地走在丛林里，烧焦了的树木在夜幕映衬下就如弯曲狰狞的爪子。火心踩在炭灰里，感觉又潮又黏。但是他嗅到焦木上吐出的新芽的气味，感觉到在这片废墟底下，正孕育着无限的生机。

他回头向后瞅了一眼，看见云爪紧紧跟在队伍里。沙风加快脚步冲上来和他并肩而行。

沙风气喘吁吁地说："你在高岩上说得很好。"

火心回答："过奖了。"他们遇到了一个土丘，火心领先几步，但到达顶部时沙风又赶了上来。

她轻声说："我说蓝星的那些话你别往心里去，我只是有些担心。营地恢复得这么好，考虑到……"

火心酸涩地猜测："考虑到我是副族长吗？"

沙风说："考虑到营地被毁坏得那么严重。"火心的耳朵抽动了一下。沙风继续说："蓝星必定为你感到骄傲。"火心心里一沉——他怀疑蓝星是否注意到他所做的一切，不过他很

风起云涌

感激沙风能说这番话。

他又说了句:"过奖了。"两只猫奔下土丘,火心转头凝视着沙风的眼睛说:"我想,沙风……"

忽然他们身后传来黑条的声音:"你准备怎么对其他族群说呢?"

火心还没来得及回答,已经跑到一棵倒在地上的大树前。他纵身一跳,却被一根树枝绊住了脚,重重地摔在地上。其他的猫从他身边经过,见火心落在后面,都下意识地放慢脚步。

火心快步赶上。月色下黑条两眼放光,问:"你没事吧?"

火心强忍住爪底的疼痛,草草说了句:"哦,没事。"

众猫到达通往"四棵树"的山坡顶时,火心仍感到爪底隐隐作痛。他停下脚步喘口气,定了定神后才走到大家面前。大火没有殃及"四棵树",那四棵巨大的橡树安然无恙地巍然耸立在谷底。

火心环视了一眼雷族众猫,看见他们晃动尾巴竖着耳朵,迫不及待地等候他的命令。很显然,大伙儿都信任他能够在森林大会上代替蓝星的位置,信任他能够带领雷族以强者的姿态出现在其他三族面前。他必须要证明自己值得众猫信任。火心摇了摇尾巴,像以往蓝星无数次做过的那样发出信号,然后当先冲向巨岩。

第三十章

会场上的空气里弥漫着风族和河族的气味。火心感到一阵焦虑，再过一会儿，他就要站在巨岩上面对这些猫讲话了。这里没有影族的气味。难道影族流行的瘟疫如此厉害，以至于他们不能来参加森林大会了吗？火心忽然对白喉产生深深的同情，随即他又想到了虎掌，想到那天虎掌站在雷鬼路边缘，白喉的眼里流露出惧怕的神色。忽然，他迫切地想登上巨岩，把虎掌给丛林带来的祸害告诉其他族群。

"火心！"一根须蹦到火心身边。他的友善表示令火心感到很惊讶。火心最后一次看见的风族猫，就是怒吼着逃进灌木丛里的泥掌了。但一根须显然没有忘记当初火心是如何引领他们回归家园的。在那次旅程中，火心和一根须结下了深厚的友情，他们彼此都十分珍惜这份感情。

火心招呼说："嘿，一根须，不论我们双方是否停战，你最好别让泥掌看见我们在一起说话。上次我和泥掌见面闹了点儿不愉快。"

风起云涌

一根须局促不安地回答说:"泥掌为他保卫领地的行为感到很自豪。"很显然一根须已听说雷族猫在风族领地里的两次遭遇了。

火心说:"他也许感到自豪,但他没有理由阻拦蓝星去高石山。"他真希望蓝星那天到达月亮石。如果她从月亮石那里得知武士祖先们并没有和她作对,现在的情况也许会大不相同。

"高星听说那件事后也对泥掌感到不满。就算你们庇护断尾,也没有理由……"

火心截断他的话说:"断尾那时已经死了。"话一出口,他立刻为自己的无礼感到懊悔起来。只见一根须不自在地动了动耳朵。火心语气转柔,说:"对不起,一根须。再见到你真好。你过得怎么样?"

一根须听了他的道歉,释然道:"还行吧。我听说大火的事后很难过,我知道一个族群被迫离开家园是什么滋味儿。"说着,他同情地看着火心。

"我们已经回到营地了,而且我们已经尽最大的努力来重建家园。过不了多久,丛林会再次繁茂起来。"火心竭力使自己的声音充满自信。

一根须说:"我很高兴听到你这么说。你知道,我们现在的情况就像从没有离开过家园一样。这个夏天我们多了许多幼崽。晨花的孩子已经是学徒了,他就在这里——这是他第一次

参加森林大会。"火心记得当初他们途经两脚兽的地盘时,他曾冒着大雨帮助晨花带过一个湿淋淋的小毛球。他顺着一根须的目光,看见会场对面有一只棕色的小公猫。虽然他像风族其他的猫一样是小个头,但长得很结实。

这时一根须忽然垂下头去,火心转头看见高星正向他们走来。高星眯缝起眼睛瞅着火心说:"我们最近时常见到你啊,火心。虽然你曾经引领我们回家,但我们并没有给你随便进出风族领地的自由。"

火心回答说:"我已经收到类似的警告了。"他竭力保持镇定,不让为蓝星打抱不平之意溢于言表——毕竟,森林大会是有规矩的,而且他也十分敬重高星。火心直视着高星的目光,语气坚决地说:"不管怎么说,我必须首先考虑本族的需要。"

高星瞅了他一会儿,微微点头说:"说起话来倒还像个真正的武士。和你同行过那一程后,我对蓝星选你做她的副族长并不感到吃惊。"他环视了一眼会场,补充说,"有些猫认为像你这么年轻的猫不可能挑起那么重的担子,对此我可不敢苟同。"

火心感到非常吃惊,没有料到风族族长对他的评价竟然会这么高。他高兴地点头称谢。

高星问:"蓝星在哪儿?我没有看见她。"虽然他的语气显得漫不经心,但目光中却流露出热切的神色。

火心轻描淡写地说:"她身体有些不适,不能来参加大会。"

风起云涌

"她在大火中受伤了？"

火心说："她已经完全康复了。"他心里也希望自己说的是真话。

这时，一根须忽然抬起头。火心顺着他的目光向山坡上望去，看见三只影族猫正走进会场。打头的是影族巫医奔鼻。火心认得奔鼻身后的两只猫里有一只是小云，心里稍稍感到一些欣慰。小云的病显然已经痊愈了——这都是炭毛的功劳。

其他族群的猫见影族猫经过自己身旁，纷纷向后退避，影族流行瘟疫的消息显然已经传遍了整个森林。

奔鼻走到巨岩下停住脚步。他似乎猜到了大家的心思，气喘吁吁地说："请大家放心，影族的瘟疫已经治好了。我是来打头阵的，通知大家晚些开会，影族族长正在来这里的路上。"

高星问："什么事令夜星迟到了？"

奔鼻阴沉着脸说："夜星已经死了。"

这个消息像清风拂过丛林一样瞬间便在猫群中传开了，闻者无不大吃一惊。火心眨了眨眼睛。影族族长怎么会死了呢？他刚刚才接受了九条命。多么可怕的疾病啊！难怪小云和白喉怕得要离开营地呢。

白风问："是煤毛来吗？"他指的是影族副族长。

奔鼻垂着头，说："煤毛是第一批病死的猫。"

钩星从巨岩另一侧的阴影里走了出来，问："那么你们的

新任族长是谁？"

奔鼻看着钩星说："很快你就会亲眼见到了，他马上就到。"

火心对高星和一根须小声说："请原谅，我得和奔鼻私下谈谈。"

火心向奔鼻走去。许多武士和学徒围在奔鼻身边，迫切想知道影族新任族长是谁。火心不知道奔鼻听闻黄牙的死讯后会有何反应，奔鼻近来看了那么多的死亡，也许他不会把黄牙的死放在心上。但火心觉得在当众宣布黄牙的死讯之前，应当先和奔鼻私下里通个气。毕竟，黄牙做影族巫医时，曾经训练过奔鼻。除非他们建立师徒关系后不久黄牙便被断尾逐出了影族，否则他和黄牙的关系必定十分亲密。

火心朝奔鼻晃了一下尾巴，奔鼻见了立刻撇下七嘴八舌的猫，跟随火心走到一棵橡树下。奔鼻问："有什么事吗？"

火心温和地说："黄牙死了。"他感觉一股悲凉之情再次涌上心头。

奔鼻的眼里立刻蒙上了一层痛苦的神色，他低下头去。火心继续说："她是为从大火中救一个同胞而牺牲的，星族将会敬重她的勇敢。"

奔鼻没有回答，只是将头从一侧摆向另一侧。火心发觉自己因为悲伤而喉头发紧，他不想在这里过度伤痛，于是用鼻子触了触奔鼻的脑袋，迅速转身离去。

风起云涌

其他的猫等得不耐烦起来，他们的喊声越来越大。火心听见一位河族武士抱怨说："我们不能再等了！月亮快要落山了。"

鼠毛同意说："如果这位新任影族族长迟到，那是他自己的问题。"火心知道鼠毛的真实意思，她是想早早结束大会好返回营地。虎掌游荡在森林里，没有哪个族群是安全的。

火心看到会场中央处白影闪动，高星跳上了巨岩。很显然，他是决心在影族族长缺席的情况下开始大会了。钩星向高岩走去。火心站起来，准备头一次以雷族首脑的身份参加森林大会。他迫不及待地想把虎掌祸害森林的事情告知各族的猫们。

火心听到沙风附在他耳边轻声说："祝你好运。"他转头用鼻子轻触了一下沙风温暖的脸颊，知道他们已经言归于好了。然后，他迈开大步从众猫身边经过，向巨岩走去。

走到半路，火心身后忽然响起一声喊叫："他来了！"

火心转身看见黑条伸长了脖子张望，但他们的视线被猫群挡住了，于是他们后腿站立，以便头仰得更高一些。只见那位影族的新任族长穿过猫群向巨岩走了过去。黑条突然吃惊地竖立起耳朵，两眼放光，直勾勾地盯着巨岩，几乎抑制不住目光中的兴奋。究竟什么东西居然引起黑条这么大的反应？

清冷的月光下，一只阔肩膀、宽脸庞的大猫跳上高岩，站在高星身边。与这只大猫的个头相比，其他两个族长显得又瘦又小。火心一看，顿时如坠冰窟：这位新任影族族长竟然是虎掌！

精彩内容抢先看

下集预告

在瘟疫和大火之后，森林里的四大猫族忙于休养生息。但平静的外表下，却酝酿着一个可怕的阴谋。……

雷族的叛徒、火心的宿敌——虎掌，居然成了影族的族长！这让火心及他的族群忧心忡忡。由于虎掌的叛变，雷族族长蓝星不仅身受重伤，而且对所有的猫甚至星族都失去了信任和耐心，对世界充满了敌意。在内忧外患中，作为副族长的火心不得不担负起保护族群的使命。

虎星（虎掌成为族长后改名为虎星）渐渐暴露出消灭四族、统一森林的野心。他拉拢河族，攻击风族，甚至杀死同类，铺设了一条通往雷族的血迹，引诱恶狗毁灭雷族。雷族武士们在反复侦察和分析后，终于发现了虎星的阴谋。

雷族危在旦夕。

为了拯救雷族，为了保存雷族的血脉，火心和武士们决定拼死一搏，用自己当诱饵，把恶狗引向山涧。就在他们即将成功的时候，虎星突然出现，挡在火心前面，脸上露出狰狞的笑。后面是疯狂的恶狗，前面是凶残的虎星，在这千钧一发的时刻，火心和雷族的希望在哪里……

猫武士 豹毛

猫武士 断尾

猫武士 高星

猫武士 蜡爪

猫武士 纹尾

猫武士 一根须